Für Jennifer.

Ich hoffe, du liebst dein starkes Herz ♥

Maddy

WREADERS

Über die Autorin

Fantastische Welten zu entdecken, sie durch die Augen einer anderen Person zu sehen, Orte und Menschen lieben zu lernen, die allein durch Worte zum Leben erweckt wurden - das ist vor langer Zeit eine Leidenschaft für Madeleine geworden, die ihr Leben prägt.

Wenn sie nicht gerade liest oder schreibt, verbringt sie eine Menge Zeit damit, Eis zu naschen, lustige Videos von Babypandas anzugucken, sich in guter Musik zu verlieren, zu reisen und anschließend bunte Fotoalben zu basteln.

Erträumt

Madeleine Hold

WREADERS

WREADERS TASCHENBUCH
Band 34

Dieses Buch ist auch als E-Book erschienen

Vollständige Taschenbuchausgabe
Deutsche Erstausgabe

Druck: BoD – Books on Demand, Norderstedt
Umschlaggestaltung: Saskia Ziegenbalg
Illustrationen: Konstantina Stefou
Lektorat: Neele Wolf
Satz: Lena Weinert

www.wreaders.de

ISBN: 978-3-96733-068-7

Für dich.
Danke dafür, dass du wieder aufgestanden bist.

WREADERS

Prolog

»Lächelst du etwa?«, fragte sie verschmitzt.

Das tat er. Und er gab sich auch keine Mühe, es zu verbergen.

»Ich habe schon schlimmere Träume erlebt«, gab er zu.

Was für eine Untertreibung. Aber was sollte er sonst sagen? Er würde schlicht und ergreifend keine Worte finden, die annähernd dem gerecht wurden, was zurzeit in ihm vorging. Er fühlte sich auf eine Weise schwindelerregend leicht und gleichzeitig so wach, wie er es niemals zuvor erlebt hatte. Als sei er nach einer ewigen Reise durch Schein und Illusion endlich irgendwo angekommen. Ließ sich das in einem einzigen Gefühl zusammenfassen?

»Hier würde ich gern für immer bleiben«, sagte sie und seufzte. »Du nicht auch?«

Ja. Darüber brauchte er wirklich keine Sekunde nachzudenken. Für immer in einem Märchen. Für immer tanzen. Für immer mit ihr in ihrem rosafarbenen - nein, jetzt wieder hellblauen - Ballkleid.

Seine Schritte wurden langsamer. Sie sollte wissen, wie sehr sie sein Leben auf den Kopf gestellt hatte. Dass er sich nicht einfach bloß wünschte, alle Zeit mit ihr in dieser Welt zu verbringen, sondern sich in diesem Augenblick mit Leib und Seele danach sehnte. Dass es schmerzte.

Er musterte ihr Gesicht. Darin lag so viel ehrliche Freude, so viel Ahnungslosigkeit.

Bei diesem Anblick zog sich seine Brust schmerzhaft zusammen. Die Gespräche um sie herum schienen zu verstummen und alles, was er hörte, war sein eigener Atem. Warum? Endlich war sein größter Wunsch auf Erden dabei, sich zu erfüllen, und es tat so weh. Er wusste, auch ihr Schicksal wäre besiegelt, wenn er diese Chance nutzte, und taumelte zurück.

»Was ist?«, erschrak sie.

»Ich brauche einen Moment.«

Er wandte sich ab, suchte irgendeine Möglichkeit zur Flucht. Einen Notausgang oder am besten etwas, womit er die Zeit nur ein bisschen zurückdrehen konnte.

Er wollte einfach noch ein wenig mehr Zeit.

1

Einige Träume zuvor

Niemand der Anwesenden schien auf seine Ankunft aufmerksam geworden zu sein. Und das, obwohl er wie aus dem Nichts mitten in dem kleinen Café aufgetaucht war. Ein schlechtes Zeichen. Trotzdem entschied er, weitere Informationen einzuholen, bevor er loszog.

Mehrere mit Blumen in unterschiedlichen Vasen dekorierte Tische standen verteilt in dem überschaubaren Raum und nur an den wenigsten davon hatte jemand Platz genommen. Neben den paar Gästen gab es noch eine junge Dame, die hinter der Theke neben der Tür ins Bearbeiten einer Bestellung vertieft war.

Er schob den linken Ärmel seines grauen Mantels nach oben und blickte auf das Mal an seinem Unterarm. Das von einem Kreis eingefasste Netz, welches an übereinandergelegte Sternblüten erinnerte, war noch genauso pechschwarz wie ein Tattoo. Noch.

»Bedienung!«, machte er sich bemerkbar und streifte den langen Mantel ab.

Er wählte einen Einzeltisch am Fenster, sodass er außer dem Innenraum auch die Umgebung gut im Blick hatte. Draußen verlief ein schmaler Bürgersteig. Keine Fußgänger. Die Sonne schien.

»Darf ich Ihnen etwas bringen?«

Eric sah auf und in das freundliche Gesicht der Bedienung, die mit Notizblock und Kugelschreiber in der Hand neben ihn getreten war. Sie hatte grüne Augen, das dunkle Haar war zu einem Zopf gebunden und sie trug eine leuchtend rote Schürze mit verspieltem Blumenmuster.

»Kaffee«, erwiderte er, ohne sich um ein Lächeln zu bemühen, woraufhin die Frau ausdruckslos nickte.

»Darf es sonst noch etwas sein?«, hakte sie nach.

»Kaffee wird ausreichen. Obwohl ...« Mal sehen, wie viel sein Gegenüber wusste. »Deine Handynummer. Gegen die hätte ich nichts einzuwenden.«

Eine reale Person wäre vielleicht pikiert über seine direkte Art gewesen, doch diese zuckte nicht einmal mit der Wimper.

Eric sah ihr dabei zu, wie sie den Stift mit ein paar schnellen Bewegungen über ihren Notizblock gleiten ließ, bevor sie den obersten Zettel abriss und ihn über die Tischplatte schob. Dabei schenkte sie ihm einen nichtssagenden Blick aus einem Paar Augen, das unvermittelt ein klares Blau angenommen hatte.

Aha. Der Träumer, in dessen Welt er sich befand, kannte diese Frau nicht – oder ihm war zumindest die Farbe ihrer Augen fremd, weshalb sie von einem Moment auf den anderen wechselte. Demnach befand er sich auch nicht in der Nähe.

Eric nickte der Bedienung zu und sie verschwand zurück hinter die Theke, um ihre Arbeit wieder aufzunehmen. Der Zettel lag nun vor ihm auf dem Tisch, doch er hatte es keineswegs eilig, ihn anzusehen. Schließlich wusste er bereits, was darauf zu lesen war.

Keine Minute später erhielt er seinen Kaffee in einem Plastikbecher. Er wartete, bis die Frau gegangen war, und nahm dann einen kräftigen Schluck. Nicht heiß. Auch nicht kalt. Das Zeug schmeckte nach nichts. Demnach suchte er nach jemandem, dem der Geschmack von Kaffee nicht vertraut war. Wahrscheinlich ein Kind.

Sein Blick wanderte durch den Raum. Keiner der wenigen auffallend bunt gekleideten Gäste schien jünger als vierzig zu sein. Hier würde er ganz sicher keinen Erfolg haben.

In einem Zug stürzte er den Inhalt der Tasse hinunter, strich die dunkelbraunen Haare zurück, die ihm in die Stirn gefallen waren, und stand auf. Dabei wurde das Stück Papier auf dem Tisch aufgewirbelt und landete am Boden. Nur um ganz sicherzugehen, bückte er sich danach und betrachtete es. Wie erwartet, war der Zettel rein weiß, von beiden Seiten unbeschrieben. Er knüllte ihn zusammen und ließ ihn zurück auf den Boden fallen. Beim Verlassen des Cafés ging er an der Bedienung vorbei, die ihm zum Abschied zunickte.

Natürlich verlangte sie keine Bezahlung.

Eric ging ein paar Schritte auf dem Bürgersteig und setzte dann den Fuß auf die Straße, nur um sofort wieder ein paar Schritte zurückzutaumeln. Zwei knallrote Rennwagen fegten vor seiner Nase vorbei, hätten ihm um Haaresbreite erfasst. Blitzschnell zogen Bilder seines letzten tödlichen Verkehrsunfalls an seinem inneren Auge vorbei. Bei dem Tempo wäre er diesmal wenigstens schnell gestorben.

Die Autos ließen eine dichte Abgaswolke zurück, bevor sie mit Motorgetöse und quietschenden Reifen in die Wand aus grauem Nebel eintauchten, die mehrere hundert Meter weiter Gebäude und Straße verschleierte.

Den *Rand der Welt* hatte Ben dieses Phänomen damals genannt, als sei der Anblick des farblosen Dunstes etwas Besonderes. Für Eric bedeutete er bloß, dass er sich zu weit weg von seinem Ziel aufhielt. Den Träumer fand er sicher nicht am Rand dieser Welt.

Nein, er würde in ihrem Zentrum sein. Dort, wo sich die eigentliche Handlung des Traumes abspielte. Auch das wusste Eric von Ben. Nur, dass dem bestimmt nicht bewusst gewesen war, wie wichtig Eric diese Information einmal sein würde.

Er wandte sich vom Nebel ab und sah sich genauer um. Zwischen den gewöhnlichen, tristen Plattenbauten ragten mehrstöckige Baumhäuser und Burgtürme hervor, deren Fassaden irgendwie aufgemalt wirkten. Wie riesige Pappaufsteller, statt echter Konstruktionen aus Holz und Stein.

Davor bewegten sich nur wenige Menschen, auch Kinder waren darunter. Allerdings nur solche, die brav neben ihren Eltern her spazierten. Das widersprach gänzlich dem Verhalten aller kindlichen Träumer, die Eric bisher untergekommen waren. Sollte der Mensch, der all dies träumte, tatsächlich ein Kind sein, würde er es sicher nicht an der Hand seiner Mutter oder seines Vaters spazierend vorfinden. Besonders die kindlichen Träumer schienen eine Vorliebe für große Abenteuer zu haben. Eric erinnerte sich an einen Vergnügungspark, der von Dinosauriern überfallen wurde, und an einen Tumult zwischen Cowboys und Indianern, der in einer Schwimmhalle stattgefunden hatte.

Da es dort, wo die Autos verschwunden waren, nicht weiter ging, machte er sich in die entgegengesetzte Richtung auf. Der Weg führte ihn vorbei an einer Reihe kleiner Geschäfte. Ihre Schaufenster präsentierten Schleckereien, diverses Spielzeug und magische Artikel wie Zauberstäbe und fliegende Besen aus Plastik. Ja, beim Erschaffen dieser Welt war ohne jeden Zweifel ein Kind am Werk gewesen.

Trotz des üppigen Angebotes in den Schaufenstern gehörte seine Aufmerksamkeit den Passanten. Die Jüngeren wie die Erwachsenen trugen bunte, mit den wildesten Motiven gemusterte Kleidung, die nicht zu ihren starren Gesichtsausdrücken passte. In fast bizarrem Gleichschritt marschierten sie über den Gehweg, ohne sich miteinander zu unterhalten oder ihrer Umgebung Beachtung zu schenken. Und folgte er ihnen mit seinem Blick, konnte er beobachten, wie sich ihre Statur veränderte, ihr Haar oder ihre Kleider sich verfärbten.

Diese Leute erfüllten die vorstellbar unbedeutendste Rolle, waren allesamt bloß Statisten. Ohne Charakter, ohne Vergangenheit oder Zukunft. In den Minuten oder Stunden, in denen sie existierten, würden sie nichts anderes tun und in seinen Augen auch nichts anderes sein als jetzt in diesem Moment: gar nichts.

Als Eric um eine Ecke bog, entdeckte er vor sich einen kleinen, blonden Jungen, der wie hypnotisiert an der Scheibe eines Ladens klebte. *Trains and Treats* stand in bunten Buchstaben über dem Eingang. Er trat neben den Jungen und schaute durch das Glas. Dahinter eröffnete sich eine weite Miniaturwelt, durch die sich eine dampfende Modelleisenbahn schlängelte.

»Kleiner«, wandte er sich an das Kind, das mit etwas Glück einen Hinweis für ihn bereithielt. »Hättest du gern so eine?«

Der Kleine reagierte nicht sofort. Es brauchte etwas Zeit, bevor er sich von dem Anblick trennte.

»Ich denke schon«, antwortete der Junge schließlich und drehte sich zu ihm um. Hinter seinen Worten schien kein Gefühl zu stecken.

»Sag mal, kennst du andere Kinder in dieser Stadt?«, fragte Eric weiter, woraufhin der Junge den Kopf schüttelte.

Dabei verschwamm die Form seines schmalen Gesichts, wurde rundlicher, fast mollig.

»Nein. Ich denke nicht.«

Er dachte, aber er wusste nicht.

»Wie heißt du denn?«

Der Junge überlegte nicht lange. »Ich weiß es nicht.«

Natürlich nicht. Er war nur ein Statist.

»Ich muss jetzt weiter«, verabschiedete Eric sich und setzte sich wieder in Bewegung.

Im Gehen drehte er sich noch einmal nach dem Kind um und sah, dass es seine Nase wieder, genau wie zuvor, gegen die Schaufensterscheibe presste.

Irgendwie beneidete er den Jungen. Sein Leben mochte kurz und ohne Bedeutung sein, nicht mal ein richtiges Leben. Doch ohne echte Gefühle war es gleichzeitig fern von jedem Leid. Es gab keine Ängste darin, keine Einsamkeit und keine Hoffnungen, die zerschlagen werden konnten.

Eric wandte sich wieder nach vorn, als alles um ihn herum begann, sich schwarz zu färben. Die Dunkelheit kroch aus allen Richtungen heran und verschluckte langsam, aber beständig den Himmel, die Häuser, den Gehweg Stein für Stein und ebenso die Menschen, die darauf entlang spazierten. Und niemand bemerkte es. Die Leute verschwanden einfach.

Aus Reflex überprüfte er das kreisrunde Tattoo unter seinem Ärmel. Es war inzwischen so sehr verblasst, dass es kaum noch zu sehen war.

Jetzt schon? Dabei war er doch gerade erst angekommen.

Aber das Ende einer Welt wartete auf niemanden. Er beobachtete, wie alles in einem großen, schwarzen Loch versank, bis es schließlich ihn selbst erreichte. Ganz automatisch schloss er seine Augen und wartete.

Dann, einen Moment lang, war alles still. Still und finster.

Bis ihm stürmischer Wind um die Ohren brauste. Als er die Augen wieder öffnete, blendete ihn das grelle Licht der Sonne. Er blinzelte und versuchte, etwas zu erkennen. Das Erste, was er wahrnahm, war das Blau, das sich vor ihm bis zum Horizont erstreckte. Es war kalt. Der Wind toste und ließ ihn erzittern.

Eric stand allein auf dem vordersten Ausläufer einer steilen Klippe. Hinter ihm karger Fels, vor ihm das offene Meer. Er bräuchte nur einen einzigen Schritt nach vorn zu tun und er würde fallen, seine Knochen auf dem Stein zerschlagen.

Wie lange sollte seine Suche noch andauern?

Er starrte auf die rauschenden Wellen und fragte sich, wie viele Misserfolge er noch zu ertragen hatte. Das Wasser schlug mit einer solchen Wucht gegen den Fels unter ihm, dass es bis zu seinen Füßen in die Höhe schoss und dort zerstob.

Wie lange musste er noch durchhalten?

2

So viele Gesichter. Unzählige Menschen strömten an Eric vorbei, als er die Augen aufschlug. Das Meer war verschwunden, stattdessen hetzten nun Menschen um ihn herum über den Bürgersteig. Er wurde einige Male angerempelt, noch bevor er einen Schritt getan hatte. Keine Warnungen, keine Entschuldigungen. Willkommen in New York City.

Ein paar Menschen waren auf sein Erscheinen in ihrer Welt aufmerksam geworden. Ein Mann im Anzug und eine Frau mit vollen Einkaufstüten hatten ihm am nächsten gestanden und ihn beim Vorbeigehen mit ihren Blicken bedacht. Darin war zwar keine Überraschung zu sehen gewesen, aber wenigstens hatte man sein urplötzliches Auftauchen bemerkt. Das bedeutete, dass er diesmal nicht gänzlich fernab vom Zentrum gelandet war.

Eric kannte New York, denn Menschen träumten immer wieder von diesem Ort. Seit seinem letzten Aufenthalt vor einiger Zeit erfüllte der Anblick der belebten Straßen ihn mit unvorstellbarem Unbehagen. Diese Stadt war verwoben mit einer Erinnerung, die er lieber vergessen wollte. Darin bestand aber nicht sein größtes Problem. Es war schlicht und ergreifend zu viel los. Tausende Erträumte auf einen Blick und alle verhielten sich gleich. Wie sollte er da jemals den Träumer unter ihnen ausfindig machen? Die einzige Person mit genügend Macht, ihm seinen sehnlichsten Wunsch zu erfüllen. Ihm zu helfen, nicht mehr ohne Kontrolle durch die Träume anderer springen zu müssen.

Er warf einen Blick auf sein Tattoo. Tiefschwarz bedeckten die Linien die Hälfte der Innenfläche seines Armes. Bisher gab es keine Anzeichen dafür, dass es allzu bald verschwinden würde.

»Es ist eine Art Uhr«, hatte Ben gesagt. »Du wirst immer wissen, wenn ein Träumer erwacht, noch bevor der Traum zu Ende ist.«

Und was hatte ihm dieses Wissen bis jetzt gebracht? Nicht viel, abgesehen davon, dass das Mal aus Tinte ihm immer wieder zeigte, wie aussichtslos sein Vorhaben letzten Endes doch war.

Er erinnerte sich an die Träumer, die er in der Vergangenheit aufgespürt hatte. Die unterschiedlichsten Menschen in den unterschiedlichsten Welten, aber mit einer Gemeinsamkeit: Sobald er ihnen verriet, dass sie nur schliefen, löste das irgendetwas in ihnen aus. Sein Tattoo begann zu verblassen, bis das Nichts nach den Ufern der Welt griff und der Traum endete. Die Träumer wachten auf, ehe er die Chance bekam, ihnen die eine Frage zu stellen, auf die es ankam.

Eines Tages würde es vielleicht anders laufen. Nur eine einzige Chance, mehr brauchte er nicht. Doch an einem überfüllten Ort wie diesem war es sowieso unwahrscheinlich, dass er überhaupt in die Nähe des Schöpfers gelangte. Da konnte er genauso gut gleich aufgeben, egal, wie viel Zeit ihm noch blieb.

Widerwillig bewegte Eric sich mit dem Menschenstrom fort.

Die Leute strömten mit gleichgültiger Miene an ihm vorbei und kein Gesicht unterschied sich großartig von den anderen. So bewegte er sich im Rhythmus der New Yorker Geschäftigkeit mit der Masse, vorbei an Büros, Läden und Kiosken, unter Baugerüsten hindurch und über befahrene Straßen hinweg. Er bog um ein paar Ecken und überquerte mehrere rote Ampeln. Die Gebäude ragten schwindelerregend weit in die Höhe – weiter als in den meisten anderen Versionen dieser Stadt, die er bereits kennengelernt hatte. Ihre Dächer berührten beinahe die Regenbögen, die zu Hunderten den Himmel verzierten, sich hier und da überkreuzten und kaum eine blaue Stelle übrigließen. Jede nur vorstellbare Farbe fand sich darin wieder. Auch die Vögel und Insekten, die über den Köpfen der Passanten schwirrten, schimmerten farbenfroh.

Eric erreichte gerade die Fifth Avenue, als sich eine Taube

mit violettem Gefieder vor seiner Nase in die Lüfte schwang, dicht an der Glasfront des gewaltigen Olympic Towers entlang nach oben schoss, um ins Gelb eines der Regenbögen einzutauchen und darin zu verschwinden.

Trotz des bunten Naturspektakels behielt das Großstadtfeeling die Oberhand. Bis auf einige Gräser und Blumen, die aus Rissen im Asphalt lugten, waren die Straßen staubig, die Gehwege strotzten vor Dreck und der Lärm der Taxifahrer, Bauarbeiter und Polizeisirenen stoppte keine Sekunde lang.

Der Träumer, der jeden Stein und jede Glasfront hier geschaffen hatte, musste die Stadt gut kennen. Zumindest Manhattan. Selbst durch die Fensterscheiben höherer Stockwerke konnte Eric Details wie Möbelstücke und Pflanzen ausmachen, die immer noch an ihrem Platz standen, wenn er ein zweites Mal hinsah. Genauso verhielt es sich mit Makeln an den Mauern der Gebäude. Wer sie auch erträumte, wusste genau, welche Worte Straßenkünstler oder Jugendliche auf den Stein geschrieben hatten, und auch, wo er besonders dreckig oder beschädigt war. Vielleicht kam er in der Realität häufig an den Häusern vorbei oder hatte sich sogar selbst mit Sprühfarbe daran zu schaffen gemacht.

An jedem anderen Ort hätte Eric sich über diese Entdeckung gefreut. Jedoch nicht hier. Selbst wenn er sein Augenmerk auf diesen Stadtteil richtete, blieb die Anzahl der Menschen zu hoch, um den einen Richtigen unter ihnen zu finden.

Alles, was ihm an den Leuten auffiel, blieb, dass viele von ihnen Frauen waren. Und nicht wenige unter ihnen schoben Kinderwagen vor sich her oder führten kleine Kinder an der Hand durch die Straßen. Vielleicht war dies der Traum einer Mutter?

Eric beobachtete gerade eine Dame in einem edlen Kleid, die einem vielleicht sechsjährigen Mädchen mit geflochtenen Zöpfen half, aus einem Taxi auszusteigen, als er hinter den beiden über die Straße hinweg jemanden entdeckte.

Dort zwischen den vorbeihetzenden Erträumten stand er, das Gesicht unter der Kapuze seines schwarzen Umhangs verborgen, doch den Blick unverkennbar starr auf ihn gerichtet.

Ein eiskalter Schauer lief Eric über den Rücken. Diese Person sah er nicht zum ersten Mal. Nein, sie tauchte immer wieder in den Träumen auf, in denen er landete. Sie verfolgte ihn und das schon seit geraumer Zeit. Aber aus welchem Grund sollte das jemand tun? Und vor allem: Wie war es überhaupt möglich, dass ihm jemand durch die Traumwelten folgte?

»Du, warte!«, rief er und machte einen Satz nach vorn.

Die elegant gekleidete Frau vor dem Taxi drehte sich zu ihm, fühlte sich wohl angesprochen, doch er hechtete an ihr vorbei um das Auto herum. Diesmal würde er schnell genug sein und seinen Verfolger endlich zur Rede stellen. Nicht für einen Augenblick ließ er ihn aus den Augen.

Dennoch löste sich die schwarze Gestalt genauso unerwartet in Luft auf, wie sie erschienen war.

Ein Auto raste an ihm vorbei und der Fahrer hupte laut, aber Eric blieb reglos am Straßenrand stehen und starrte auf die Stelle, an der der Kapuzenmann eben noch gestanden hatte. Wer zum Teufel war das gewesen?

Unweigerlich dachte er an die wohl einprägsamsten Worte zurück, die Ben ihm mit auf den Weg gegeben hatte. Obwohl er nur einen einzigen Traum mit ihm verbracht hatte – seinen allerersten, um genau zu sein -, erinnerte sich Eric noch heute an jeden Satz aus seinem Mund und an jedes Detail seiner Erscheinung. An seine sonnengebräunte Haut, an die silbernen Strähnen in seinem ansonsten schwarzen Haar und kurzen Bart. Auch an den durchdringenden, allwissenden Blick durch ein Paar eisblauer Augen. Er erinnerte sich an das Lächeln auf seinen Lippen, das Fältchen in seine Augenwinkel gegraben und ihn hatte gütig wirken lassen. Bens Züge waren in sein Gedächtnis eingebrannt und in diesem Moment konnte er ihn direkt vor sich sehen, um ihn noch einmal sagen zu hören: *Du bist nicht allein. Vergiss das niemals.*

Er hatte es nicht vergessen. Und trotzdem war Ben der

einzige Mensch, dem er je begegnet war, der anders zu sein schien. Anders als die bedeutungslosen Erträumten, die unwissenden Träumer. Ben war mehr. Was auch immer hinter diesem *mehr* stecken mochte.

Nur einen gab es noch, der nicht ins Bild passte; der weder Statist noch Schöpfer war. Und zwar seinen mysteriösen Beobachter.

Hatte Ben diese Person gemeint, als er ihm verraten hatte, dass er nicht allein war? Hatte es am Ende vielleicht eine Warnung sein sollen und kein Versprechen, wie er es so lange gehofft hatte?

»Hallo? Kann ich mal durch?«

Eine Frau mit langen, rötlichblonden Haaren – sie sah nicht älter aus als zwanzig –, schob sich hastig durch die Menge. Ihre rosafarbene Jacke streifte seinen Arm, bevor sie auf die befahrene Straße stolperte. Reifen quietschten, als ein Taxi direkt vor ihr zum Stehen kam, und der Fahrer hupte ihr wütend hinterher. Aber sie sah nicht einmal in die Richtung des Autos. Wie vom Teufel gejagt, rannte sie weiter. In beeindruckendem Tempo, wenn man ihre zierliche Statur und die hohen Absätze unter ihren Füßen bedachte.

Eric war so perplex, dass er zunächst nicht begriff, was vor sich ging. Sobald er sich jedoch gesammelt hatte, nahm er die Beine in die Hand und sprintete los. Eine Erträumte, die sich so auffällig benahm, durfte er auf keinen Fall entwischen lassen!

Das Taxi, das so abrupt mitten auf dem Fußgängerübergang angehalten hatte, fuhr gerade wieder an, als er daran vorbei hechtete. Mit einer Hand stützte er sich auf der Motorhaube ab und wich so dem Auto aus, ohne die Frau mit den rotblonden Haaren aus den Augen zu lassen. In diesen Schuhen würde sie ihren Vorsprung sicher nicht lange halten können.

»Hey, warte!«, rief er der Flüchtigen hinterher, die sich unerwartet schnell zwischen den Passanten bewegte.

Sie reagierte nicht darauf, sondern lief einfach unbeirrt weiter.

Eric stieß die Luft aus und spannte seine Muskeln an, um schneller zu rennen. Er schob die Menschen beiseite, die ihm die Sicht nahmen, und kämpfte sich so immer näher an sein Ziel heran.

Als die junge Frau bloß noch eine Armlänge von ihm entfernt war, machte er einen Satz, umfasste sie mit ausgestrecktem Arm und drückte sie gegen die Wand des nächsten Gebäudes, sodass sie in der Falle saß. Sie war nicht besonders groß, reichte ihm trotz der Absätze gerade bis zum Kinn.

»Sofort loslassen!«

Ihre Blicke kreuzten sich und sie funkelte ihn wütend an. Bernsteinfarbene Augen, unglaublich detailreich. Und darunter ein kleines Meer aus Sommersprossen. Er war ihr so nah, dass er an der Spitze ihres rechten Wangenknochens zwei bemerkte, die sich überlappten, wodurch sie gemeinsam die Form eines Herzens bildeten. Etwas Vergleichbares hatte er noch nie gesehen.

Wer war sie?

Für eine Sekunde vergaß Eric über diesen Anblick alles um sich herum. Ein flüchtiger Moment der Unachtsamkeit, den die Frau in seinen Armen nutzte, um sich zu befreien.

»Au!«, fluchte er, als sich ein spitzer Absatz von oben durch seinen Schuh bohrte.

Den Schmerz ignorierend, sprang er zur Seite und packte die Ausreißerin wieder am Arm.

»Hilfe, dieser Mann belästigt mich!«, schrie diese aus vollem Hals und zog damit die Blicke der Umstehenden auf sich.

Eine Reihe von Menschen starrte sie an, einige Fußgänger verlangsamten ihre Schritte. Allerdings schien niemand auf die Idee zu kommen, einzuschreiten.

»Was soll das? Hilfe!«

Eric sah erleichtert, dass die Leute sogleich wieder das Interesse verloren. Dass jemand sich einmischte, war ohnehin unwahrscheinlich. Erträumte ergriffen in solchen Situationen nur selten die Initiative.

Er widmete sich wieder voll und ganz der jungen Dame.

»Immer mit der Ruhe. Ich tue dir nichts«, sagte er eindringlich. »Hi, ich bin Eric.«

Eindeutig skeptisch, starrte sie ihn an. Natürlich konnte er kein plötzliches Vertrauen von einer Frau erwarten, die er soeben verfolgt und gegen eine Hauswand gedrängt hatte. Das war einfach nicht die beste Art, sich vorzustellen. Aber ihr unerwartetes Auftauchen hatte ihn aus dem Konzept gebracht. Er hätte sie doch nicht davonkommen lassen können! Nicht, dass er sich große Hoffnungen machte, endlich sein Ziel zu erreichen, denn darüber war er längst hinaus. Doch er wollte keine Chance ungenutzt verstreichen lassen.

Und was für eine Chance sich ihm hier bot! Todsicher stand sie in Verbindung zum Träumer, wenn sie es nicht sogar selbst war.

»Ich möchte dir nur ein paar Fragen stellen.«

Sie starrte ihn wortlos an. Galt das als Einverständnis?

»Ich sage dir, wie es läuft. Zuerst werde ich dich loslassen, aber wehe, du läufst wieder weg! Beim nächsten Mal bin ich nicht mehr so freundlich.« Er verengte die Augen zu Schlitzen und spannte den Kiefer an, versuchte bedrohlich zu wirken. »Und keine Tritte mit dem Absatz mehr! Verstehen wir uns?«

Sie zögerte kurz, dann nickte sie. Noch etwas unsicher löste er seinen Griff und wartete einen Moment ab, aber sie rührte sich nicht. Mit den Augen suchte sie zwar alle Richtungen nach Fluchtmöglichkeiten ab, doch bewegte sich keinen Zentimeter von der Stelle. Erleichtert stellte er fest, dass auch die spitzen Absätze ihrer Schuhe blieben, wo sie waren. Anscheinend hatte er sie tatsächlich eingeschüchtert.

Dachte er. Doch einen Moment später reckte sie stolz ihr Kinn in die Höhe. »Also, was willst du von mir?«

Hätten ihre Lippen nicht ganz leicht gezittert, wäre er in dem Glauben gewesen, sie sei lediglich genervt von ihm.

Er schüttelte seine Verwirrung über ihr ungewöhnliches Verhalten ab und schob sie ein Stückchen weiter bis zu der Tür, die ins Innere des Gebäudes führte. Da drinnen würde sie ihm nicht so schnell ausbüchsen.

»Da rein«, forderte er sie zum Eintreten auf.

Ihr war offensichtlich nicht ganz wohl dabei, dennoch gehorchte sie und betrat als Erste das kleine, nach Tabak riechende Zeitschriftengeschäft.

»Guten Morgen, wie geht es Ihnen heute?«, begrüßte sie ein rundlicher Mann mit südländischem Akzent hinter dem vollgestellten Tresen.

Dieser befand sich mittig vor der Wand, am anderen Ende des düsteren Raumes, und war zu beiden Seiten eingeschlossen von Regalen voller Zeitungen, Postkarten, Feuerzeugen und allerlei Souvenirs.

Weder Eric noch seine Begleiterin gingen auf den Mann ein.

»Nun?«, hakte sie nach, nicht ohne einen sehnsüchtigen Blick zur Tür zu werfen, die sich klingelnd hinter ihnen schloss.

Eric beobachtete fasziniert, wie sehr sie sich bemühte, unbeeindruckt zu wirken. Es zeugte von Charakter - die wohl größte Seltenheit unter Erträumten - und war damit ein weiterer Beweis dafür, dass es sich bei ihr um jemand Besonderen handelte.

Erst jetzt bemerkte er das goldene *G*, das an einer Kette um ihren Hals baumelte. Der Anfangsbuchstabe ihres Namens?

»Bist du hier aus der Gegend? Wie heißt du?«, fragte er ohne weitere Umschweife, woraufhin ihn ein spöttischer Blick traf.

»Was? Das ist doch wohl ein Witz, oder? Ein völlig Fremder überfällt mich einfach auf der Straße, entführt mich in diesen dreckigen Schuppen und das nur, weil er mich angraben will? Dafür habe ich wirklich keine Zeit. Ich gehe!«

Mit einer abwehrenden Handbewegung und einer eleganten Drehung schob sie sich energisch an ihm vorbei und ging in Richtung Ausgang. Dabei berührte eine ihrer langen Locken sein Gesicht.

Eric konnte nicht fassen, dass sie ihn stehen ließ. Und das

auch noch auf diese selbstbewusste, geradezu menschliche Art und Weise.

»Angraben?«

Schnell packte er ihre Schultern und zog sie zurück vor den Tresen. »Hör mal, das hast du eindeutig missverstanden. Ich grabe niemanden an. Jemals. Eigentlich ist es so: Ich brauche deine Hilfe. Dazu musst du mir nur ein paar Fragen beantworten.«

So schwer hatte man es ihm schon seit langer Zeit nicht mehr gemacht.

»Hilfe brauchst du ganz sicher«, bestätigte sie und wand sich aus seinem Griff. »Und einen Friseur.«

Mit hochgezogener Augenbraue musterte sie sein wildes, kurzes Haar.

Eric blinzelte. »Was stimmt denn nicht mit …?«

Egal! Was spielte das überhaupt für eine Rolle? Langsam wurde er ungeduldig. Mit einem Brummen zog er an seinem Ärmel, um das Mal zu überprüfen, und erstarrte, als er die blasser werdende Tinte erblickte. Die Zeit lief ab. Welch grausamer Scherz des Schicksals, dass dies immer dann geschah, wenn er auf eine Spur stieß. Er würde das Wettrennen mit der Uhr unter seiner Haut wieder verlieren.

»Wie lautet dein Name?«, drängte er lauter als zuvor.

»Giselle!«, erwiderte sein Gegenüber ebenfalls lauter. »Ich heiße Giselle, okay!?«

Sie wusste es. Sie wusste es tatsächlich. Auf einmal wurde sein Hals ganz trocken. Sie wusste ihren Namen, anders als die meisten anderen Erträumten. *Giselle.*

»Was starrst du mich so an? Das ist echt gruselig, weißt du?«

Giselle.

Fast traute er sich nicht, zu fragen. »Und weiter?«

»Wie bitte?«

»Dein Nachname.«

Sie schnalzte mit der Zunge. »Geht dich nichts an.«

Eric presste die Lippen zusammen. Warum musste die erste Person seit langem, die ihren Namen wusste, nur so dermaßen unkooperativ sein? Die Zeit lief unaufhaltsam weiter, trieb ihm Schweißperlen auf die Stirn und beschleunigte seinen Herzschlag.

»Aber du besitzt einen Nachnamen?«

»Klar. Ich wäre nur schön blöd, ihn einem Verrückten zu verraten. Das wäre ja, als würde ich dich anbetteln, mich zu stalken«, entgegnete sie empört und wedelte mit dem manikürten Zeigefinger vor seinem Gesicht herum.

Stalken? Das wurde ja immer bunter.

»Na schön. Wie alt bist du?«

Bang wartete er auf den Satz *Ich weiß es nicht.* Denn den bekam er öfter als alles andere zu hören.

»Neunzehn«, hatte sie jedoch auch diese Antwort parat.

In seinem Bauch begann es zu kribbeln. »Hast du Geschwister?«

»Nope.«

»Wann hast du Geburtstag?«

Sie verzog das Gesicht. »Wieso? Willst du mir Blumen schicken?«

»Antworte.«

»10. Mai.«

Sie blinzelte, ihr Blick wich nach rechts aus und ihre Atembewegung veränderte sich. Log sie? Wahnsinn.

Es war klar, dass sie dem, den er brauchte, nahestand. Sonst wüsste sie diese Dinge nicht. Und sie wäre auch nicht menschlich genug, um ihn anzulügen - geschweige denn so offensichtlich. Sie würde ihn also zum Träumer führen können. Vielleicht hielt er sich sogar ganz in der Nähe auf.

Oder die Träumerin stand direkt vor ihm. Eric spürte die Zeit im Nacken. Noch einmal prüfte er seine Tätowierung und betete, irgendeine Macht da draußen möge die langsam verblassende Tinte aufhalten.

»Okay. Warum hattest du es eben so eilig?«, bohrte er weiter.

»Warum willst du das wissen?«

»Antworte auf die Frage!«

»Ist ja gut!« Giselle stieß betont genervt die Luft aus.

»Wenn es dich so brennend interessiert: Es gibt einen Sommerschlussverkauf in der Madison Avenue. Pumps, Stilettos und Peeptoes für weniger als fünfzig Dollar pro Paar.«

Meinte sie das ernst?

»Dafür hast du dich fast von einem Taxi überfahren lassen?«

Nicht ganz das, was er erwartet hatte. Trotz der gestylten Haare, des Lippenstifts, des funkelnden Schmucks und der Absätze.

Giselle wurde rot.

Anscheinend war es wirklich ihr Ernst. Shopping? Deshalb die Rennerei und ihr Beinahe-Unfall? Sollte sich sein Wunsch tatsächlich in einem so unspektakulären Traum erfüllen? Irgendwie ein wenig deprimierend.

»Au, du tust mir weh!«, beschwerte Giselle sich nun und wies mit dem Kopf auf ihr Handgelenk.

Eric hatte gar nicht gemerkt, dass er sie fester gepackt hatte. Eine Entschuldigung murmelnd, lockerte er seinen Griff. Schön und gut, bei dem Grund für diese dramatische Verfolgungsjagd handelte es sich also lediglich um einen Schlussverkauf. Das mochte eine Enttäuschung sein, minderte jedoch nicht den Wert, den diese Frau für ihn hatte.

Noch konnte er allerdings nicht mit Bestimmtheit sagen, ob sie diejenige war, die träumte, oder nur jemand, der seine Zielperson kannte. Aber wie kam er am schnellsten dahinter?

»Bist du jetzt fertig mit dem Verhör?«, hakte sie nach, während er fieberhaft überlegte.

»Nein, sicher nicht! Es geht um Schuhe, meinetwegen. Dann… Welche Art von Schuhen trägst du am liebsten?«

Etwas Persönliches. Nur wenn sie solche Dinge über sich wusste, kam sie selbst als Träumerin in Frage.

»Ich kapier' wirklich nicht, was das hier werden soll!«, wehrte Giselle ab.

»Das spielt keine Rolle. Antworte mir einfach.«

Was er brauchte, waren Details. Details und mehr Zeit. Sie schien zu überlegen, was seine Nervosität wachsen ließ.

»Und antworte spontan!«, forderte er.

»Ja, ja. Ich trage oft High Heels wie diese hier.«

Keine direkte Antwort auf seine Frage.

»Das ist nicht das, was ich wissen wollte. Vielleicht sollte ich etwas konkreter werden: Beschreibe mir deine Lieblingsschuhe.«

»Ich ...«, setzte Giselle an.

»Ja?«, drängte Eric, der seine Hände inzwischen zu Fäusten geballt hatte. Ein kurzer Blick auf sein Tattoo, das wie eine Sanduhr auslief, zeigte, dass ihm nun wirklich nicht mehr viel Zeit blieb. Einige Minuten vielleicht.

»Keine Ahnung. Seltsam, ich weiß, dass ich ein Paar Lieblingsschuhe besitze, aber ich habe keinen blassen Schimmer, wie sie aussehen. Rote zum Beispiel stehen mir besonders, aber das hängt natürlich davon ab, was ich dazu trage«, redete sie weiter.

Das war sie – die Bestätigung dafür, dass er es mit der Falschen zu tun hatte. Nicht mit einer Träumerin, sondern bloß mit einer weiteren Erträumten. Aber Giselle wusste so viel über sich selbst, dass sie den Träumer kennen musste. Er war in der Nähe.

Hektisch schaute Eric aus dem Fenster und musterte die vielen Passanten. *Einer von denen?*

»Hast du Freunde oder Verwandte in New York?«, unterbrach er hastig ihre Aufzählung der Farben, die am häufigsten ihre Füße zierten.

»Was für eine Frage! Klar hab ich Freunde. Was glaubst du denn? Ich bin sehr beliebt. Meine ...« Weiter kam sie nicht, denn ohne Vorwarnung begann das Ende des Traums.

Nein! Nein, nicht jetzt! Eric wollte es verhindern, doch er hatte keine Gewalt über den schwarzen Mantel, der sich langsam über alles legte, was sie beide umgab. Durch die Glastür des Ladens sah er, wie die Stadt, die Menschen auf den Straßen, die Häuser verschwammen und von der Dunkelheit umhüllt wurden. Eine Frau, die ihren Chihuahua an der Leine führte, wurde von ihr verschluckt. Auch ein Mann mit einer Lederaktentasche und ein Kind, das auf dem

Trottoir von Stein zu Stein hüpfte, verschwanden direkt vor der gläsernen Ladentür im Nichts. Dann begann die Decke über Eric ebenfalls, an Form zu verlieren, und auch der Tresen und der freundlich lächelnde Mann dahinter wurden Stück für Stück zu Dunkelheit.

»Was passiert hier?«, wimmerte Giselle. Mit weit aufgerissenen Augen starrte sie auf die Stelle, an der eben noch der Ladenbesitzer gestanden hatte. »Oh, mein Gott!«

Eric erstarrte. »Du kannst es sehen?«

Statt zu antworten, stolperte sie mehrere Schritte zurück.

Was um alles in der Welt ging hier vor sich?

»Du siehst es?« Fast brüllte er.

Aber es brachte ihm nichts. Die Zeit war abgelaufen und seine Gelegenheit, den Träumer zu finden, verstrichen. Dabei fühlte er sich noch nicht ansatzweise bereit für den Traumsprung.

Ebenso wenig wie die junge Dame an seiner Seite. Bevor sich die Dunkelheit um ihn schloss, hörte Eric ein schrilles Kreischen und spürte, wie sich ihre Arme um seinen Hals schlangen.

Auszug aus dem Tagebuch eines Träumers

Liebes Tagebuch,

heute ist der glücklichste Tag meines Lebens. Lily erwartet ein Kind. Es ist soweit, ich werde Vater. Und ich habe mir geschworen, meiner Tochter oder meinem Sohn der beste Vater zu sein, den es nur geben kann. Ich will für mein Kind die Sterne vom Himmel holen und ihm von den Wundern der Welt erzählen - jede Nacht, bis sie oder er alt genug ist, die Geschichten an meine Enkel weiterzugeben.

Lily lacht darüber, dass ich jetzt schon an meine Enkel denke. Sie ist wunderschön, wenn sie lacht.

Jasper

3

Der Schwindel verzog sich wie immer schnell. Benommen öffnete Eric die Augen und suchte seine neue Umgebung ab, die sich in jeder Hinsicht von New York City unterschied. Alles war ruhig, kein einziges Lebewesen in Sicht. Die Landschaft vor ihm erstreckte sich weitläufig, formte kleine und große Hügel. Bis zum Horizont färbten Wiesen alles grün, die hohen Gräser wiegten sich sanft in einem auf der Haut nicht spürbaren Wind hin und her. Dazu leuchtete der Himmel in verschiedenen Blau- und Lilatönen. Doch sein Farbenspiel war nichts im Vergleich zu dem der gigantischen Sonne, die der Erde so nah kam, dass Eric den Feuersturm aus roten, gelben und orangefarbenen Flammen erkennen konnte, der darauf tobte. Er musste wegsehen, um nicht von der Angst ergriffen zu werden, die dieser Anblick aufgrund einer alten Erinnerung in ihm auslöste.

Außerdem plagte ihn in diesem Augenblick bereits ein ganz anderes Gefühl. Nach quälend langer Zeit war er endlich wieder so dicht dran gewesen, mit einem Träumer zu sprechen und sich seinen einzigen Wunsch zu erfüllen. Und dann das. Warum nur hatte ausgerechnet dieser Traum so schnell ein Ende finden und ihn mit mehr Fragen als Antworten zurücklassen müssen? Da lag eben das Problem mit der Hoffnung. Manchmal bemerkte man sie erst, wenn sie zerstört wurde.

Undenkbar, dass er jemals wieder einem Erträumten begegnete, der den Tod seiner Welt sehen konnte, sobald ihr Schöpfer erwachte.

Unendliches Selbstmitleid erfüllte Eric und hielt seine Beine davon ab, sich in Bewegung zu setzen. Er hasste sich dafür, aber in diesem Moment konnte er nicht anders, als sich dem Schmerz hinzugeben.

Was, wenn seine Begegnung mit Giselle eine einmalige Gelegenheit gewesen war, mehr über sich und sein Schicksal herauszufinden oder darüber, wie er einen Träumer davon abhalten konnte, aufzuwachen?

Er schaute auf sein Tattoo, das nun wieder tiefschwarz aussah, und vergrub für einen Moment sein Gesicht in den Händen. *Das war's*, dachte er und schluckte den Kloß in seinem Hals runter. *Wieder von vorn.*

Einer verpassten Chance nachzutrauern, half ihm auch nicht weiter. Stattdessen sollte er die Minuten, Stunden oder Tage nutzen, die man ihm in dieser Gedankenwelt gewährte. Jede tatenlos verbrachte Sekunde konnte die eine sein, die ihm später fehlte, wenn er einem Träumer wieder so nahekam.

»Also was jetzt?«, flüsterte er.

»Was zum ...?«, antwortete darauf eine Stimme direkt hinter ihm.

Erschrocken wirbelte er herum und blickte in das bekannte, von rotblonden Locken umrahmte Gesicht des Mädchens, das er in New York getroffen hatte.

Giselle starrte ihm entgegen. Sie wirkte kein bisschen weniger fassungslos, als er es war.

»Wo bin ich?«, stotterte sie. »Was hast du mit mir gemacht?«

Wie gern wollte Eric antworten, jedoch versagte seine Stimme.

»Bin ich auf Drogen?« Giselle klang hysterisch. »Oh, nein! Hast du Irrer mir eben irgendwas gespritzt?«

Eilig schob sie beide Ärmel ihrer rosafarbenen Jacke nach oben und untersuchte ihre Arme nach Einstichen. Auch ihren Hals und ihren Nacken tastete sie ab.

Derweil fand Eric seine Stimme wieder. »Moment. Gar nichts habe ich dir gespritzt. Denkst du nicht, dass du das gemerkt hättest?«

Giselle beäugte ihn einen Moment lang skeptisch, ließ allerdings von ihrem Hals ab.

»Deine Hand«, brachte sie dann hervor.

»Was?«

»Du hast mir die Hand auf den Mund gepresst. Was hab ich da eingeatmet?«

Dieses Mädchen hatte eine blühende Fantasie. Und

offenbar auch ein Vertrauensproblem.

»Du bist nicht auf Drogen.« Er bemühte sich, so seriös wie möglich zu klingen.

Aber im Grunde wusste er in diesem Augenblick nicht viel mehr als die Erträumte vor seiner Nase. Falls sie tatsächlich bloß eine Erträumte war. Noch niemals hatte jemand den Sprung mit ihm gemeinsam gemacht. Bis jetzt hatte er auch gedacht, das wäre unmöglich, und doch stand die Rothaarige hier vor ihm.

»Offensichtlich halluziniere ich aber«, beharrte sie auf ihrer Drogentheorie und blickte sich um. »Immerhin wurde ich eben ganz sicher nicht zusammen mit der ganzen Stadt von einem schwarzen Loch verschlungen und dann mit einem Dealer mitten in der Pampa wieder ausgespuckt. Total verrückt.«

»*Dealer*?«

Giselle löste den Blick von der besagten Pampa und richtete ihn auf Eric. Sie musterte ihn, eine Augenbraue skeptisch in die Höhe gezogen.

»Du musst zugeben, in dem grauen Fummel, den du da anhast, ließe sich eine Menge verstecken«, urteilte sie schließlich. »Und drunter trägst du nur Schwarz. Ehrlich jetzt?«

Am Mantel lag es also. Gut, seine erste Wahl wäre der sicherlich auch nicht gewesen, doch die hatte er schließlich nicht. Die Erklärung, warum er ihn trug, sparte er sich für den Augenblick.

»Keine Drogen«, wiederholte er bloß.

Daraufhin blieb Giselle erst einmal stumm. Ihr Blick ruhte weiterhin voller Argwohn auf ihm, aber das konnte er ihr nicht verübeln. Schon für ihn selbst war diese Situation nervenaufreibend. Wie musste sie sich dann erst fühlen – herausgerissen aus ihrem Leben?

Irgendwie musste er sie beruhigen, um mit ihr darüber reden zu können, was zwischen New York und hier geschehen war.

Er ließ ihr einen Moment, um ihre Gedanken zu sortieren.

Und weil auch er das tun musste. Wie war das möglich? Wie hatte sie mit ihm springen können? Und wie hatte sie das Ende des Traums kommen sehen?

»Und wie erklärst du dann sonst diesen Trip?«, unterbrach Giselle seine Überlegungen und machte mit dem Arm eine große Geste, mit der sie auf die nahe Sonne und die windlos wogenden Felder deutete.

Sie betrachtete ihn noch immer argwöhnisch, schien nun jedoch bereit, ihm zuzuhören.

Tja, doch wo fing er am besten an? Immerhin hatte sie keine Ahnung von allem, was sein Leben ausmachte.

»Nun, die Sache ist die«, setzte er an. »Alles, was eben geschehen ist, war Teil eines Traumes. Deshalb warst du unterwegs zu deinem wichtigen Schuh-Dingsbums. Weil jemand geträumt hat, dass du dorthin gehst.« Er studierte ihr Gesicht, aber bisher regte sich nichts. »Normalerweise merken die Menschen, die in Träumen herumlaufen, nichts davon, wenn der Träumer aufwacht und sich alles auflöst. Du dagegen konntest es aus irgendeinem Grund wahrnehmen.« Jetzt, ganz langsam, weiteten sich ihre Augen. »Und du bist zusammen mit mir in die Traumwelt eines anderen Schlafenden gesprungen. Mehr kann ich dir nicht sagen, denn wie du das geschafft hast, ist für mich nicht weniger rätselhaft als für dich.«

Hoffentlich war das nicht schon zu viel der Ehrlichkeit. Giselle zeigte bislang eine Menge Temperament und die Wahrscheinlichkeit für einen Nervenzusammenbruch lag in ihrem Fall vermutlich weit über dem Durchschnitt. Vielleicht glaubte sie ihm aber auch gar nicht. Wäre jedenfalls kein Wunder, bei einer so schwer verdaulichen Nachricht.

Eine volle Minute erwiderte sie seinen Blick ohne ein Wort. Womöglich war es nur die Ruhe vor dem Sturm, doch ihre Nerven schienen vorerst standzuhalten.

»Schlussverkauf«, murmelte sie schließlich. »Kein *Dingsbums.*«

Eric beschloss, das mal so stehen zu lassen.

»Das hier ist ein Traum«, wiederholte sie seine Worte,

nachdem ein paar weitere Sekunden verstrichen waren.

Er nickte. Akzeptierte sie tatsächlich seine Erklärung? Dass alles, was sie für real gehalten hatte, lediglich ein Traum gewesen war?

»Eben noch war ich in einem anderen Traum, bis du mich gestalkt und in diesen hier entführt hast«, schloss sie ihre Überlegungen ab.

Moment mal!

»Ich hab dir nur ein paar harmlose Fragen gestellt! Das macht mich ja wohl nicht zu einem Stalker!«, brauste er auf. »Und ein Dealer bin ich auch nicht. Schreib dir das auf!«

Warum musste die einzige außergewöhnliche Erträumte, auf die er seit Ben je getroffen war, ausgerechnet diese hier sein? Auf jeden Fall hatte sie keinen Schimmer, was vor sich ging.

»Und entführt habe ich dich genauso wenig. Du hast dich mir an den Hals geworfen«, korrigierte er sie, noch immer beleidigt.

Konnte das der Grund dafür sein, dass sie den Sprung mit ihm gemacht hatte? Hatte er seine Fähigkeit, durch Träume zu springen, mit ihr geteilt, als sie sich an ihn geklammert hatte?

Aber nein, er war schon öfter während des Endes mit Erträumten in Berührung gekommen – einmal hatte er sich mitten im Würgegriff eines Mannes mit grünen Schuppen auf den Armen und der Zunge einer Schlange befunden – und trotzdem immer allein gesprungen. Es musste also an ihr liegen.

Sie schnaubte hörbar. »Eric ist dein Name, nicht wahr?« Eine Frage, deren Antwort sie nicht abwartete. »Also Eric. Du scheinst ja echt Nerven zu haben. Ich erklär' dir das mal kurz: Ich habe mich dir sicherlich nicht *an den Hals geworfen*. Als nämlich vorhin die verdammte Welt untergegangen ist, hab ich mich erschrocken und bin umgeknickt. Versuch du mal, in diesen Dingern nicht hinzufallen.«

Mit einem vielsagenden Blick zeigte sie auf ihre Füße. Die steckten nach wie vor in High Heels – dem denkbar ungünstigsten Schuhwerk für den Ort, an dem sie gelandet waren.

»Wenn du das sagst«, entgegnete Eric, der daran denken musste, wie leichtfüßig sie doch mit einem Schlussverkauf vor Augen gewesen war. »Ich rate dir übrigens, die Schuhe auszuziehen, wenn du hier durch die Gegend läufst. Sonst wirst du noch das ein oder andere Mal umknicken und hinfallen.«

So. Anscheinend lag ein ernsthaftes Gespräch doch nicht im Rahmen des Möglichen. Und während er sich hier auf kindische Wortgefechte mit ihr einließ, verlor er wertvolle Zeit. Mit dem Träumer dieses Traums hatte sie herzlich wenig zu tun und es half ihm kein Stück weiter, wenn er diese Unterhaltung fortsetzte. Egal, wie ungewöhnlich sie war.

Mit einem Blick auf das Mal an seinem Arm setzte Eric sich in Bewegung. Noch sah alles gut aus und das sollte er besser ausnutzen.

»Wohin willst du?« Giselle verlor keine Sekunde und stolperte ihm nach. Die langen Absätze ihrer Schuhe blieben im feuchten Boden stecken und sie kam nur schwer voran. »Ihhh, hier ist es voll matschig!«

Genervt kniff er die Lippen zusammen und drehte sich zu seiner Verfolgerin um, die bei dem Versuch, einen festen Stand zu gewinnen, verzweifelte Laute von sich gab.

»Warum ziehst du die Schuhe nicht einfach aus?«

»Diese Hose ist ein Designerstück!« Sie zeigte auf den hellen Stoff, der ihre Beine eng umschloss und dessen Saum zweifellos Spuren der schlammigen Erde abbekäme. »Davon verstehst du natürlich nichts.«

Schon wieder so ein herablassender Kommentar. Langsam verlor er ein wenig die Nerven. Giselle war mit Abstand die anstrengendste Person, mit der es je zu tun gehabt hatte. Wenn er nur irgendetwas tun könnte, damit sie den Mund hielt.

Da kam ihm auch schon eine Idee. Was, wenn er sie glauben ließ, dass sie es war, die schlief? Dann verstand sie die Sache mit dem Traum womöglich besser und ließ ihn in Ruhe.

»Weißt du, ich habe mich geirrt. Wir befinden uns in *deinem* Traum. Das heißt, du schläfst. Wenn du also morgen früh in deinem Designerpyjama unter deiner Designerbettdecke aufwachst, sind alle garstigen Flecken von deiner Designerhose verschwunden.«

Sie hielt inne und schien einen Moment lang darüber nachzudenken. »Designerbettwäsche hab ich gar nicht«, warf sie schließlich ein.

Eric rollte mit den Augen und wandte sich wieder von ihr ab. Sollte sie doch sehen, wie sie allein zurechtkam.

Erst geschah nichts. Schnellen Schrittes stapfte er über das Gras, geradewegs auf einen der großen Hügel zu, von dem er sich einen besseren Ausblick versprach. Dann ertönte hinter ihm ein Aufschrei, gefolgt von leisem Schluchzen und einen Atemzug später tauchte Giselle mit ihren High Heels in der Hand neben ihm auf.

»Dafür, dass er nicht echt sein soll, fühlt sich der Boden ganz schön eklig an«, murrte sie. »Und guck mal, was er meinen *Designer*schuhen angetan hat.«

Designer betonte sie ganz besonders, während sie das verdreckte Paar demonstrativ vor seinem Gesicht baumeln ließ.

Na, wunderbar. Vielleicht konnte er ihr nicht verbieten, ihm nachzulaufen, aber unter keinen Umständen würde er sich ihrem Tempo anpassen und noch einmal ihretwegen in Zeitnot geraten.

Stillschweigend erklommen die beiden den Hang, wobei Giselle stets ein Stück hinter Eric zurückblieb. Ständig spürte er ihren Blick in seinem Rücken. Ein seltsames Gefühl, beobachtet zu werden, wenn man sonst der Beobachter war.

Oben angekommen, vergaß er sogleich sein Unbehagen. Noch immer umgaben sie hauptsächlich Hügel und Gras, aber nun befand sich noch etwas anderes in Sichtweite.

»Da gehe ich bestimmt nicht hin«, hörte er Giselle neben sich, sobald sie zu ihm aufgeschlossen hatte.

»Es ist nur ein Wald«, erwiderte er und begann sofort mit dem Abstieg. »Aber bleib ruhig hier. Ich muss jedenfalls weiter.«

»Wo willst du denn überhaupt hin?«, fragte Giselle.

Er ignorierte es. Auch, dass sie zögerte, ihm zu folgen.

Wenn sie zu große Angst hatte, sollte sie lieber zurückbleiben und ihn seine Angelegenheiten erledigen lassen. Für seine Nerven wäre das sicher das Beste. Obwohl ein winzig kleiner Teil von ihm hoffte, dass sie sich doch dazu überwinden konnte, mitzukommen. Er schob es zwar auf seine Neugierde, doch vielleicht lag es eher daran, dass er zum ersten Mal seit Ben in Gesellschaft reiste.

»Warte!«, rief sie ihm hinterher. »Wenn du gehst, gehe ich auch.«

Bis sie die vordersten Bäume erreichten, wurde kein Wort mehr gesprochen.

Um einiges höher, als sie aus der Ferne gewirkt hatten, ragten die runzligen, bleichen Stämme vor ihnen aus der Erde. Dazwischen blieb genug Platz, um nebeneinander herzuwandern, doch zu einem gemütlichen Spaziergang lud dieser Wald nicht ein. Unter dem dichten Blätterdach war es dunkel, eine Dunkelheit, die über den laubbedeckten Boden fast bis zu ihren Fußspitzen reichte. Im Gegensatz zur öden Graslandschaft ein perfekter Schauplatz für einen spannenden Traum. Möglicherweise würde das auch ein Träumer so sehen und sich hier irgendwo aufhalten.

Dann mal los, trieb Eric sich vorwärts.

Giselles Stimme hielt ihn zurück.

»Keine zehn Pferde kriegen mich in den verbotenen Wald aus *Harry Potter*, damit das klar ist. Ich hab die Filme gesehen. Da drinnen passiert nichts Gutes!«

»Wie gesagt, du kannst gern hier warten.« Er seufzte.

Mochte sein, dass sie dort drinnen Unheil erwartete, aber er hatte gelernt, dass es Träumer, ob nun freiwillig oder nicht, oft genau dorthin zog, wo die Gefahr lauerte. Und bei all den Arten, auf die er bereits gestorben war, gab es kaum noch eine, die er wirklich fürchtete. Für ihn bedeutete der Tod nichts Endgültiges.

Für Giselle dagegen schon. Eine Weile schaute sie verängstigt an dem Baum auf und ab, der ihr am nächsten stand.

»Eric, ich kenn' dich nicht und bis jetzt bist du mir, ehrlich gesagt, ziemlich suspekt. Mit dir da reinzugehen, ist wahrscheinlich eine dumme Idee. Aber allein hierzubleiben, klingt irgendwie schlimmer.«

Eric, der schon vorangegangen war, hörte ihre Worte nur noch dumpf, reagierte auch nicht darauf. Sollte sie doch tun, was sie für richtig hielt.

4

Sobald Eric einige Meter in den Wald hineingetreten war, färbte sich alles um ihn herum seltsam bläulich. Es schien, als wäre es plötzlich Nacht geworden. Und obwohl sich über ihm ein undurchdringliches Dach aus Blättern befand, konnte er so klar sehen wie im Licht eines vollen Mondes. Von den grasbedeckten Hügeln war bald nichts mehr zu erkennen, denn hinter ihm, wie auch zu beiden Seiten und direkt vor seiner Nase, versperrten bleiche Stämme die Sicht.

Giselle holte ihn schnell ein. »Jetzt warte mal! Warum hast du es denn so furchtbar eilig?«

Eric reagierte nicht darauf und stapfte weiter geradeaus. Zumindest in die Richtung, die er für geradeaus hielt. Da es überall gleich aussah, war das schwer zu sagen. Erst einmal wollte er so tief wie möglich in diesen Wald hinein. Wäre doch schön, wenn sich dort irgendwo ein Träumer verirrt hatte.

»Hier ist es gruselig«, meldete sich Giselle bereits nach wenigen Metern wieder zu Wort. »Da kommt gar kein Licht durch die Blätter und trotzdem kann man super sehen, ist dir das aufgefallen?«

Sie klang irgendwie, als erwartete sie eine logische Erklärung dafür.

Schön, die hatte er.

»In Träumen muss nichts einen Sinn ergeben. Besser, du gewöhnst dich daran.«

Oder du lässt es, denn lange wirst du damit nicht mehr leben müssen, dachte er noch hinterher. *Nicht so lange wie ich jedenfalls.*

Welche besonderen Fähigkeiten es ihr auch ermöglicht haben mochten, gemeinsam mit ihm den Sprung in diese Welt zu schaffen, sie war mit Sicherheit eine Erträumte. Immerhin wusste sie selbst nicht, wie es hatte passieren können. Und da Erträumten normalerweise kein Leben vergönnt war, das über die Dauer eines Traumes hinausging, würde sie mit dem Ende dieser Welt auch ihr eigenes erwarten. Jedenfalls würde er nicht zulassen, dass sie ein weiteres Mal in seine Richtung *umknickte*. Mit Glück fand er bis dahin heraus, weshalb sie anders war.

Einen Moment schwieg sie, aber der ging schnell wieder vorbei.

»Ich fühle mich echt unwohl. Können wir uns nicht über irgendwas unterhalten?«, schlug sie vor. »Zur Ablenkung.«

Sein Schweigen sollte wohl Antwort genug sein.

»Okay, ist angekommen. Wir müssen nicht reden«, gab sie sich unerwartet schnell geschlagen.

Mit einem langen Seufzer stolperte sie weiter hinter ihm her und ließ ihm seine Ruhe. Wenigstens für kurze Zeit.

»Meine Füße tun weh. Überall liegen abgebrochene Äste und Steine, die mich piksen. Gehst du vielleicht mal etwas langsamer?«

Erics Kiefer spannte sich an. Konnte sie nicht mal eine Minute still sein?

»Ich bekomm' schon Blasen.«

Noch ein Seufzer verließ ihren Mund und diesem verpasste sie eine ordentliche Spur Theatralik.

»Weißt du, was mich davon ablenken würde? Eine Unterhaltung.«

Warum passierte das ausgerechnet ihm? Er rang mit sich, bevor er etwas sagte, das er sicherlich bereuen würde.

»Worüber möchtest du denn mit mir sprechen?«

Giselle ließ keine Sekunde auf sich warten. »Da ich noch niemals einen Traum wie diesen hier hatte, hab ich ein paar Fragen dich«, sagte sie wie aus der Pistole geschossen. »Zum Beispiel: Warum bestimmst du, wo es langgeht? Da es ja mein Traum ist, müsste nicht eigentlich *ich* den Ton angeben?«

Das konnte wirklich nicht wahr sein. Eine Erträumte wie diese hatte Eric definitiv noch nie getroffen.

»Du machst mich wahnsinnig.« Halb sprach, halb seufzte er.

»Das ist keine Antwort.«

»Doch ist es. Du treibst mich mit deinem Geplapper in den

Wahnsinn und ich will jetzt nichts mehr davon hören. Wenn dir das nicht passt, lauf mir nicht nach. Ohne dich wäre ich ohnehin schneller.«

Ihr jetzt zu erklären, dass er unterwegs war, um den wahren Träumer zu finden, würde nur noch mehr Fragen aufwerfen und seine Zeit vergeuden. Außerdem stimmte es – sie machte ihn wahnsinnig. Er war es nicht gewohnt, sich so lange mit einer Person abzugeben, erst recht nicht mit einer, die annähernd so viel redete wie diese Frau.

Giselle wirkte über seine Anschuldigung wenig begeistert.

»Wow. Ich dachte, du tust bloß so verkorkst. Aber du bist es wirklich.«

Ihre Stimme klang auf einmal sehr distanziert. Offenbar hatte er sie mehr getroffen als beabsichtigt.

»Wir lassen das mit dem Reden lieber«, fügte sie nach einer kurzen Pause hinzu.

Tatsächlich hielt sie sich daran. Eine ganze Weile gingen sie stumm hintereinander her und nichts war zu hören, bis auf das Knacken der am Boden liegenden Zweige, wenn sie darauf traten. Keine Tiere, nicht einmal Vögel, schienen diesen - in der Tat etwas unheimlichen - Wald zu bewohnen.

Einmal sah Eric über seine Schulter zu Giselle, die einen furchtbar unglücklichen Eindruck machte. Als sein schlechtes Gewissen schon drauf und dran war, die Oberhand zu gewinnen, brach sie die Stille erneut.

»Ich will dich mit meinem Geplapper ja nicht nerven oder so, aber wann wollen wir eigentlich sowas wie ein Lager aufschlagen?«, fragte sie. »Nicht, dass ich schon müde bin. Echt komisch, das bin ich wirklich nicht. Aber bei der ganzen Lauferei dauert das garantiert nicht mehr lang.«

»Das hier ist ein Traum«, ging er zu seiner eigenen Überraschung darauf ein. »Wir brauchen keinen Schlaf und auch keine Pausen.«

»Hm. Ja, das leuchtet ein.« Einen Augenblick dachte sie darüber nach. »Und was ist mit Essen? Brauchen wir das auch nicht?«

»Genau«, bestätigte er und erinnerte sich im selben

Moment an das Stück Pizza, das er sich vor einer halben Ewigkeit einverleibt hatte. An den knusprigen Teig, den weißen Käse und den Duft von Tomaten und Gewürzen. »Wir können essen, aber ich halte es für ziemlich sinnlos.«

Diesmal brauchte sie etwas länger, bevor sie weiterfragte. »Und was ist nach dem Essen? Muss man dann ...? Du weißt schon.«

Unwillkürlich formten Erics Mundwinkel ein Schmunzeln. »Nein, muss man nicht.«

»Interessant«, erwiderte sie. »Ich frage nur, weil ich noch nie so realistisch geträumt habe. Es fühlt sich halt nicht an, als würde ich schlafen.«

»Hm«, kommentierte er bloß. *Das tust du auch nicht. Du bist eine Erträumte.*

Allmählich hatte er genug davon, dass sie ihn ausfragte. Um sich nicht weiter ablenken zu lassen, legte er einen etwas strammeren Gang ein.

Giselle hielt das jedoch nicht davon ab, weiterzureden. »Aber am abgefahrensten ist, dass mir das Ganze vorkommt wie ein totales Déjà-vu!«

Jetzt stutzte er und blieb stehen. »Wie meinst du das?«

Sie trat vor ihn, zog eine Augenbraue nach oben. »Du machst einen auf Besserwisser und weißt nicht mal, was ein Déjà-vu ist?«

Eric machte eine unwirsche Handbewegung. »Nein, nicht das! Was meinst du damit, dass es dir wie eines vorkommt?«

Sie bewegte ratlos den Kopf hin und her. »Keine Ahnung. Ist einfach so.«

Hatte das etwas zu bedeuten? Er wollte mehr aus ihr herausbekommen, aber ein Rascheln und eine Bewegung, die er aus dem Augenwinkel heraus wahrnahm, ließen ihn innehalten.

»Was war das?«

Neben dem Baum dort drüben hatte gerade noch jemand gestanden, ganz sicher. Der Ast, der am tiefsten hing, schwang ganz leicht auf und ab, als sei er eben erst berührt worden.

»Hast du das auch gesehen?«, fragte er.

»Ach, du willst mir doch nur Angst machen, damit ich abhaue und du mich loswirst«, beschuldigte ihn Giselle. »Aber das kannst du knicken.«

Er beachtete sie gar nicht und sah stattdessen noch einmal genauer hin. Konnte er sich den Schatten bloß eingebildet haben? Sein Blick haftete an der Stelle, an der er eben die Umrisse eines Menschen bemerkt hatte, aber dort stand niemand mehr.

Gerade als er weitergehen wollte, huschte ein zweites Mal ein Schatten durch sein Sichtfeld, und so schnell, wie dieser aufgetaucht war, verschwand er auch hinter dem nächsten Baumstamm. Den hatte er sich eindeutig nicht eingebildet.

»Hiergeblieben!«, rief Eric und stürmte der Gestalt hinterher.

Bis zu dem Baum waren es nur ein paar Meter, doch als er ihn erreichte, fand er dort niemanden mehr.

»Warte auf mich! Au, meine Füße!« Giselle schloss zu ihm auf und hielt ihn an einem Zipfel seines Mantels zurück. »Lass mich hier nicht allein!«

»Hast du es jetzt gesehen?«

Sie nickte, die Wangen ganz blass. »Deshalb sollst du mich ja nicht allein lassen.«

Dass der Träumer beim Erschaffen seiner Welt einem Wald darin eine gespenstische Note gab, kam nicht selten vor. Selbst wenn hier etwas lauerte, musste es nicht zwingend gefährlich sein.

»Dann fall nicht hinter mir zurück.«

Er wand sich aus ihrem Griff, warf noch einen letzten prüfenden Blick dorthin, wo eben die Gestalt entkommen war, und marschierte weiter.

Fürchtest du dich?, hörte er nur kurze Zeit später eine Stimme hinter sich. Wollte Giselle ihn mit dieser Frage herausfordern? Wenn ja, gelang ihr das gut.

»Natürlich nicht! Wie kommst du darauf?«, gab er bissig zurück und drehte sich wieder zu ihr um.

Giselle blieb ruckartig stehen und riss die Augen auf. »Äh,

ich hab das nicht gesagt.«

Hm?

Ja, du hast Angst. Ich kann es spüren.

Woher kam dieses Flüstern? Eric bewegte sich im Kreis, suchte alles ab, konnte aber niemanden in der Dunkelheit finden.

»Eric, was ist das?« Giselle schlang die Arme um ihren Oberkörper und blickte sich ebenfalls um.

Solche Angst.

Nun erklang die Stimme aus allen Richtungen. Gerade noch von hier und plötzlich von dort drüben

»Wer bist du?«, wollte Eric wissen. »Zeig dich!«

Sie standen da und lauschten. Doch mit einem Mal wurde es still, als wäre das Flüstern nur Einbildung gewesen. Nicht mehr als eine Halluzination.

»Ich will zurück nachhause«, jammerte Giselle und sank auf die Knie, die Arme noch immer schützend um ihren Körper geschlungen.

Eric konnte sich nicht helfen. In diesem Augenblick empfand er Mitleid für die Erträumte. Traumsprünge, verbotene Wälder und nun Geister. Sie hatte an diesem Ort nichts verloren. Darum fasste er sich ein Herz, trat zu ihr und streckte ihr die Hand entgegen.

»Das ist alles nicht echt«, versuchte er, sie zu beruhigen.

»Komisch nur, dass es mir verdammt echt vorkommt«, erwiderte sie patzig, ließ sich aber von ihm auf die Beine helfen.

Ihre Hand zitterte ein wenig in seiner.

»Alles okay?«, vergewisserte er sich.

»Ja, geht schon.«

Sie streckte den Rücken durch und hob das Kinn, als wollte sie ihm oder sich selbst beweisen, dass sie den Schock schon überwunden hatte. Entweder musste ihr Schöpfer nicht gewusst haben, wie die reale Giselle mit Angst umging, oder er kannte sie als starke Persönlichkeit.

Eric musterte sie nachdenklich, als ihn das laute Knacken zerbrechenden Geästs herumfahren ließ. Er erwartete, wieder einen Schatten zu sehen, eine düstere Kreatur oder womöglich sogar den schwarzen Umhang des mysteriösen Fremden, der ihn ab und an verfolgte. Doch das Wesen, das sich mit majestätischer Anmut durch das Unterholz auf sie zubewegte, leuchtete hell. Sein kurzes, weißes Fell und die silbrig schimmernde Mähne verrieten es bereits von weitem und Eric war nicht überrascht, als er das ebenfalls von silbernem Licht umschlossene Horn auf der Stirn des Pferdes entdeckte.

Er linste zu Giselle hinüber, die das Einhorn mit offenem Mund anstarrte. Wie versteinert bestaunte sie das näherkommende Tier, überlegte vermutlich, ob sie ihren eigenen Augen trauen konnte.

Nur eine Armlänge von ihr entfernt, blieb es stehen und schüttelte, wie zur Begrüßung, schnaubend seine Mähne. Es blickte sie aus Augen an, die von langen Wimpern umkränzt waren. Zärtlichkeit lag in diesem Blick und das gesamte Wissen der Welt, so schien es.

»So schön«, hauchte Giselle.

Sie streckte die Hand aus, um es zu berühren, und noch bevor ihre Fingerspitzen nah genug gelangten, schob es seine Nase nach vorn, sodass ihre Handfläche sie sanft berührte.

In der Fantasie des Träumers waren diese schönen Fabelwesen anscheinend von zutraulicher Natur. Oder er hatte möglicherweise ein gutes Verhältnis zu Pferden und übertrug es auf ihre magischen Verwandten.

»Oh, mein Gott! Es lässt sich von mir streicheln, guck mal!« Trotz der Tatsache, dass sie mit gesenkter Stimme sprach, um ihren neuen Freund nicht zu verschrecken, war Giselle die Freude deutlich anzumerken.

Vorsichtig strich sie ihm über das Gesicht, rückte noch näher an ihn heran, bis ihre Hand auf seinem Hals ruhte. »Sein Fell ist ganz warm.«

Sie schaute über die Schulter zurück zu Eric, der die beiden neugierig beobachtete. Auf ihren Lippen lag ein strahlendes Lächeln, das ihre Augen zum Funkeln brachte und zwei kleine Grübchen auf ihre Wangen zauberte.

Es ging nicht anders. Er musste sich abwenden, um das seltsame Gefühl zu unterdrücken, das er mit einem Mal in der Brust spürte.

»Wir müssen weiter«, sagte er knapp und fokussierte dabei den Baum neben sich.

Giselle stöhnte, ohne sich zu rühren, als ein langgezogener, schriller Ton die Stille des Waldes durchschnitt. Ein klägliches, beinahe herzzerreißendes Jaulen.

Das Einhorn schreckte zurück, gab ein helles Wiehern von sich, bevor es sich aufbäumte und dann im Galopp ins Dickicht floh.

Als Giselle sich an Eric wandte, war ihr Gesichtsausdruck mitleidig. »Was ist das?« Sie starrte in die Richtung, aus der das Klagelied ertönte. »Es klingt so traurig. Wie ein verletztes Tier.«

Eric ahnte, was gleich geschehen würde, und er hielt sie nicht auf, als sie losrannte.

Seine Beine reagierten von selbst, er dachte nicht darüber nach, sondern lief ihr einfach hinterher, auf die traurigen Rufe zu. Nur mühevoll konnte er mit dem Tempo mithalten, in dem sie sich zwischen den Bäumen hindurchschlängelte. Giselle eilte voran, als wären die Blasen an ihren Füßen Schnee von gestern.

Bis sie so abrupt innehielt, dass Eric sich an einem Baumstamm festhalten musste, um sie nicht anzurempeln.

»Warum bleibst du stehen?«, schimpfte er. »Hast du es ge...? Oh.«

5

Giselle jauchzte, schlug sich beide Hände an die Wangen und lief auf das graue Bündel Fell zu, das vor ihnen im Gras hockte.

Eric hatte es noch nicht einmal genau identifizieren können, da hielt sie es bereits im Arm und drückte es zärtlich an sich. Das Jaulen verklang und die schmatzenden Laute, die das Tier jetzt von sich gab, während es sie mit seiner kleinen rosa Zunge ableckte, vermischten sich mit ihrem Gekicher. Vergnügt ließ sie sich davon kitzeln.

»Können wir ihn behalten?«, rief sie zwischendrin.

Eric trat langsam an die Szene heran, die ihm noch nicht geheuer war. Er hatte keine Probleme mit Hunden, aber ein Wolfsjunges?

Das Tier richtete seine großen, schwarzen Kulleraugen auf ihn und plötzlich reckte sich ihm eine haarige Schnauze entgegen. Wahrscheinlich wollte es auch ihn mit einer Portion Liebe begrüßen.

Giselle nutzte die Gelegenheit und hielt ihm ihren neuen Schützling vor die Nase, damit es auch ihn seine Zunge spüren lassen konnte. Von der Stirn abwärts bis zum Kinn wurde er klitschnass.

»Nimm das sofort aus meinem Gesicht!«, schimpfte er und schob den kleinen Wolf von sich.

Mit seinem Ärmel wischte er sich wieder trocken, bedachte die beiden Übeltäter vor ihm mit einem strafenden Blick.

Giselle lachte und drückte den Wolf wieder an sich. Sanft streichelte sie ihm durch das flauschige Fell und man konnte sehen, wie das Tier die Zuwendung genoss.

»Ich frage mich, wie der süße Wonneproppen heißt«, überlegte sie laut.

Ihm war das eigentlich egal, doch ihm fiel gleich ein Name ein, den er kaum für sich behalten konnte.

»Heulsuse«, brummte er.

Wieder lachte sie. »Oh, bitte, bitte! Wir müssen ihn

mitnehmen.«

Mitnehmen wohin? Wollte sie wirklich bis zum Ende des Traumes ein Tier durch die Gegend tragen?

»Bestimmt lauern seine Eltern hier irgendwo. Setz ihn ab, dann gehen wir weiter.«

»Nein.«

Ich hab mich wohl verhört!, dachte Eric. »Nein?«

Giselle setzte eine entschiedene Miene auf. »Ich sage, er kommt mit uns.«

Eine Erträumte, die sich ihm mit solcher Sturheit widersetzte, hatte es wirklich noch nie gegeben.

»Schön. Und ich sage, wenn einer von euch beiden nervt, kann er allein versuchen, den Weg zurückzufinden.«

»Abgemacht.«

Sie blieb ihm dicht auf den Fersen und redete mit sanfter Stimme auf den Wolf ein, den sie inzwischen *Heuler* getauft hatte. *Heulsuse* empfand sie als zu kränkend, wie sie ihm mitteilte. Da sie einen ähnlichen Namen wählte, wollte sie ihm aber offenbar zeigen, dass sie seinen Vorschlag in Betracht gezogen hatte.

»Ich schätze, ich träume von einem putzigen Kerlchen wie dir, weil ich mich tief im Herzen nach einem Haustier sehne«, raunte sie dem Wolfsjungen irgendwann zu. »Weißt du, in der Großstadt ist es nicht so leicht, einen Hund zu halten. Dabei hätte ich schon gern einen. Besonders, wenn er so unglaublich niedlich ist wie du, kleiner Heuler.«

Wie viele Male zuvor, unterstrich sie ihre Aussage mit einem verzückten Ausruf, der Eric leicht zusammenfahren ließ. Was war nur los mit diesem Mädchen, dass es einen derartigen Narren an einem Tier fressen konnte?

Er ging noch etwas schneller, in der Hoffnung, diesen Abschnitt ihrer Reise ein wenig zu verkürzen. Obwohl er sich eingestehen musste, dass er die fröhliche Stimmung, die mit dem Welpen aufgekommen war, gar nicht mal so unangenehm fand. Eher ungewohnt. Mit dem Kleinen auf dem Arm hatte Giselle allerdings die perfekte Ablenkung gefunden und er brauchte sie nicht länger zu unterhalten.

Leider gelang es ihm nicht, das zu genießen. Zu groß war der Druck, unter dem er stand. Noch zeigte sein Tattoo keine Veränderung, doch jede Minute, in der er länger im Unterholz umherirrte, konnte die letzte sein. Er selbst durfte sich nicht ablenken lassen. Nicht von einer ahnungslosen Giselle und noch weniger von irgendwelchen Vierbeinern.

»Wenn du nicht zurückbleiben möchtest, solltest du dich ranhalten«, ermahnte er sie in einem scharfen Ton.

Als der erwartete Konter ausblieb, drehte er sich zu ihr um. Nun erst bemerkte er, dass sie längst nicht mehr direkt hinter ihm lief. Sie und der Wolf standen ein Stück weit von ihm entfernt. Giselle sah an ihm vorbei ins Geäst und auf ihrem Gesicht lag ein Ausdruck, den er nicht deuten konnte.

»Was ist?«

Statt zu antworten, stolperte sie rückwärts, ohne das aus den Augen zu lassen, was sie so aus der Fassung gebracht hatte. Heuler wurde unruhig und begann zu zappeln, sie presste ihn enger an sich.

Und dann sah Eric den Grund für ihre Reaktion. Vor ihnen näherte sich ein Wesen aus der Dunkelheit, unter dessen grobem Fell das Spiel kräftiger Muskeln zu erkennen war. Seine Brust, die Pranken und der Nacken glänzten moosgrün, der Rest seines Fells vollkommen schwarz.

Eric vermochte sich nicht daran zu erinnern, jemals einen so riesigen Wolf gesehen zu haben. Oder einen, der auf den Hinterbeinen lief. Sein Puls raste, als er fieberhaft überlegte, was er jetzt tun sollte.

Das Monster begann, zu knurren. Ein Geräusch, das kraftvoll aus seiner Kehle aufstieg. Dazu kräuselten sich seine Lefzen und legten eine Reihe spitzer Zähne frei. Kein Zweifel, dass es nicht mehr als einen Biss brauchen würde, einen von ihnen zu töten.

Der Blick des Wolfes streifte Eric, heftete sich jedoch auffällig auf das Junge, das nun winselnd in Giselles Armen lag.

Giselle gab ein verängstigtes Japsen von sich. Wie versteinert stand sie da und starrte ihrem möglichen Ende entgegen.

So hatte es ja kommen müssen. Wie hatte er nur eine Sekunde lang glauben können, dass es gut ausgehen würde, in einem Wald ein Wolfsjunges zu entführen? Obwohl er wusste, dass er nach seinem Tod sofort in einem anderen Traum wieder zum Leben erwachen würde, graute es ihm vor der Begegnung mit den Klauen eines Werwolfes. Die Schmerzen blieben schließlich dieselben.

Und für Giselle sah die Lage noch ernster aus. Wenn sie starb, dann ganz sicher mit der Endgültigkeit, mit der Erträumte eben starben.

»Lass den Kleinen runter«, wies er sie mit gesenkter Stimme an.

Sie reagierte nicht.

»Das ist bestimmt seine Mutter. Jetzt lass ihn schon los!«, versuchte er es wieder.

Doch sie verharrte weiterhin in ihrer Position. Entweder war sie vor Angst wie gelähmt oder sie wollte einfach nicht auf ihr neues Haustier verzichten. Beides traute er ihr zu.

Während sie sich hier aufhalten ließen, verstrich die Zeit unaufhörlich. Träumer warteten nicht und Eric würde es auch nicht tun.

»Besser für dich, du tust, was ich sage«, gab er ihr eine letzte Gelegenheit, mit ihrem Leben davonzukommen. »Ich verschwinde jetzt.«

Einen kurzen Moment harrte er noch aus und versuchte, die Situation einzuschätzen. Die Wölfin blieb in Angriffsstellung und fixierte die vermeintliche Kidnapperin.

Giselle suchte Blickkontakt zu Eric, die blanke Furcht stand in ihren Augen. Offenbar traute sie sich nicht, sich zu bewegen und Heuler auf den Boden zu setzen.

Dann war es hier wohl zu Ende. Mit dem Kopf wies er auf das Wolfskind und anschließend auf den Boden, um Giselle noch einmal zu signalisieren, dass sie Heuler runterlassen sollte. Gleich darauf begann er, sich auf leisen Sohlen rückwärts zurückzuziehen.

Schon bei seinem ersten Schritt wurde das riesige Tier

nervös. Sein Knurren wurde noch lauter, es spannte sich sichtlich an. Dass sich eines seiner beiden Opfer aus der Affäre zog, schien ihm nicht zu gefallen. Aber solange Giselle Heuler auf dem Arm hielt, blieb sie diejenige, die in Schach gehalten werden musste.

Eric registrierte die Panik in ihrem Blick, als sie bemerkte, dass er sich entfernte. Wenn er sich aus dem Staub machte, war sie verloren, das wussten sie beide. Doch welche Optionen hatte er sonst? Lästigerweise empfand er Mitleid für diese Erträumte. Für jemanden ihrer Art trug sie sehr viel Menschlichkeit in sich und der Preis dafür war nun eine Todesangst, die aller Wahrscheinlichkeit nach der eines echten Menschen ähnelte.

Gern hätte er ihr diesen Weg, der Traumwelt zu entkommen, erspart. Allerdings würde sie ohnehin nicht mehr lange existieren. Egal, ob es ihm leidtat oder nicht, es wäre dumm von ihm, sich für sie in Gefahr zu begeben.

Schritt für Schritt zog er sich zurück und zwang sich, nicht an das Schicksal zu denken, dem er das Mädchen überließ.

Einen Moment später ließ Giselle Heuler auf seine vier Pfoten plumpsen, bevor sie sich Rettung suchend zur Seite warf.

Die Wölfin reagierte blitzschnell. Mit einem Satz war sie zu ihrem Jungen gehechtet, hatte es gepackt und Giselle gegen einen nahestehenden Baum gedrängt. Sie fletschte die Zähne und schnappte drohend nach ihrem Ziel, wobei sich ihr Maul nur wenige Zentimeter vor Giselles Nase schloss.

Diese begann laut zu wimmern und presste sich so eng wie möglich gegen den Stamm. Den Kopf schützend in ihren Armen vergrabend, erwartete sie den tödlichen Biss.

Eric hörte sie weinen und das mächtige Tier mordhungrig knurren. In seinem Schock war er stehengeblieben und verarbeitete die Szene, die sich ihm bot. Falls er auf den richtigen Moment gewartet hatte, um abzuhauen: Der war jetzt gekommen. Dennoch konnte er es nicht.

»Hilfe, bitte!«, kreischte Giselle auf und im selben Augenblick riss die Wölfin erneut das Maul auf.

Keine Zeit mehr, um nachzudenken. Keine Zeit, um abzuwägen, was das Richtige war. Eric stürzte auf Giselle zu und warf sie zu Boden, bevor das Monster angriff. Gekonnt rollte er sich ab und stand sogleich wieder auf den Beinen. Sie stützte sich mit den Armen ab und starrte erschrocken zu ihm auf.

Die beiden wechselten einen Blick, doch die Wölfin ließ nicht auf sich warten. Mit einem furchterregenden Knurren ging sie auf Eric los. Er wich den scharfen Zähnen aus und stemmte den Kiefer des Tiers mit aller Kraft von sich weg, wurde jedoch zurück in den Dreck gedrückt.

Dort erspähte er direkt neben seinem Kopf einen Stein mit der perfekten Größe.

Nur für einen Moment gab er seine Abwehr auf, um nach der einzigen Waffe zu greifen, die ihm jetzt noch helfen konnte. Seine Finger umschlossen den rauen Stein und er holte zum Schlag aus.

Wieder und wieder traf er die Schnauze der Bestie, verletzte sie sogar, aber es war nicht genug, um ihr zuschnappendes Gebiss länger auf Abstand zu halten. Bis sie ihm so nah kam, dass er mit beiden Händen zupacken musste, um die Zähne des Tieres von seiner Kehle fernzuhalten. Keuchend nutzte er seine letzten Kräfte und drückte, so fest er konnte, während ihm der modrige Atem der Kreatur in die Nase stieg.

Erics Arme begannen vor Anstrengung, zu zittern, dann gaben sie langsam nach. *Verdammt!*

Dieser Kampf war verloren. Er hätte weglaufen und sich um sich selbst kümmern sollen. Aber das war nun egal, denn ihm blieben bloß noch wenige Atemzüge, ehe seine Zeit vorüber war.

Entkräftet schloss er die Augen und ließ geschehen, was geschehen sollte.

»Nein!«, hörte er Giselle rufen. »Nicht schon wieder!«

Kurz darauf spürte er, wie etwas Schweres auf seinem Bauch landete.

Und dann fiel er. Es war nicht der Tod, der ihn ereilte, sondern das Ende des Traumes. Das feuchte Maul der Wölfin entschwand aus seinem Griff, die Erde unter ihm löste sich auf und das Nichts zog in hinunter ins Ungewisse.

Auszug aus dem Tagebuch eines Träumers

Liebes Tagebuch,

meine Träume werden immer seltsamer. Gestern im Park habe ich ein junges Pärchen auf einer Bank sitzen und die Enten füttern sehen. Die beiden sahen so verliebt und glücklich aus, dass sie mir einfach im Gedächtnis geblieben sind. Letzte Nacht hat mein Kopf dann eine Geschichte um die zwei gesponnen. Sie hatten die Fähigkeit, durch die Träume der Menschen zu reisen, und außerdem war da noch mein alter Freund Ben, den ich vor ein paar Monaten im Flieger nach Seattle wiedergetroffen habe. Auch er konnte von Traum zu Traum springen, darum habe ich ihn gebeten, heimlich ein Auge auf das Paar zu haben. Ich weiß nicht, wieso mir das so wichtig war, aber ich wollte, dass jemand auf ihr gemeinsames Glück achtgibt.

Heute Morgen beim Frühstück habe ich meiner kleinen Prinzessin davon erzählt und das Ganze noch ein bisschen ausgeschmückt. Gut, vielleicht ist dabei aus dem dunkelhaarigen Mädchen die Tochter eines indischen Sultans und aus ihrem Liebsten ein Ritter mit Macht über die vier Elemente geworden; ein Drache und Zwerge kamen auch noch dazu, aber bei dem Leuchten in den Augen meiner Kleinen konnte ich einfach nicht anders.

Hoffentlich hört sie niemals auf, an Wunder zu glauben.

Jasper

6

Noch ehe Eric seine neue Umgebung sah, hörte er sie. Viele Menschen bewegten sich um ihn herum, ihre Schritte und ihre Stimmen hallten von den Wänden wider. Er befand sich also in einem gut besuchten Gebäude. In einer Schule vielleicht?

In seiner Brust klopfte es immer noch wie wild. Wenigstens hatte der Träumer den Anstand besessen, aufzuwachen, bevor die Wölfin ihre Zähne in ihm versenkt hatte.

»Das ist nicht möglich«, unterbrach eine mittlerweile wohlbekannte Stimme seine Gedanken.

Eric riss die Augen auf und das Erste, was er erblickte, waren mehrere in ausnahmslos schwarze Kleider und Röcke gesteckte Schaufensterpuppen hinter einer Glasscheibe.

Er drehte sich um und vor ihm erstreckte sich das Innere einer überdachten Shoppingmall, in der sich die Leute mit vollgepackten Einkaufstüten tummelten. Kinder liefen lachend umher. Einige genossen gerade ein Eis, andere erfreuten sich an neuem Spielzeug. Freundinnen zogen sich gegenseitig in Geschäfte hinein, gelangweilte Ehemänner trafen sich davor auf ein kurzes Gespräch. Die Decke, von weißem Mauerwerk getragen, lag bestimmt zwanzig Meter über ihnen, davon hing an Fäden jeder Länge ein Lichtermeer aus Glühbirnen herab.

Doch das blieb nicht die einzige Besonderheit. Die Decke selbst war ein einziger, riesengroßer Spiegel. Eric, die Erträumten, die Geschäfte und all die Lichter spiegelten sich unendliche Male darin, denn auch der Boden bestand aus Spiegelglas und reflektierte die Spiegelung der Decke wieder und wieder, um die Illusion einer endlosen Folge übereinandergestapelter Parallelwelten zu erzeugen.

Eric schaute nach unten und ihm wurde beinahe schwindelig bei dem Anblick. Bevor er sich in den Ebenen der Reflexion verlieren konnte, löste er seinen Blick davon.

Und fand sogleich etwas, was er kannte. Oder besser

gesagt: Jemanden. Nämlich Giselle, die kreidebleich und am ganzen Körper zitternd neben ihm stand.

»Ich bin gerade gestorben«, presste sie zwischen den Lippen hervor.

Mit den Händen strich sie sich selbst über die Oberarme. Wie um sich davon zu überzeugen, dass sie noch da war.

»Und schon wieder bin ich an einem anderen Ort«, fuhr sie in demselben verstörten Tonfall fort. »Wie beim letzten Mal.«

Ihr Blick wanderte über den Spiegel, auf dem sie standen, zurück zu dem roten Schriftzug, der auf einem der Schaufenster stand und einen Schlussverkauf verkündete.

»Gott kennt mich besser, als ich dachte«, sagte sie. »Das hier ist also mein Himmel.«

Ein wehmütiges Lächeln huschte über ihr Gesicht. Dann sah sie Eric an. Tränen benetzten mit einem Mal ihre Augen.

»Bin ich schon in New York gestorben? Sag es mir!«, bat sie. »Ich bin über die Straße gerannt und ein Taxi hat mich erwischt. So war es doch, oder?«

Was redete sie da?

»Du bist mein Todesengel oder sowas in der Art. Das habe ich mal in einem Film gesehen«, vollendete sie ihre Theorie.

Während das Mädchen vor ihm zu weinen begann, plagten Eric ganz andere Sorgen. Allein ihretwegen hatte er sich mit einem bösartigen Tier angelegt und sie riss die Rolle des Opfers an sich? Ein schlechter Scherz war das.

Die Wut darüber, dass sie es ihm durch ihre anstrengende Art so schwer gemacht hatte, rechtzeitig den Träumer in New York zu finden, obwohl er ganz nah gewesen sein musste, kochte wieder in ihm hoch. Er wollte sie beschimpfen, seinem Ärger Luft machen und ihr an den Kopf werfen, dass sie ihm zur Last fiel und sich nicht ewig an ihn hängen konnte. Doch sie würde es nicht verstehen. Traumsprünge hin oder her, sie blieb eine Erträumte und die verstanden gar nichts.

»Du bist genauso wenig tot, wie ich ein Engel bin«, ließ er Giselle wissen, bevor er ihr den Rücken zukehrte.

Es reichte. Er hatte sich definitiv genug mit ihr aufgehalten und so, wie er sie einschätzte, war sie hier wunderbar aufgehoben. Sollte sie sich ruhig mit Shopping trösten, Geld brauchte man ja im Traum meist keines. Löste sich dann dieser Ort irgendwann auf, würde sie sich nicht wieder an ihm festhalten können. Höchstwahrscheinlich hörte sie, genau wie die anderen Erträumten, einfach auf, zu existieren, und sie hätten beide eine Sorge weniger.

Das Einzige, das ab jetzt zählte, war der Aufenthaltsort des Träumers in dieser Welt. Nur ein einziges Mal musste Eric es schaffen, lange genug mit einem Träumer zu sprechen, um ihn dazu zu bewegen, ihm seinen Wunsch zu erfüllen. Erst musste er ihn allerdings ausfindig machen und diesmal würde er das allein tun.

Ohne Giselle ein letztes Fünkchen Aufmerksamkeit zu schenken, machte er sich daran, der Passage zu folgen, in der sie sich befanden. Im Gehen schob er seinen Ärmel nach oben und kontrollierte das kreisrunde Mal auf seiner Haut. Noch war es unverändert, das netzförmige Muster in seiner Mitte weiterhin schwarz.

»Warte!«, hallte ihre Stimme durch den Gang, nachdem er einige Schritte gegangen war. »Du meinst, ich lebe noch?«

Mit stöckelnden Schritten kam sie ihm nachgeeilt. Die Schuhe hatte sie natürlich wieder an den Füßen und sie waren sauber, so wie der Traumsprung auch Erics Mantel von dem Dreck befreit hatte, in den die Wölfin ihn gerade noch gedrückt hatte.

»Gott sei Dank! Das hat mich grad echt fertig gemacht!«, sagte sie und lachte.

Eric dachte gar nicht daran, auf sie einzugehen. In der Hoffnung, sie würde die Verfolgung aufgeben, steigerte er das Tempo. Wie gewann sie eigentlich immer so schnell die Fassung zurück?

»Du ignorierst mich? Wie alt bist du – sechs?«, fuhr sie ihn im Laufschritt an.

Sicher nicht. Sein äußerliches Erscheinungsbild schätzte er auf Anfang zwanzig. Wie viel Zeit seit seinem allerersten Traum vergangen war, stand allerdings in den Sternen.

Er antwortete nicht darauf, sondern konzentrierte sich auf sein Umfeld. Dass niemand ihr Ankommen bemerkt hatte, war schon schlechtes Zeichen genug. Überall das gleiche Treiben, niemand zeigte ein auffälliges Benehmen. Demnach befand er sich außerhalb des Traumzentrums, in dem der Träumer sich aufhielt. Also einfach weiter geradeaus.

»Hallo?«, fuhr Giselle fort. »Hast du gehört? Wäre nett, wenn du ein bisschen freundlicher zu mir wärst. Immerhin verzeih' ich dir, dass du mich zum Sterben zurücklassen wolltest.«

Das war ja nicht auszuhalten. Eric konnte es sich nicht verkneifen und hielt kurz an, um seine Verfolgerin in ihre Schranken zu verweisen.

»Ohne dich wären wir doch gar nicht erst in diese Situation geraten!«, machte er seinem aufgestauten Ärger Luft.

Inzwischen hatte diese Nervensäge genug Unheil angerichtet und sie war die Letzte, der er irgendetwas schuldete.

»Davon mal abgesehen, bin ich dir zur Hilfe gekommen, obwohl ich genauso gut hätte weglaufen können!«, erinnerte er sie wutentbrannt. »Also bitte. Tu du jetzt mir einen Gefallen und lass mich endlich in Ruhe!«

Geladen stand er da, die Fäuste geballt, und bemühte sich, seinen Atem zu beruhigen. Keiner der erträumten Besucher war stehengeblieben, um seinem kurzen Ausbruch zu lauschen. Noch ein Beweis dafür, dass sich der Träumer noch zu weit weg aufhielt, was Erics miese Laune zusätzlich verstärkte.

Giselle stand der Mund offen. An ihrem Gesichtsausdruck war zu erkennen, dass sie krampfhaft überlegte, wie sie sich am besten verteidigen sollte.

»Ich hab dich nie darum gebeten«, brachte sie schließlich hervor.

Darüber konnte Eric nur lachen. Ihr Hilfeschrei hatte ihm etwas ganz anderes gesagt.

»Du hättest einfach den Hund da lassen sollen, wo du ihn aufgetrieben hast.«

»Wolf.«

»Wie auch immer.«

Genug. Mit der Hand machte er eine wegwerfende Geste und setzte sich wieder in Bewegung. Dieses Mädchen stellte seine Beherrschung auf eine harte Probe, doch er durfte sich nicht ablenken lassen. Mal sehen, wie weitläufig dieses Kaufhaus war und ob es einen Ausgang besaß.

»Schon verstanden. Du bist sauer auf mich«, lenkte Giselle ein, die ihm dicht auf den Fersen blieb. »Aber lass es mich wieder gut machen. Was, wenn ich dich bei dem unterstütze, was du hier treibst? Was immer das ist. So eilig, wie du es die ganze Zeit hast, muss es ja echt wichtig sein.«

Dieses Angebot musste er sich nicht lange durch den Kopf gehen lassen.

»Nein«, gab er ohne Umschweife zurück. »Es gibt absolut nichts, das du für mich tun könntest.«

So schnell ließ sie sich jedoch nicht abschütteln. Sie drängte sich an ihm vorbei und zwang ihn dazu, stehenzubleiben. Er versuchte, ihr auszuweichen, doch sie versperrte ihm den Weg.

»Es ist mein Traum«, erklärte sie ernst. »Darum gelten meine Regeln.«

Eric stutzte. »Bitte was?«

»Deine Worte«, erinnerte ihn Giselle an ihre Unterhaltung in der letzten Welt. »Du sagtest, ich schlafe und träume das alles hier nur. Wenn ich weder auf Drogen noch tot bin, ist das auch die einzig logische Erklärung.«

Wohl wahr, das hatte er gesagt. Und jetzt glaubte diese Erträumte, selbst zu träumen. Den Zahn konnte er dem Mädchen ziehen oder die grausame Wahrheit für sich behalten. So emotional, wie sie für eine Erträumte reagierte, würde sie das nicht gut verkraften. Immerhin wusste sie so viel über sich, dass sie überzeugt war, ein echtes Leben zu führen.

Eric dachte an den kleinen Jungen vor dem Spielzeugladen, den er ein paar Träume zuvor angesprochen hatte. Der Kleine hatte nicht einmal seinen eigenen Namen gewusst.

Hätte er ihm verraten, dass er nicht mehr als das Abbild eines Menschen war, hätte es für ihn keinerlei Bedeutung gehabt - falls er es überhaupt begriff. Giselle dagegen wusste sogar, dass sie gern einen Hund halten wollte, es jedoch nicht konnte, weil sie in einer Großstadt lebte. Ihr Lächeln, als sie Heuler auf dem Arm gehalten hatte, verriet, wie sehr sie sich das tatsächlich wünschte. Und dazu noch die Art, wie sie sich über Dinge aufregte, ihre Direktheit und ihr Stolz. Sie besaß die Erinnerungen, Gedanken und Gefühle eines Menschen – einen richtigen Charakter. So gut kannte der Träumer, der sie erschaffen hatte, ihr reales Vorbild. Wäre Eric jetzt gnadenlos ehrlich zu ihr, würde ihr das viel Leid bescheren. Echtes, menschliches Leid.

Er entschied, darüber zu schweigen.

»Ja. Meine Worte«, gab er zu.

Ein triumphierendes Grinsen machte sich auf Giselles Gesicht breit.

»Dann bleibt es dabei«, verkündete sie. »Du nimmst meine Entschuldigung und meine Hilfe an.«

Eric konnte kaum fassen, dass er es so weit hatte kommen lassen. Er glaubte nicht wirklich daran, dass sie sich in irgendeiner Weise als nützlich erweisen würde. Aber sie sollte es ruhig versuchen, wenn sie schon unbedingt bei ihm bleiben wollte.

»Großartig«, brummte er.

»Also, was genau soll ich machen?« Strotzend vor Tatendrang stemmte Giselle die Hände in die Hüften.

Er überlegte, womit er sie am besten beschäftigt hielt, ohne dass sie ihm zu sehr zur Last fallen konnte. »Beobachte die Leute«, sagte er schließlich. »Und gib mir sofort Bescheid, wenn sich jemand auffällig benimmt. Ich bin auf der Suche nach jemandem, aber wen ich suche und warum, geht dich nichts an.«

Zu seiner Überraschung fragte sie tatsächlich nicht weiter nach seinen Gründen. »Auffällig?«, wiederholte sie nur.

»Anders als die anderen.« Das musste genügen.

Giselle zog eine Braue nach oben, nickte aber. »Klingt

schon fast zu einfach. Ich werde dich nicht enttäuschen!«
»Wir werden sehen.«

Zu lange irrten sie bereits umher und hielten Ausschau nach einem Ausgang – vergebens. Dies war keine Shoppingmall, sondern ein gottverdammtes Labyrinth. Ein Wirrwarr aus immer gleichen, fensterlosen Gängen. Wie oft sie auch abbogen oder das Stockwerk wechselten, die Geschäfte, ihre Anordnung und die schwarze Ausstattung der Schaufenster, die auf einen Träumer mit ähnlich düsterer Garderobe hindeutete, wiederholten sich. Einfach jeder Gang, den sie betraten, glich dem, in dem sie erwacht waren, bis ins letzte Detail.

Nur die Erträumten, zwischen denen sie sich bewegten, unterschieden sich voneinander. Ein schwacher Trost, denn keiner von ihnen schien mehr als ein Statist zu sein. Die Besucher der Mall hatten starre Gesichtsausdrücke und ihre Erscheinungsbilder verschwammen binnen Sekunden zu neuer Form und Farbe. Hier und da wurde aus brünettem Haar graues, aus Pullover und Jeans ein kurzes Kleid und eine Frau, die im ersten Moment noch einen Kinderwagen vor sich herschob, hatte im nächsten vor lauter Einkaufstüten keine Hand mehr frei. Die Konturen ihrer Gesichter wirkten undefiniert und unbeständig, wie es bei Erträumten weit weg vom Traumzentrum immer der Fall war. Eric glaubte, es lag daran, dass der Träumer diese Menschen in der Realität nicht gut genug kannte, um sich ihre Gesichtszüge genau einzuprägen. Wahrscheinlich waren sie nur Erinnerungen an flüchtige Begegnungen auf der Straße; fremde Männer, Frauen und Kinder, die dem Träumer im Laufe seines Lebens im Vorbeigehen ins Auge gefallen waren.

Fakt war jedenfalls: Der Träumer hielt sich entweder nicht in diesem Teil der Mall oder sogar außerhalb des mächtig großen Gebäudes auf. Während der Traum immer weiter voranschritt, fühlte es sich noch dazu so an, als kämen sie kein Stück weiter.

Aus Gewohnheit behielt Eric die Tinte auf seinem Arm im Blick, die bisher glücklicherweise tief schwarz blieb. Solange sie keinen Ausweg aus diesem Gebäude fanden, half ihm das allerdings auch nicht weiter.

Dieser verhexte Irrgarten zerrte an seinem Nervenkostüm. Überall sah es gleich aus, immer wieder dieselbe Aussicht. Es war, als wären sie in einer Endlosschleife gefangen und kämen überhaupt nicht von der Stelle.

Er riss sich zusammen, um nicht den Verstand zu verlieren, aber als sie um eine weitere Ecke bogen und er am Ende des verspiegelten Ganges hinter den Reihen altbekannter Läden eine Wand aus dunkelgrauem Dunst entdeckte, riss ihm endgültig der Geduldsfaden. Sie hatten sich also doch von der Stelle bewegt – nur leider in die falsche Richtung.

»Das darf doch nicht wahr sein!«, knurrte Eric und widerstand dem Drang, seine geballte Faust in eine der Schaufensterscheiben zu rammen.

»Dieser Traum ist echt verrückt«, staunte Giselle. Sie machte einen Schritt auf die Nebelfront zu und streckte zaghaft die Finger danach aus. Wie auch auf die veränderliche Gestalt der Erträumten und die unaufhörliche Wiederholung ein- und desselben Ganges reagierte sie darauf gleichermaßen erschrocken und fasziniert. »Menschen mit verschwimmenden Gesichtern und jetzt sowas. Was ist das?«

»Da geht es nicht weiter«, sagte Eric bloß und machte auf dem Absatz kehrt.

Er würde sich bestimmt nicht damit aufhalten, ihr solche Dinge wie den Rand einer Traumwelt zu erklären. Von dem Wissen hätte sie nämlich nicht lange etwas.

Als er sich umgedreht hatte und zurück dorthin blickte, woher sie gekommen waren, weiteten sich seine Augen vor Überraschung. Der Weg hatte sich verändert.

7

Der Fußboden war auf einmal nicht länger verspiegelt, sondern dunkel gefliest. Ein paar der Geschäfte von eben waren durch ähnliche vertauscht worden und von der Decke, die ebenfalls kein Spiegel mehr war, schien grelles weißes Licht. Fenster gab es noch immer keine.

»Ultra krass!« Auch Giselle hatte sich umgedreht und auf ihrem Gesicht erkannte man Verblüffung.

Eric spürte seine Mundwinkel zucken. Den Ausdruck *ultra krass* würde man aus dem Mund einer so damenhaft aussehenden Person nicht unbedingt erwarten.

Doch wie faszinierend die Unstetigkeit eines Traumes auch auf sie wirken musste, sie bedeutete nicht immer etwas Gutes. Ob sie damit dem Labyrinth entkommen waren oder sich nun dieser anders aussehende Gang unaufhörlich wiederholte, musste sich erst noch zeigen.

»Na los. Gehen wir«, bestimmte er.

Giselle gehorchte und sie entfernten sich von der Nebelwand.

»Warum sieht jetzt alles anders aus?«, fragte sie.

»Solche Dinge passieren eben manchmal«, entgegnete er, als sei das genug der Erklärung.

Woher sollte er auch den Grund dafür kennen? Eine Laune des Träumers konnte dafür verantwortlich sein, genauso der Zufall selbst. Ben hätte vielleicht mehr gewusst, doch Erics erster Traum hatte nicht lang genug gedauert, als dass der Mann, der alle Antworten zu haben schien, seinen Wissensdurst hätte stillen können.

Nach wenigen Schritten stieß ihr Gang auf einen anderen. Eric lugte um die Ecke und atmete erleichtert aus. Keines der Geschäfte, welche die Wände zu beiden Seiten säumten, kam ihm bekannt vor. Weitere Shops mit Schuhen, Röcken und Kosmetik zwar, soweit er es erkennen konnte, aber wenigstens andere als bisher.

Und noch etwas fiel auf: Ein Schild, das an zwei

Metallstäben von der Decke baumelte. *Food Court* stand darauf und gleich daneben prangte ein Pfeil, der geradeaus wies.

»Essen«, murmelte Eric gedankenverloren.

Dort fand er nicht zwangsläufig den Träumer, doch es war ein Anfang, zumindest etwas anderes als Damenbekleidung.

Andererseits sah soweit alles danach aus, als habe er es hier mit einer Träumerin zu tun. Nicht, dass er ein besonders gutes Auge dafür hatte, doch die Kleidung, die er durch die Schaufensterscheiben erkennen konnte, schien nur einer einzigen Größe zu passen. Möglicherweise ein Hinweis darauf, dass die Handlung des Traumes, in dem sie sich bewegten, aus nichts weiter als dem Anprobieren von Blusen und Skinny Jeans bestand. In diesem Fall würden sie in einem Food Court sicher nichts finden, was ihm weiterhalf.

Trotzdem. Ein wenig Abwechslung klang attraktiv. Außerdem konnte es sich genauso gut um einen männlichen Träumer handeln, der sich mit Asia-Nudeln ablenkte, während seine Freundin auf die Jagd nach Kleidern ging. Alles war möglich.

»Ich dachte, im Traum hat man keinen Hunger?« Giselle stand plötzlich neben ihm.

»Stimmt«, bestätigte Eric abwesend.

»Warum dann so interessiert an dem Schild?«

Sie war anscheinend seinem Blick gefolgt und hatte den Wegweiser ebenfalls wahrgenommen.

»Mhm. Ich denke, wir sollten dem Pfeil folgen«, schloss er laut seine Überlegungen ab. Wenigstens bis sie auf einen richtigen Anhaltspunkt stießen.

Giselle hakte nicht weiter nach und sie setzten sich in Bewegung. Die Schilder zum Food Court häuften sich und die beiden ließen sich von ihnen leiten, vorbei an Läden und Erträumten, die einer nach dem anderen eine definiertere Gestalt besaßen. Selbst auf den zweiten Blick blieben lockige Haare gelockt und grüne Pullover grün. Zwar fehlte es den Menschen um sie herum noch immer an Details wie Falten, Muttermalen oder unterschiedlichen Farbabstufungen im

Haar, doch es stand außer Frage, dass sie sich dem Traumzentrum näherten.

Eric prüfte unterwegs mehrmals seine Tätowierung, die noch keine Anzeichen dafür zeigte, dass der Träumer bald erwachen würde. Seit ihrer Ankunft in diesem Traum schien jedoch schon eine Menge Zeit vergangen zu sein, allzu lang würde es vielleicht nicht mehr dauern.

Er wollte gerade erneut seinen Ärmel hochschieben, da hielt ihn Giselles Stimme zurück.

»Oh, mein Gott, riecht das gut!«, schwärmte sie und fächerte sich selbst mit den Händen Luft zu, um mehr von dem Duft einatmen zu können, welcher ihnen aus einer spaltbreit geöffneten Flügeltür entgegendrang.

Der würzig-fettige, künstlich verstärkte und aromatische Duft von Fast Food.

Über der Tür, hinter deren milchigen Scheiben hoffentlich etwas wartete, das nichts mehr mit Handtaschen oder Kleidchen zu tun hatte, prangte ein weiteres Schild: *Food Court – Eingang.*

Giselle ging ihrer Nase nach voran, Eric betrat nach ihr den Himmel für jeden, der genügend Platz im Magen hatte. Ein Schlaraffenland mit Pizza, Pommes, Burgern, Bratnudeln und allem, was das Herz sonst noch begehrte. Unmengen an Tischen und Stühlen standen für den Ansturm von hungrigen Besuchern bereit, davon waren etwas mehr als die Hälfte bereits besetzt. Erträumte saßen überall im Raum vor ihren Tabletts, die von Portionen überquollen, die für einen gewöhnlichen Menschen unmöglich zu bewältigen gewesen wären. Ihre Stimmen verbanden sich zu einer lauten und wirren Geräuschkulisse. Während die Sitzgelegenheiten den Kern bildeten, standen im Kreis darum herum dicht an dicht die Lokale nebeneinander aufgereiht, lockten mit verführerischen Gerüchen. In der Mitte des Raumes schwebten bunte Laternen ohne sichtbare Befestigung über den Köpfen der Leute und die Decke darüber war bemalt mit farbenfrohen Werbemotiven für das breite Angebot an Fast Food – die gleichen Milchshakes und

Pommespackungen mit lächelnden Gesichtern, die auch hinter den Tresen der Lokale warteten und die Kunden bedienten.

»Was sind das denn für schräge Kostüme?«, kommentierte Giselle, als sie die Gestalt in Form eines freundlich grinsenden Pizzastücks mit Armen und Händen hinter einer der Kassen erblickte.

»Ich bin nicht sicher, ob das tatsächlich Kostüme sind«, gab Eric zurück, woraufhin er einen erschrockenen Blick erntete.

Sie gingen fast bis unter die Laternen und schauten sich von dort aus genauer in alle Richtungen um. Allem Anschein nach war alles, was es hier zu sehen gab, recht beständig. Sogar die Menüs, die Eric von seiner Position aus lesen konnte, wiesen noch den gleichen Inhalt auf, wenn er sie ein zweites Mal überflog. Ähnlich verhielt es sich bei den Erträumten.

Gut, dass er seiner Intuition gefolgt war. Der Träumer konnte nicht mehr weit weg sein. Vielleicht saß er sogar an einem der Tische. Eric nahm sich vor, die Menschen in ihrer Nähe nun noch aufmerksamer zu beobachten.

Hochkonzentriert nahm er jedes Gesicht an den umstehenden Tischen einzeln in Augenschein. Er fokussierte sie mehrere Sekunden lang und lauschte ihren Gesprächen so gut es ging, hoffend, jemand würde sich in irgendeiner Art auffällig benehmen. Doch niemand schien etwas anderes zu tun, als sich den Bauch vollzustopfen und sich über den Geschmack oder die Kalorienanzahl dessen, was sich auf dem Tablett vor ihm befand, zu unterhalten.

Schön. Wenn er durch Beobachtung keine Hinweise bekam, musste er eben selbst aktiv werden.

Der Tisch neben ihm war leer, doch direkt dahinter saß eine Gruppe Erträumter, die wie ein Ehepaar mit Kindern aussah. Ein korpulenter Mann, rasiert und mit schütterem Haar, daneben eine stark geschminkte Frau mit etwas zu viel Haarspray in der Frisur und gegenüber von den beiden zwei Jungs im Grundschulalter. Vor ihnen türmten sich geöffnete Pappschachteln mit Nudeln, drei Pizzakartons von enormem

Durchmesser und mehrere Stücke Schokoladenkuchen.

Er trat auf die Leute zu, um sie anzusprechen, als Giselle ihn an seinem Mantel zurückriss.

»Wir *müssen* so ein Teil probieren! Hast du das gerochen?« Sie schmachtete einem turmartigen, mindestens dreifach belegten Burger hinterher, den ein Erträumter auf seinem Tablett an ihnen vorbeitrug. »Komm, wir holen uns auch einen!«

Noch einmal zog sie am Saum seines Mantels, doch diesmal schlug er ihre Hand weg.

»Hör auf damit!«, zischte er. »Ich habe absolut keine Zeit für solche Ablenkungen. Wenn du einen Burger essen willst, nur zu! Aber wehe, du hältst mich nur noch für eine Sekunde auf!«

Seine Nasenflügel bebten und er starrte Giselle wütend entgegen.

»Verstehe«, erwiderte sie nach einem kurzen Moment. Ihre Stimme klang belegt.

»Gut.«

Er atmete einmal hörbar ein und aus und widmete sich dann wieder den wirklich wichtigen Angelegenheiten. Die Frau hatte seinen kleinen Ausbruch anscheinend mitbekommen und beäugte ihn ausdruckslos.

»Du!«, sprach er sie unumwunden an. »Wie lautet dein Name?«

Die Erträumte zeigte kaum eine Reaktion. »Ich weiß es nicht.«

»Und was ist mit dir?«, wandte er sich an den Mann.

Der sah ihn ebenso ungerührt an. »Ich weiß es nicht«, gestand er mit vollem Mund, um gleich darauf noch einen großen Bissen von seiner Pizza zu nehmen.

Eric seufzte hörbar. Bei den Bengeln brauchte er es wohl gar nicht erst zu versuchen.

»Ist euch hier jemand bekannt?«, richtete er sich noch einmal an die beiden, die offensichtlich die Eltern der Jungen waren.

Beide schüttelten gleichzeitig den Kopf.

Schade. Aber vielleicht wussten sie trotzdem etwas Nützliches. Immerhin konnte der Träumer nicht mehr allzu weit weg sein.

»Gibt es in diesem Kaufhaus irgendetwas Besonderes zu sehen?«, fragte er weiter.

»Sehr gutes Essen«, erwiderte der Mann und genehmigte sich einen weiteren Bissen.

»Schöne Kleider«, fügte die Frau hinzu.

»Spielzeug!«, meldeten sich auch die Jungs wie aus einem Mund zu Wort.

Nicht sehr hilfreich. Eric drehte sich weg und überließ die Familie wieder sich selbst. An die hatte er bloß seine Zeit verschwendet.

Nur ein paar Schritte weiter saß ein brünettes Mädchen, fünfzehn oder unwesentlich älter, und genoss einen Erdbeershake.

Er baute sich vor ihr auf. »Wie heißt du?«

Desinteressiert schaute sie zu ihm auf, löste die Lippen von dem Strohhalm in ihrem Shake. »Ich weiß es nicht.«

Ihre Augen, eben noch haselnussbraun, nahmen nach und nach einen eher grünlichen Ton an.

»Nein, natürlich weißt du das nicht«, stöhnte Eric. »Und aus welchem Grund bist du hier in der Mall?«

Wenn sie schon keinen Weg hier raus fanden, gab es vielleicht etwas Interessantes, das sie bisher übersehen hatten.

Doch die junge Erträumte zuckte mit den Schultern.

»In diesem Gebäude wird es doch irgendwas geben, außer trostlosen Klamotten und fettigem Essen, oder?«, drängte er auf eine Antwort und spürte bereits die Ungeduld in seinem Nacken kitzeln.

Wieder Schulterzucken.

Eric schlug mit der flachen Hand auf den Tisch. Nicht stark, aber laut genug, sodass das Mädchen erschrak.

Eine menschliche Reaktion! Vielleicht konnte er mit der nächsten Frage etwas erreichen.

Aber Giselle ging dazwischen.

»Mannomann, du kannst echt gar nicht mit Menschen umgehen«, warf sie ihm vor. »Das ist ja nicht mit anzusehen.« Ohne seinem Entsetzen über ihr erneutes Dazwischenfunken Beachtung zu schenken, setzte sie sich der Erträumten gegenüber. »Was für ein schönes Armband!«

Mit den Fingern umspielte sie die klimpernden Anhänger des Armbandes, das die Erträumte ums Handgelenk trug. Falls es eben auch schon da gewesen war, hatte Eric es nicht bemerkt.

»Ist das von hier?«, wollte Giselle wissen.

Das Mädchen lächelte. »Danke. Nein, ist es nicht.«

Eric wurde hellhörig. Das wusste sie also?

»Ach so, schade. Gibt es denn hier den einen oder anderen Laden, den man unbedingt von innen gesehen haben sollte?«

»Nein. Eigentlich lohnt es sich nicht, herzukommen«, erklärte die Erträumte.

Möglich, dass der Träumer das genauso sah. Dann bräuchten sie schnellstmöglich einen Weg hier raus. Falls es denn einen gab.

»Der Ausgang! Wo ist der?«, schritt Eric ein.

Wieder wich das junge Mädchen in dessen Stuhl vor ihm zurück.

Giselle betrachtete ihn vorwurfsvoll.

»Was mein totaler Miesmuffel von einem Begleiter herauszufinden versucht«, lenkte sie dann die Aufmerksamkeit der Erträumten wieder auf sich selbst, »ist, wie wir hier rauskommen. Kannst du uns helfen, bitte?«

Sie blickte die Angesprochene erwartungsvoll an, während Eric schon überlegte, wen er als nächstes befragen sollte.

Umso größer war die Überraschung, als das Mädchen antwortete: »Neben dem Pancake-Stand ist eine Tür. Geht da durch, dann nach links, dann zwei Mal rechts und dann haltet euch wieder links, bis ihr beim Ausgang seid.«

Eric konnte es kaum glauben.

»Siehst du? Man muss nur freundlich sein«. Giselle zog triumphierend die Mundwinkel nach oben.

»Das war Glück«, tat er ihre Bemerkung ab und sah sich

nach der besagten Tür um.

Und dort war sie. Direkt neben der Bude, in der ein einladend lächelnder, runder Pancake – vielleicht ein Kostüm, vielleicht auch nicht – stapelweise seinesgleichen verteilte, befand sich ein unscheinbarer Durchgang.

Giselle folgte ihm und er hörte sie dem erträumten Mädchen noch »Mach's gut« zurufen, als er geradewegs darauf zusteuerte.

Sie hatten die Tür noch nicht erreicht, da geschah es.

Aus mehreren Lautsprechern schallte der Alarm durch den Food Court. Der Signalton schwoll an und wieder ab, nur ein paar Sekunden, dann brach Panik aus. Alle Gäste sprangen von ihren Plätzen auf und strömten zu den Türen. Tische und Stühle wurden umgerissen, Menschen schubsten sich gegenseitig, um schneller voranzukommen.

»Was passiert hier?«, rief Giselle über den Lärm hinweg.

Eine Naturkatastrophe, ein Atomangriff oder ein echsenartiges Ungeheuer auf dem Dach. Im Traum konnte ein Alarm wirklich alles bedeuten.

»Gefahr«, fasste Eric seine Gedanken für sie zusammen. Er kontrollierte sein Tattoo und musste feststellen, dass die Tinte zu verblassen begonnen hatte und so das Ende des Traumes ankündigte. »Verdammt!«

»Was sollen wir jetzt tun?« Die Panik schien auf Giselle überzugreifen, obwohl sie nicht wissen konnte, dass er nicht das fürchtete, wovor die Sirenen sie warnten, sondern vielmehr, dass sie den Träumer nicht rechtzeitig aufspüren könnten.

Die Zeit wurde nun wirklich knapp, sein Puls ging schneller, aber etwas Gutes hatte das Ganze wenigstens.

»Ruhig bleiben«, wies er sie an. »Wir nutzen die Situation zu unserem Vorteil.«

»Wie?«

»Falls wir uns in einem Traum befinden, den du Alptraum nennen würdest, muss ich dorthin, wo das Unglück am stärksten zuschlägt«, erwiderte er.

Dort würde er seiner Erfahrung nach den Träumer finden.

Die Chancen standen eher schlecht als recht, aber es war möglich, dass Eric ihm zur Hilfe eilen und danach mit ihm reden konnte.

Völlig fassungslos starrte Giselle ihn an. »Du willst auf die Gefahr zulaufen?«

»Ja. Auf die Flutwelle, den Atompilz, den Dinosaurier - oder was immer uns da draußen erwartet.«

Sie öffnete die Lippen, um etwas zu sagen. Falls sie etwas einwenden wollte, blieb ihr jedoch keine Gelegenheit dazu, denn er drehte sich um und begann, sich einen Weg durch die Masse zu bahnen. Wenn sie nicht allein zurückbleiben wollte, musste sie sich an seine Fersen heften.

Eric wich Ellenbogen aus und drängte Leute beiseite, bis sie endlich von der Menge durch die Tür geschoben wurden.

Draußen im Gang war unschwer zu erkennen, aus welcher Richtung die Bedrohung herrührte. Eine Gruppe Erträumter kam ihnen von rechts entgegengerannt, die Gesichter ängstlich verzerrt.

Er und Giselle wurden in den fliehenden Menschenstrom hineingezogen. Eric setzte all seine Kraft ein, um zur Wand auf der anderen Seite zu gelangen, während sie sich geschickt durch die Menge schlängelte und das Ziel schneller erreichte als er.

Wie ein Countdown zum Ende des Traumes hallte das Läuten des Alarms durch das Gebäude. Ihnen rannten weitere Menschen entgegen, doch solange sie sich am Rand des Gangs hielten, stellten die Flüchtenden kein Hindernis dar. Eher eine Orientierungshilfe, fand Eric. Wenn die Erträumten von dort drüben kamen, war das die Richtung, in die er gehen musste.

»Eric, warte!«

Nur schwach drang Giselles Stimme zu ihm durch. Im Laufschritt warf er einen Blick über seine Schulter und sah, dass sie weit hinter ihn zurückgefallen war. Nicht nur das. Statt ihm zu folgen, war sie stehengeblieben.

»Das ist keine gute Idee. Lass uns lieber abhauen!«, rief sie ihm zu, drauf und dran, umzukehren. Das überraschte ihn kaum.

»Tu, was immer dir beliebt!«, wollte er antworten, doch in diesem Moment übertönte ein Knall jedes Geräusch.

Eric schrie auf und warf sich auf den Boden, die Hände schützend über dem Kopf. Eine Welle von Schutt und glühender Hitze fegte über ihn hinweg und streifte seinen Rücken. Etwas riss dabei seinen Mantel auf, Schmerz schoss durch seinen Körper. So unerträglich stark, dass er glaubte, für einen Moment das Bewusstsein zu verlieren.

In seinen Ohren schrillte ein lautes Piepen. Nach und nach drangen Schreie und Hilferufe zu ihm durch. Und er hörte seinen eigenen Herzschlag, schnell und ungleichmäßig.

Es dauerte seine Zeit, bis er wieder klar denken konnte und die Situation begriff. Doch als er sich sicher war, dass nichts mehr durch die Luft flog, das ihn um seinen Kopf bringen konnte, kam er langsam auf die Knie. Die Bewegung schmerzte so sehr in seinem Rücken, dass er laut aufstöhnte.

Direkt vor seinen Augen bot sich ihm ein Bild des Schreckens. Die Decke war in großen Stücken heruntergekommen und hatte sogar einen Teil der Mauer, die sie von der Außenwelt abschnitt, mitgerissen. Gleißendes Sonnenlicht fiel durch den entstandenen Spalt herein und erhellte den Berg aus Mauerbrocken und Rohrteilen, über dem sich die Wolke aus dichtem Staub noch nicht gelegt hatte. Darunter erklang ein Stöhnen und Wimmern derjenigen, die nicht schnell genug hatten weglaufen können. Zu gern hätte Eric ihnen geholfen, jedoch wusste er, wie sinnlos das wäre. Sie waren nicht echt.

»Giselle!«

Sein Blick fiel auf die Stelle, an der sie eben noch gestanden hatte. Nun entdeckte er dort niemand mehr. Sie musste geflohen sein. So war es wohl am besten. Hoffentlich gelang ihr die Flucht so lange, bis der Traum endete und sie im Nichts verschwand. Da sie es sehen konnte, würde sie in Angst sterben, doch wenigstens ohne Schmerzen. Giselle mochte eine Plage sein, aber das Letzte, was er ihr wünschte, war ein grausamer Tod.

Eric stützte sich am Boden ab, um auf die Beine zu kommen, da zwang ihn eine zweite Explosion sofort wieder zurück in die Knie.

Erneut schmerzte es in seinen Ohren und seine Sicht wurde vom aufgewirbelten Staub vernebelt. Aber der Klang, der ihn im nächsten Moment erreichte, ließ den Alptraum erst richtig beginnen.

Ein Knistern mischte sich in die Geräuschkulisse und gewann rasch die Überhand.

Währenddessen füllte sich die staubige Luft mit dunklem Rauch, der über die niedrige Decke auf ihn zukroch, und die Schreie der Leute gingen in Husten über.

Diesmal hievte er sich mit Erfolg auf. Mehrere Erträumte stolperten an ihm vorbei.

»Feuer!«, brüllten sie durcheinander. »Feuer!«

8

Feuer. Erics Magen krampfte sich schmerzhaft zusammen. Unweigerlich erinnerte er sich an das letzte Mal, als er die trockene Hitze gespürt und verbranntes Fleisch gerochen hatte, und das Ziehen in seinem Bauch wurde fester. Inzwischen lag es eine Weile zurück, doch die Erinnerung an den Drachen, dessen Haut über und über mit bläulich-grün schimmernden Schuppen übersät gewesen war, versetzte ihn zurück. Seine Flügel hatten aus der Luft einen ganzen Stadtteil überschattet und seine Schreie – eine furchteinflößende Mischung aus dem Krächzen eines Raptors und dem Gebrüll eines Löwen – hatten den Boden erbeben lassen. Und dann dieser Schwall aus Flammen und Glut, der aus seinem Maul geschossen war, um auf die qualvollste Art, die Eric je miterlebt hatte, tausende erträumte Leben auszulöschen.

Diesmal gab es vermutlich keinen Drachen. Jedenfalls hatte er nichts gehört, was darauf hindeutete – auch über den Tumult und den Alarm hinweg.

Aber warum ausgerechnet Feuer? Leider besaß er keinen Einfluss auf das Geschehen in dieser Welt. Darüber verfügte nur einer und der hielt sich wahrscheinlich dort auf, wo der Brand am heftigsten wütete. Grund genug, um sich noch weiter ins Zentrum des Geschehens zu wagen, ehe ihm die Zeit ausging. Genau das würde nämlich bald der Fall sein, wie die mittlerweile auffällig ausgeblichene Zeichnung auf seinem Arm verriet.

Eric ignorierte sein Verlangen, zu fliehen, und bewegte sich vorwärts. Qualm und Hitze schlugen ihm entgegen, doch die Aussicht, dem Träumer doch noch zu begegnen, trieb ihn voran.

Nicht lang, dann vermochte er kaum noch etwas zu erkennen. Der Rauch umhüllte ihn von allen Seiten und wurde mit jeder Sekunde dichter. Trotzdem bemühte er sich, Ausschau zu halten. Vielleicht lag der, den er suchte, bewusstlos auf dem Boden und die Flammen leckten bereits an ihm. Um jeden Preis musste Eric schneller sein als der Traum!

Schweiß perlte ihm von der Stirn und der Schmerz in seinem Rücken pochte weiter, wahrscheinlich klaffte dort eine Wunde. Dazu brannte die Luft schon unerträglich heiß auf seiner Haut und in seiner Lunge. Das Feuer selbst konnte er kaum sehen. Zwischendurch flackerte es am Rande seines Sichtfelds auf, wurde jedoch immer wieder von Rauchschwaden verschluckt. Zu hören war es dafür umso besser. Dieses Knistern verursachte ihm eine kaum erträgliche Übelkeit, aber er kämpfte mit aller Macht gegen die Angst an. Sie war unwichtig im Vergleich zu seinem Ziel.

Immer weiter geradeaus. Noch ein Schritt. Weiter.

Um den Rauch nicht einzuatmen, schützte er Nase und Mund mit seinem Arm. Dennoch fiel ihm das Atmen zusehends schwerer. In seiner Brust begann es, zu kratzen, bald ließ sich der Hustenreiz nicht mehr unterdrücken.

Schließlich wollten seine tränenden Augen überhaupt nichts mehr erkennen. Lief er überhaupt noch geradeaus?

Erics Schritte verlangsamten sich. Er unterdrückte den Hustenreiz in seiner Kehle, um zu lauschen. Irgendwo vor sich hörte er den bedrohlichen Tanz der Flammen und kurz überkam ihn Erleichterung darüber, dass er sich noch auf dem richtigen Weg befand. Aber die verflog schnell, als er dasselbe Geräusch auch von rechts wahrnahm. Dann von links. Und dann, obwohl er es sich wahrscheinlich bloß einbildete, auch von oben.

Das tödliche Knistern des Feuers kam von überall. Tatsächlich war es alles, was Eric in diesem Augenblick hörte, denn sonst gab es nichts mehr. Keine Schritte von fliehenden Erträumten und erst recht keinen Träumer, der um Hilfe flehte. Er war allein und orientierungslos.

»Hallo?«, krächzte er und bereute sofort, die Lippen geöffnet zu haben.

Bitte nicht!, flehte er innerlich.

Hätte die immer stärker werdende Hitze ihm nicht längst

die Augen ausgetrocknet, müsste er jetzt gegen Tränen ankämpfen. Er wollte nicht sterben. Nicht hier und nicht so. Nicht schon wieder.

Von ganz allein flogen seine Gedanken zu Giselle. Hoffentlich hatte sie es nach draußen und in Sicherheit geschafft. Er hätte doch mit ihr gehen sollen. Dadurch wäre ihm wenigstens die grausame Begegnung mit den Flammen erspart geblieben, deren unsichtbare Stiche aus dem Qualm erst den Anfang bildeten. Der Feuertod bedeutete für ihn den Schlimmsten aller Tode, die er jemals hatte sterben müssen. Langsam und qualvoll. Die Erinnerung daran ließ ihn erstickt aufschluchzen. Zwar brannte sein Hals höllisch, sowie er den Mund öffnete, aber die Angst überwältigte ihn.

Nein, ich will nicht!

Gebrochen ergab sich Eric einem Hustenanfall und betete, dass es den Träumer vor ihm erwischte. Dann wäre der Traum abrupt vorbei, ohne dass er selbst seinen Tod erleben müsste.

Es passte nicht zu ihm, auf das Sterben zu warten, darum schleppte er sich weiter. Einfach weiter in die Richtung, die möglicherweise die richtige war.

»Eric!«, riss ihn plötzlich der Klang einer entfernten Stimme aus seinem Selbstmitleid.

War das möglich?

»Eric!«, ertönte die Stimme wieder, diesmal näher und deutlich heiserer.

Ohne Zweifel. Giselle.

»Wo bist du?«, rief sie aus vollem Hals, bevor sie bloß noch leidvolles Husten von sich gab.

Eric bemühte sich, das Geräusch zu orten. Einfacher gesagt als getan.

»Hier!«, rief er, sobald er sie nach Luft schnappen hörte.

Mehr bekam er nicht über die Lippen.

Hatte sie ihn gehört? Angestrengt horchte er, doch auf einmal war Giselle verstummt. Kein Husten, keine Rufe mehr, als sei sie gar nicht da gewesen.

Hatte er sich ihre Rufe nur eingebildet? Eric zweifelte

bereits an seinem Verstand. Bei seinem Glück hatte der Rauch ihm bereits das Hirn vernebelt. Um ihn herum waren die Schwaden noch dichter geworden, ließen nicht zu, dass er weiter als einen halben Meter sah. Keine Chance, jetzt noch einen Ausweg zu finden. Oder überhaupt irgendetwas.

»Verdammt!« Der Husten überwältigte ihn erneut.

Gequält vom Schmerz krümmte er sich und umfasste seinen Hals. Ersticken fühlte sich furchtbar an, wenn man nicht vorher ohnmächtig wurde. Verbrennen war auch nicht besser. Was würde ihn wohl zuerst treffen?

Die Antwort darauf bekam er umgehend und sie erfüllte ihn mit Dankbarkeit. Schwarze Flecken überschatteten seine Sicht auf die graue Wand. Kurz darauf wollte er einatmen, doch es ging nicht, und so gab es nichts mehr, das ihn jetzt noch bei Bewusstsein hielt. Um ihn gab es bloß noch Rauch, dunkel und undurchdringlich, und dann gar nichts mehr. Endete der Traum? Gut.

»Ich flehe dich an.«

Die Stimme einer Frau.

»Eric, bitte. Du machst mir Angst.«

Sie hielt Tränen zurück. Oder hatte bereits geweint.

»Ohne dich bin ich ganz allein. Bitte, tu mir den Gefallen und wach endlich auf.«

Ohne ihn?

»Du sollst aufwachen!«

Und das wollte Eric. Er konzentrierte sich auf seine Hände, doch konnte keinen Finger rühren. Auch seine Füße ließen ihn im Stich. Verdammt, er spürte nicht einmal, ob er überhaupt welche hatte.

»Ich weiß, dass du nicht tot bist. Also, warum antwortest du mir nicht?«

Sie klang vorwurfsvoll. Fast patzig. Genau wie ...

»Ernsthaft. Ich verbiete dir, mich jetzt im Stich zu lassen!«

Giselle!

Er rief ihren Namen – oder versuchte es, doch es erklang nur ein erstickter Laut.

»Oh, Gott sei Dank! Eric!«

Auf einmal fühlte er, wie etwas seine Wange berührte. Ein Paar Hände umfasste seinen Kopf und damit strömte das Gefühl auch in den Rest seines Körpers zurück.

Erst bewegte er seine Zehen, dann jeden Muskel weiter aufwärts, bis er ganz vorsichtig die Augen öffnete.

Zuerst blendete ihn das Licht und er blinzelte in die Helligkeit. Mit der Zeit aber verblasste der grelle Schleier und er erkannte sie verschwommen, nach einer Weile schon viel klarer. Eric blickte hinauf in Giselles gerötete Augen, die möglicherweise ein wenig aufleuchteten. Ihre Haut war schmutzig und voller Schrammen. An ihrer Schläfe und an ihrem Kinn klebte Blut. Ebenso an ihren Lippen, die sich zu einem Lächeln formten.

»Es ist vorbei«, flüsterte sie.

Das Feuer. Mit Verspätung kehrte Eric auf den Boden der Tatsachen zurück. Sie mussten noch immer im selben Traum sein, denn sonst wäre er nicht mehr verletzt.

»Vorsicht!«, hielt Giselle ihn zurück, als er sich aufrichten wollte. »Du bist noch zu schwach, um aufzustehen!«

Widerstrebend blieb er neben ihr sitzen und bekämpfte das aufkommende Schwindelgefühl.

»Was ... was ist passiert?«, fragte er.

Seine Stimme klang schleppend, doch sie verstand ihn.

»Du warst ohnmächtig, als ich dich gefunden habe«, klärte Giselle ihn auf. »Ehrlich gesagt, bin ich über dich gestolpert. Hat ganz schön wehgetan.« Sie fasste sich an ihr übel zugerichtetes Kinn. »Ich hab versucht, dich zu wecken, aber du warst völlig weggetreten. Also, naja, zum Glück war es nicht mehr weit bis nach draußen. Die Wand ist irgendwann eingebrochen und da konnten wir raus.«

»Du hast mich getragen?«, entfuhr es Eric.

Sogleich überkam ihn wieder der Husten. Giselle stützte ihn und klopfte ihm beruhigend auf den Rücken, bis er sich gefangen hatte.

»Gestützt. Du konntest selbst gehen, warst nur nicht wirklich ansprechbar. Geht's wieder?«

Er nickte. Was für eine unwirkliche Situation. Beinahe wäre er in dem Feuer gestorben.

Stattdessen saß er jetzt auf einem Parkplatz vor dem brennenden Kaufhaus und fühlte sich seltsam wohl.

Als sei alles gut gegangen, obwohl er noch nichts erreicht hatte.

Tja, noch befand er sich in dieser Welt. Der Träumer musste also noch irgendwo sein. Erics Blick fiel auf das Kaufhaus. Es lag so weit entfernt, dass er keinen Rauch mehr einatmete. Doch sogar bis hierher zog der Luftstrom trockene Hitze, die von dem Brand ausging. Irgendwo in diesem brodelnden Kessel befand sich vielleicht nach wie vor seine Zielperson.

»Du willst da nicht wirklich wieder rein, oder?« Giselle schien ihm am Gesicht ablesen zu können, was er dachte. Zur Sicherheit packte sie seinen Arm und drückte ihn fest. »Mein Lieber, du gehst nirgendwo hin. Bis gerade eben warst du so gut wie tot!«, redete sie auf ihn ein, bevor er überhaupt antworten konnte.

Sie hatte ja keine Ahnung, wie oft er bereits gestorben war. Das gehörte eben dazu.

»Das ist mir bewusst. Jetzt lass mich los!«, entgegnete er und entwand sich ihrem Griff.

»Au!«

Sofort ließ Giselle von ihm ab, hielt sich wimmernd den eigenen Arm. Nun erst bemerkte Eric den Riss in ihrem Ärmel, unter dem eine blutende Wunde hervorlugte. Das war nicht die einzige Verletzung. Ihre Bluse war zerschlissen und übersät mit schwarzen und dunkelroten Flecken. Wie ihr Bein. Auf Höhe ihrer Wade hatte sich das Feuer vollständig durch ihre Hose gefressen und eine schreckliche Wunde hinterlassen.

Erschrocken sog Eric die Luft ein. Ihm wurde so flau im Magen, dass er wegsehen musste.

»Es tut mir leid«, entschuldigte er sich leise.

Giselle atmete tief ein und aus, um den Schmerz zu vertreiben. Schließlich überwand sie sich, ihre Wunden genauer zu untersuchen.

Als sie sich wieder Eric zuwandte, stand ihr pures Leid auf die Stirn geschrieben.

»Ist schon okay. Echt nicht so schlimm, wie es aussieht«, brachte sie jedoch zwischen aufeinandergepressten Lippen hervor.

Ganz sicher war es das doch. Aber warum versuchte sie, ihre Schmerzen herunterzuspielen? Das passte gar nicht zu der nervigen und lauten Erträumten, die ihn wie eine Klette verfolgte. Außerdem wäre sie gar nicht erst verletzt worden, hätte sie sich nicht um seinetwillen in Gefahr begeben. Hatte er sie womöglich falsch eingeschätzt?

Erics Mitleid wuchs und er konnte nicht anders, als sich selbst die Schuld an dem Blut zu geben, das nun an Giselles Kleidern klebte.

Aber ein neues Gefühl mischte sich dazu: Bewunderung. Und das war etwas, das er noch niemals für irgendjemanden außer Ben empfunden hatte. Erträumte ließen sich am besten mit Statisten in einem Film oder Theaterstück vergleichen. Meist besaßen sie keinen Charakter und wenn doch ein Ansatz davon vorhanden war, dann keine hervorstechend bewundernswerten Eigenschaften. Doch diese besondere Erträumte war stark.

Ein Lächeln stahl sich auf Erics Gesicht und ein »Danke« lag ihm auf der Zunge, jedoch kam er nicht dazu, es auszusprechen. Bei dem lauten Knall, der sie aus Richtung der Mall erreichte, zuckten beide zusammen. Ein zweiter ertönte gleich danach und Eric sah, wie meterhohe Flammen durch die oberen Fenster schlugen und das Gebäude von innen heraus verschlangen.

Obwohl alles innerhalb weniger Sekunden geschah, konnte er wie in Zeitlupe den Lauf des Unglücks beobachten. Grollend stürzte die Decke in sich zusammen. Mehrere kleine und größere Explosionen folgten und ließen eine Ruine zurück, aus der Schwaden schwarzen Qualms quollen und sich ausbreiteten.

Wie eine Lawine rollten sie ihnen entgegen. Begleitet von

dem Schatten, der das Ende dieser Welt verhieß.

Der Schöpfer des Traums musste in dem Gebäude gewesen sein.

Die meisten Träumer erwachten aus Alpträumen, sobald sie darin starben, hatte Eric mit der Zeit gelernt.

Stumm erwartete er die näherrückende Dunkelheit. Giselle rief irgendetwas, doch er hörte es gar nicht. In Panik umschlang sie ihn, drückte ihn zu Boden. Er ließ es zu.

Ein wenig später hatte sich der Parkplatz unter seinem Rücken aufgelöst. An dessen Stelle befand sich nun ein weicher, nachgiebiger Grund unter seinen Sohlen.

Der rauchige Gestank war verschwunden, die Luft nicht länger ausgetrocknet. Gierig nahm Eric einen tiefen, befreiten Atemzug und bereute es umgehend. Zwar roch er kein verkohltes Fleisch mehr, aber seine Nase erfüllte eine widerliche Fäule.

Er runzelte die Stirn. Vor ihm lag eine holprig gepflasterte Straße, auf der reger Verkehr herrschte. Menschen in lange aus der Mode gekommenen Gewändern tummelten sich dort. Eric sah Gehstöcke und Sonnenschirmchen, Zylinder und prachtvolle, mit Blumen geschmückte Hüte. Kutschen kreuzten seinen Weg und beladene Karren wurden vorbeigezogen. An den Straßenrändern ragten schmuckvolle Häuser in die Höhe.

Eine Reise in die Vergangenheit. Neunzehntes Jahrhundert, schätzte Eric, vielleicht England. Schwer zu bestimmen, denn meist bildete den Ursprung solcherlei Träume der Genuss eines schnulzigen Kostümfilms, sie waren daher nicht sonderlich geschichtstreu. Was wohl Giselle dazu sagte? Für sie musste das sicher aufregend sein.

Er schaute sich nach ihrem rötlichen Haarschopf um. In dem Gewühl hätte er sie wohl kaum so schnell finden können, wenn sie sich nicht bemerkbar gemacht hätte. Mit ihrem schallenden Gelächter zog sie die Aufmerksamkeit einiger Umstehender auf sich und so ortete er sie im Handumdrehen. Vor Lachen hielt sie sich den Bauch, stand nicht weit von ihm entfernt zwischen den Passanten und sah in seine Richtung.

»Was ist los?«, wunderte sich Eric laut.

Es mochte Einbildung sein, doch er fühlte sich ausgelacht.

Statt zu antworten, zeigte Giselle mit ausgestrecktem Finger auf den Boden zu seinen Füßen. Verwirrt blickte er an sich hinab und fand sogleich den Grund für ihre Heiterkeit, den Ursprung des unangenehmen Geruchs in seiner Nase: ein Haufen Pferdeäpfel, in dem er bis zu den Knöcheln steckte.

Wunderbar. Ein perfekter Start in der neuen Traumwelt.

9

»Ja, das ist extrem lustig, wirklich«, pflichtete Eric Giselle bei, die fröhlich glucksend nähertrat.

Auf keinen Fall würde er sich aufregen und sich damit noch lächerlicher machen als ohnehin schon. Murrend rettete er sich aus dem Mist und streifte seine Schuhe an den Pflastersteinen der Straße ab.

»So viel zu mir. Bist du okay?«, wechselte er schnell das Thema.

Zu seinem Glück hatte sie sich genug über ihn lustig gemacht. Sofort wanderte ihr Blick zu ihrem Ärmel. Erst erschrak sie darüber, dass sie plötzlich, so wie er seinen Mantel, wieder ihre Jacke trug. Die war schnell ausgezogen und darunter kam ihre kostbare Bluse zum Vorschein. Perfekt sitzend und wie neu.

»Die ist ja wieder heile!«, bemerkte sie fassungslos.

Um ganz sicher zu gehen, untersuchte sie auch all die anderen Stellen, an denen ihre Kleider vor kurzem noch löchrig und verdreckt gewesen waren. Das Ergebnis stellte sie offenbar zufrieden. Ein Strahlen machte sich auf ihrem Gesicht breit.

»Du bist es übrigens auch«, erinnerte Eric sie daran, dass er eigentlich nicht nach dem Wohlbefinden ihrer Kleidung gefragt hatte.

Automatisch tastete sie nach ihrem Kinn. Dann fuhr ihre Hand weiter über ihre Lippe bis hoch zur Schläfe. Kein Blut mehr. Um die Brandverletzung an ihrem Bein kümmerte sie sich gar nicht mehr.

»Es tut nicht mehr weh«, wunderte sie sich. »Was ist mit deinen Wunden? Du bist ein paar Mal über Trümmerteile gestolpert, deshalb waren deine Beine ganz ...«

Ungläubig umrundete sie Eric und suchte seine Hose nach Rissen ab. Ohne fündig zu werden.

»Jetzt merk' ich das erst«, überlegte sie. »Als wir in der Mall aufgewacht sind, sah man dir auch nichts mehr von deinem

Kampf mit dem Wolf an. Heißt das, wir sind unsterblich? Das wäre so cool!«

Eric grinste. »So etwas in der Art«, antwortete er.

Sterben konnte er sehr wohl. Nur erwachte er eben nach jedem Tod in einem anderen Traum, als wäre nichts geschehen. Sie dagegen würde für alle Zeiten fort sein. Obwohl er sich immer noch nicht ganz sicher sein konnte, welche Gesetze für sie galten. Vermutlich löschte das Nichts am Ende eines Traumes sie mit den anderen Erträumten aus, solange sie sich nicht rechtzeitig an ihm festhielt.

Er dachte kurz darüber nach, wie er ihr die Sache mit dem Verschwinden der Verletzungen am besten erklärte.

»Also, du musst dir das so vorstellen: Jeder Sprung in einen anderen Traum ist wie das Drücken einer Reset-Taste. Das heißt, du siehst wieder genauso aus, wie du geschaffen wurdest. Du wirst praktisch in deinen ursprünglichen Zustand zurückversetzt«, versuchte er es.

Die Erklärung war ihm ganz gut gelungen, fand er. Aber Giselle kicherte.

»Wie ich geschaffen wurde?«, wiederholte sie und klang nicht besonders ernst.

Eric verdrehte die Augen. »Damit meine ich den Zustand, in dem du dich zu Beginn deines Ursprungstraumes befunden hast«, sagte er. »Sieh dir meinen Mantel an. Damit kann ich machen, was immer ich will. Ich werde ihn nicht mehr los.«

Endlich nickte Giselle. »Das erklärt einiges«, erwiderte sie. »Du tust mir wirklich leid.«

Er hätte beleidigt sein sollen, doch er nahm es mit Humor. »Was du nicht sagst. Trotzdem bin ich immer noch besser dran als diese armen Leute hier. Mein Stil hat etwas Rebellisches, während die Menschen in manchen Träumen aussehen, als wollten sie zu einem Vorsprechen für einen Jane-Austen-Film.«

Ein Leben im Frack und enger Hose hätte ihm gerade noch gefehlt. Dann lieber hin und wieder für einen Drogendealer gehalten werden.

Giselle dagegen schwärmte sicher für die langen, aufwändigen Kleider der Damen, auch wenn sie noch kein Wort darüber verloren hatte.

»Ein Traum«, murmelte sie und verfolgte nachdenklich das Treiben um sie herum. »Ich bin mir nicht mehr sicher, ob ich das glauben kann.«

Eric stutzte. »Was meinst du?«

»Na, alles eben«, gab Giselle zurück. »Die Erde zwischen meinen Zehen. Heulers Küsse. Der Duft des Burgers.« Sie schluckte schwer, bevor sie weitersprach. »Die Hitze, die verbrauchte Luft und dieser grässliche Schmerz. Kein Traum der Welt fühlt sich so echt an.«

Es sei denn, man wurde im Traum geboren und kannte keine andere Wirklichkeit. Das konnte Eric ihr jedoch schlecht sagen.

»Doch, schon. Aber es ist schwer, das zu begreifen«, entgegnete er ausweichend.

»Ich glaube, du unterschätzt mich.« Sie wirkte ein bisschen gekränkt. »Den Fehler machen viele.«

Wahrscheinlich stimmte das. Doch dadurch würde es für sie bloß noch schwieriger sein, mit der Wahrheit umzugehen.

Als er nichts erwiderte, zog sie die Brauen zusammen. »Mit dir hat dieses Durcheinander doch erst angefangen!«, wurde sie lauter. »Ohne dich wäre ich jetzt zuhause. Bei meiner Familie, bei meinen Freunden. Darum ist eine Erklärung wohl das Mindeste, das du mir schuldest!«

Ganz leicht zitterte ihre Unterlippe.

»Ohne mich wärst du mit deinesgleichen im Nichts untergegangen«, wies Eric ihren Vorwurf zurück – forscher als beabsichtigt.

Sie runzelte die Stirn. »Meinesgleichen?«

Zu spät für einen Rückzieher. Dann sagte er es ihr eben.

»Erträumte. Kopien von Personen aus dem realen Leben, die solange existieren, wie ein Traum andauert.«

So, nun hatte er es gesagt und konnte es auch nicht mehr zurücknehmen.

Giselle sah ihn zwar an, doch ihr Blick ging mitten durch

ihn hindurch. Der Ausdruck in ihrem Gesicht blieb unverändert, sie zeigte keinerlei Reaktion.

Vollkommen verunsichert bemühte sich Eric, die richtigen Worte zu finden.

»Als wir uns in New York getroffen haben, hast du deine Rolle in der Traumwelt eines anderen gespielt. Du warst dort unterwegs, weil jemand sich das vorgestellt hat. Und es kommt dir echt vor, da es die einzige Realität ist, die du kennst. Verstehst du?«

Mit Sicherheit verstand sie das. Die eigentliche Frage war, ob sie es verstehen wollte.

Wie eingefroren stand sie ihm gegenüber und schien dabei weit weg zu sein. Unmöglich, zu sagen, was gerade in ihr vorging. Eric war niemals in ihrer Lage gewesen. Seit Beginn seiner Existenz wusste er, dass er nur in den Träumen anderer lebte. Ben war da gewesen, um es ihm zu erklären. Für ihn hatte es nie eine Erinnerung an ein Leben in der realen Welt gegeben. Das alles hier war schon immer seine Realität gewesen.

»Wenn ich nicht echt sein soll, was bist du dann?«, fand Giselle auf einmal ihre Stimme wieder. Wenn sie auch ungewöhnlich zaghaft klang.

Er versuchte, sich nicht anmerken zu lassen, wie viel Bitterkeit diese Frage in ihm auslöste. Sie brachte genau den Gedanken zurück, den er seit seinem ersten Atemzug zu verdrängen versuchte. War er selbst denn überhaupt real?

Ihm entfuhr ein Schnauben. »Für mich gelten andere Regeln. Immerhin bin ich echt und du nicht.«

Daraufhin studierte sie sein Gesicht. »Das ist nicht wahr«, sagte sie irgendwann. »Was du da sagst, ist nicht wahr, und ich kann es beweisen.«

Natürlich wollte sie es nicht akzeptieren. Niemand, der so viel über sich wusste wie sie, würde das. Eric schwieg und ließ sie ihr Schicksal anfechten.

»Ich führe ein Leben. Ein echtes Leben. Und ich kann mich an alles erinnern, was damit zu tun hat. Wenn es mich erst seit Kurzem gibt, wie du behauptest, warum kann ich mich dann an Dinge wie meinen fünften Geburtstag erinnern? An dem Tag trug ich ein gelbes Kleid und meine Torte war mit Erdbeeren dekoriert.«

Ihr fünfter Geburtstag? Erstaunlich, wie weit ihre Erinnerung zurückreichte! Ein bisschen mehr Zeit in New York und sie hätte ihn hundertprozentig zum Träumer geführt. Das tat ein bisschen weh.

»Tut mir leid«, wiegelte Eric sie ab. »Aber das bedeutet nur, dass der, der dich erschaffen hat, eine Menge über dich wusste.« Weit mehr als erwartet.

»Du lügst«, wehrte Giselle sich entschieden. Sie wandte den Blick ab und verschränkte die Arme vor der Brust. Wie ein Kind.

Dies wäre der richtige Zeitpunkt, um die Sache abzuhaken und sich Wichtigerem zu widmen. Dennoch wünschte Eric, er könnte sie irgendwie überzeugen, anstatt sie mit einer so niederschmetternden Information alleinzulassen.

»Was ist mit den Dingen, die du nicht weißt?«, fragte er.

Normalerweise genügte die Frage nach den Namen der Eltern oder sogar nach dem eigenen Namen, um einem Erträumten auf die Schliche zu kommen. In diesem Fall musste er sich wohl etwas Besseres überlegen.

»Hast du Allergien?«, riet er drauf los.

Die Antwort kam wie aus der Pistole geschossen. »Heuschnupfen.«

Dabei leuchteten Giselles Augen triumphierend auf. Sie wollte ihm beweisen, dass er daneben lag. Eine Weile mochte das für sie gut gehen, aber früher oder später würde Eric auf etwas stoßen, auf das sie keine Antwort parat hatte. Als zeitsparende Maßnahme fuhr er besser gleich die schweren Geschütze auf.

»Was ist deine wertvollste Erinnerung?«

Darüber geriet Giselle ins Stocken. »Es gab viele kostbare Momente in meinem Leben.«

Eric schüttelte den Kopf. »Aber einen hat es sicher gegeben, der dir mehr bedeutet als alle übrigen. Und wenn du echt bist, weißt du, welcher das ist.«

»Selbstverständlich weiß ich das!«, verteidigte sie sich. »Lass mich nachdenken.«

Die Frage musste sie nervös gemacht haben, denn sie kaute nun unauffällig auf ihrer Unterlippe herum, während sie einige Momente schwieg.

»Ja, einen besonderen Moment gab es tatsächlich«, meinte sie schließlich. Ihre Augen wanderten hinauf zum Himmel. »Ich war noch sehr klein, aber ich erinnere mich genau. Meine Mom hat mich morgens früh aus dem Bett geholt. Sie hatte mit meinem Dad ein Picknick auf der Dachterrasse des Wohngebäudes vorbereitet, in dem wir damals lebten. Die beiden hatten eine Decke und Kissen ausgebreitet, es gab Brötchen, Obst und Kakao.« Sie lächelte verträumt. »Zusammen haben wir dann dort oben gefrühstückt, als es ganz plötzlich zu nieseln anfing. Mommy hat sich aufgeregt, doch mein Dad hat bloß gelacht. Er sagte, wir hätten Glück, denn gleich würde es noch schöner. Er hatte recht. Ich sehe den kleinen Regenbogen, der direkt über uns auftauchte, jetzt noch manchmal vor mir. Er war wunderschön und so nah und er hat den Augenblick einfach perfekt gemacht.«

Darüber staunte Eric nicht schlecht. Eine vergleichbare Antwort hatte er niemals erhalten.

»Okay«, räusperte er sich. »Und wie sieht es mit deiner schlimmsten Erinnerung aus?«

Eigentlich war er nicht einmal sicher, ob er es wirklich hören wollte, sollte sie tatsächlich auch die kennen.

Giselles Blick löste sich von den Wolken und wurde leer. Diesmal benötigte sie keine Bedenkzeit.

»Das war, als meine Mutter mir sagte, dass Dad nicht aus dem Krankenhaus zurückkommen würde.«

Ein wehmütiges Lächeln huschte über ihr Gesicht und sie blinzelte heftig – wahrscheinlich, um gegen die Tränen anzukämpfen, die ihr in die Augen stiegen.

In der Tat. Auf dieses Detail hätte Eric gern verzichtet. Auch auf das Mitgefühl, das er dieser Erträumten gegenüber empfand und das weiter heranwuchs, je besser er sie kennenlernte. Er sah weg, damit dieses ungewohnte

Bedürfnis, ihren Kummer zu vertreiben, nicht die Überhand gewann, und starrte betreten auf den Pflasterstein unter seinem Fuß.

»Tut mir leid«, entschuldigte er sich ehrlich.

Als er sie wieder ansah, lächelte sie sichtlich bemüht. »Unser Picknick ist lange her und trotzdem erinnere ich mich. Also, hab ich gewonnen?«

»Darum geht es hier nicht.«

Ihm fehlte es deutlich an Beweisen. Sie kannte sich selbst so gut, wie es jemandem wie ihr nur möglich war. Ihre Erinnerungen an ein Leben in der wirklichen Welt waren so lebendig, dass er sie fast darum beneidete. Doch irgendetwas musste es geben, das sie nicht wusste.

»Warte!«, rief er im nächsten Moment. »Eine Frage habe ich noch und ich weiß mit Sicherheit, dass du sie mir nicht beantworten kannst.« Weshalb nur war ihm das nicht früher eingefallen? Dabei hatte er sie längst überführt, bei ihrem Kennenlernen in New York.

»Deine Lieblingsschuhe. Du weißt nicht, wie sie aussehen, richtig?«

Ha!

Giselles Augen weiteten sich. Auch sie schien ihr Lieblingsschuh-Dilemma verdrängt zu haben. »Das beweist echt gar nichts.« Obwohl sie sich gegen seine Argumentation wehrte, wirkte sie unsicher. »Kaum eine Frau auf diesem Planeten kann sich auf ein Paar Schuhe festlegen, das sie am meisten liebt.«

Das mochte stimmen. Trotzdem fühlte Eric, dass er richtig lag.

»Allerdings sagtest du mir bereits, dass du eines besitzt. Du wüsstest bloß nicht, wie es aussieht. Achtung, ich zitiere dich: Das ist seltsam.«

Damit stand der wahre Gewinner der Debatte fest. Leider schmeckte der Sieg eher bitter als süß.

Giselles Augen wurden wieder feucht. Sie entfernte sich einen Schritt von Eric. Dann noch einen. Kaum merklich begann sie, den Kopf hin und her zu bewegen.

»Nein.«

Oh, doch.

Innerhalb von Sekunden verwandelte sich die eben noch überlegene Großstädterin in ein Mitleid erregendes Häufchen Elend.

»Ich versteh' das einfach nicht. Bisher war alles ganz normal. Ich wurde von normalen Eltern in eine normale Welt geboren, bin wie jeder andere normale Mensch aufgewachsen und habe ein normales Leben geführt. Und dann tauchst du auf und plötzlich ist überhaupt nichts mehr normal! Gar nichts! Und trotzdem fühlt es sich an, als würde es wirklich passieren!«

Als der Damm brach, strömte ein Meer aus Tränen über ihre Wangen. Ihr Körper bebte unter ihrem Schluchzen und wie zur Beruhigung umklammerte sie sich selbst mit den Armen.

Ihr Anblick versetzte Eric einen Stich mitten ins Herz. Was sagte man zu jemandem in solch einer Situation? War jemals irgendwer in einer Lage wie dieser gewesen - sei es die, in der er sich befand, oder die von Giselle?

Er hatte sie in die Enge getrieben und jetzt fiel ihm kein tröstendes Wort ein. Das kam davon, wenn man sonst keinen sozialen Umgang pflegte.

Warum nur konnte ihn ihr Schicksal nicht kaltlassen, so wie das aller anderen Erträumten auch?

»Es passiert wirklich«, rang er um die richtigen Worte. »All das, was du erlebst, ist deine Wirklichkeit. Und die mag zwar für einen Träumer nur Fantasie sein, aber für dich ist sie echt. Deshalb ist dein Leben genauso wertvoll.«

Er hatte nicht nachgedacht, sondern einfach drauf los geredet. Erst nachdem er den letzten Satz beendet hatte, wurde ihm klar, wie viel Wahrheit darin lag. Selbst wenn sie nur erträumt war, führte Giselle tatsächlich ein Leben. Sie besaß Erinnerungen und Gefühle und die machten sie zu einer wahrhaftigen Person.

Benommen von dieser Erkenntnis und ein wenig stolz auf seine eigene Weisheit, trat er wieder näher an das weinende

Mädchen heran und zog es in eine Umarmung.

Zunächst überrascht, unterbrach Giselle ihr Schluchzen und verharrte einen Moment regungslos. Sobald Eric jedoch etwas unbeholfen seine Hand auf ihrem Rücken platzierte und sie tröstend streichelte, umklammerte sie seinen Mantel mit beiden Händen, vergrub ihr Gesicht in seiner Schulter und ließ ihren Tränen freien Lauf.

Eine Weile standen sie so da. Während der Stoff seines Mantels an der Schulter nass wurde, kam Eric ins Grübeln. So viel geschah gerade auf einmal. Er traf eine Erträumte, die sich in der Ausprägung ihres Charakters von jedem unterschied, den er je kennengelernt hatte. Zum ersten Mal rettete man ihm das Leben und zum ersten Mal konnte er dem Drang nicht widerstehen, einen Menschen in den Arm zu nehmen, um dessen Kummer zu vertreiben. Die Zeit, die er mit Giselle verbrachte, war für sie beide voller ungewöhnlicher Ereignisse.

Ob das nun etwas Gutes oder Schlechtes bedeutete, konnte er nicht sagen.

Plötzlich kam ihm Giselles Nähe komisch, zu ungewohnt vor. Unbehagen breitete sich in ihm aus und er suchte nach einer Möglichkeit, sich aus ihrem Griff zu befreien, ohne sie vor den Kopf zu stoßen.

»Weißt du, so schlimm ist es gar nicht«, versuchte er sie aufzumuntern. Dabei löste er die Umarmung, in der Hoffnung, sie möge es ihm gleichtun. »Eigentlich hat das Dasein in einem Gerüst aus Träumen viele Vorteile.«

Sie rührte sich nicht, schluchzte und schniefte nur weiter.

»Da wäre zum Beispiel die Sache mit dem Geld«, sprach er weiter. »Es existiert kaum eine Traumwelt, in der nach Bezahlung verlangt wird. Du kannst dir den Bauch vollschlagen und musst nicht einen Cent dafür bezahlen. Oh, und dicker wirst du davon natürlich auch nicht. Ist das nicht genau das, was ihr Frauen euch immer gewünscht habt?«

Natürlich war das ein schwacher Trost. Jetzt, da er es ausgesprochen hatte, kam es ihm lächerlich vor. Besonders der letzte Part.

Eric seufzte. Wenn ihm nicht schnell etwas Besseres einfiel, würde sie bestimmt gar nichts mehr darüber hören wollen. Glücklicherweise lag ein Argument direkt vor seiner Nase. »Jetzt sieh dich nur mal um. Dieser Ort ist einzigartig. Ein Abbild der Vergangenheit, geschaffen von der Fantasie eines einzelnen Menschen. Und du gehörst zu den wenigen, die die Chance haben, ihn zu betreten.«

Ein guter Punkt. Er rief sich diese Tatsache oft selbst ins Gedächtnis, wenn ihn der Mut verließ.

Endlich blickte Giselle auf. Gerötete, verquollene Augen kamen zum Vorschein, verschmiert mit schwarzer Wimperntusche. Sie sah aus wie ein Geist. Eric unterdrückte einen erschrockenen Laut und bedachte sie stattdessen mit einem aufheiternden Lächeln.

Mit betretener Miene sah sie sich um. Langsam musterte sie die holprig gepflasterte Straße, die Häuserfassaden und Gewänder der Leute, die sie umgaben. Der Sprung in diese Welt glich einer Zeitreise, dennoch schien dieser Umstand keinen besonderen Eindruck auf Giselle zu machen. Zumindest keinen, der ihr über ihre jüngste Erkenntnis hinweghalf.

»Es ist großartig hier«, sagte sie heiser, löste ihre Finger von seinem Mantel. »Leider werde ich nicht viel davon haben, wenn ich nur so lange existiere, wie ein Traum andauert.«

Gegen das, was er selbst behauptet hatte, konnte Eric schlecht Einwände erheben. Eines lag jedoch auf der Hand.

»Anscheinend wird diese Regel außer Kraft gesetzt, solange du in meiner Nähe bist«, dachte er laut nach und bereute es sofort.

Ihre Blicke trafen sich und mehr brauchte es nicht. In ihren mit schwarzer Tusche unterlaufenen Augen lag zu viel Erleichterung, zu viel Dankbarkeit. Er war ihre Lebensversicherung und weil er nicht den Mund halten konnte, hatte sie soeben gedanklich den Vertrag unterzeichnet.

»Aber nicht, dass du denkst, es macht Spaß, mir hinterherzulaufen. Ich tanze nicht durch die Gegend und amüsiere mich«, warf er schnell ein. »Meine Zeit ist kostbar, und ich werde keine Minute davon in einem Schuhgeschäft verbringen.«

Dass sie dieses Argument davon abhielt, sich bis zu ihrem Ende an seine Fersen zu heften, lag immerhin im Rahmen des Möglichen.

»Du lässt mich nicht im Stich, oder?«, fragte Giselle.

Mit einem Gesichtsausdruck, der sie klein und zerbrechlich erscheinen ließ, erwartete sie seine Reaktion.

Dieser Ausdruck. Wie konnte es nur so weit kommen?

»Nicht fair«, stöhnte Eric.

Und das war es nicht. Es mit jemandem zu tun zu haben, der so stark fühlte, lag weit über seiner Erfahrungsgrenze. Woher sollte er wissen, wie man damit umging? Wie um alles in der Welt sollte er sich gegen das Bedürfnis wehren, sie zu trösten? Oder dagegen, dass einem leisen Teil von ihm die Vorstellung, sie dabeizuhaben, sogar gefiel?

»Keine Sorge, ich werde dir nicht zur Last fallen. Ich könnte dir doch helfen!« Ihre Stimme zitterte flehend.

Ihrer komplizierten Art wegen hatte er in New York eine gute Gelegenheit verpasst. Eric verspürte den Drang, ihr das erneut vorzuwerfen. Dennoch hielt er sich zurück, denn auf der anderen Seite hatte sie ihm gerade erst die Haut gerettet und war dabei beinahe selbst für immer ausgelöscht worden.

»Sag mir, was ich wissen muss, um dich zu unterstützen«, bat Giselle. »Du suchst jemanden und vier Augen sehen mehr als zwei.«

Sie meinte es wirklich ernst.

Mit dem Handrücken wischte sie sich über die nassen Wangen und verwischte die bereits verlaufene Schminke dabei noch ein wenig mehr. Ihre Haltung wurde steifer, sie hob das Kinn an.

Den perfekten Sidekick stellte Eric sich anders vor, aber was sollte er schon sagen? Ihr Leben hing von seiner Entscheidung ab und sie verfügte bloß über das eine. Also blieb er stumm, wohl wissend, dass das für sein Gegenüber einer Zustimmung gleichkam.

»Am besten fangen wir gleich an. Erklär's mir. Worin besteht diese ultrawichtige Mission, in der du unterwegs bist?«, fragte Giselle.

Tatkräftig stemmte sie die Fäuste in die Hüften. Ein albernes Bild gab sie dabei ab, völlig verheult, die Augenränder pechschwarz.

Es widersprach allem, was er kannte, doch er brachte es einfach nicht übers Herz, sie in diesem Zustand fallenzulassen.

»Ich suche einen Träumer«, gestand er deshalb.

Sie nickte eifrig.

»Jedes Mal, wenn ein Traum endet oder wenn ich darin sterbe, lande ich in der Gedankenwelt eines anderen Menschen. Und genau diesen Menschen suche ich«, fuhr er fort. »Träumer sind immer Teil ihrer eigenen Welt und ich schaue mich nach Hinweisen um, die mich zu ihnen führen. Das können Details in der Umgebung, Gegenstände oder Personen sein.«

»Erträumte«, korrigierte Giselle.

»Richtig.«

»Solche wie ich.«

»Ja.«

Betreten senkte Eric den Blick. Er hatte genug von dem Schmerz, der ihr Gesicht zeichnete.

»Und warum brauchst du so einen … Träumer?«, wollte sie wissen.

Er spannte sich an. Normalerweise war er derjenige, der persönliche Fragen stellte. Nicht der, dem sie gestellt wurden.

»Hattest du schon mal einen Wunsch? Ich meine einen, der dich an nichts anderes denken lässt?«, entgegnete er nachdenklich, wartete ihre Antwort jedoch nicht ab. »Nur ein Träumer kann mir meinen erfüllen.«

Um weiteren neugierigen Fragen auszuweichen, schaute er weg und räusperte sich geräuschvoll.

Giselle verstand den Wink offenbar. »Zeig mir, worauf ich achten muss, und ich verspreche dir, ich werde eine große Hilfe sein.«

Auf gar keinen Fall! Dir steht doch Klotz am Bein auf die Stirn geschrieben!, wollte er schreien.

»Mhm«, murmelte er stattdessen.

Sie zurückzuweisen, wäre das Beste. Zweifellos, aber er schaffte es nicht.

Giselle warf ihm einen forschenden Blick zu. Natürlich entging ihr sein Zögern nicht. Zu gern hätte er sich hinter einer Maske versteckt, nur fehlte ihm dazu jegliche Macht.

Nach einer Weile des Schweigens setzte sie eine ernste Miene auf und sagte: »Ich bin für dich buchstäblich durch die Hölle gegangen und alles, worum ich dich jetzt bitte, ist, mich dir auf deinem Weg folgen zu lassen.«

Sie versuchte ihm ein schlechtes Gewissen einzureden? Wenn ja, dann ging der Punkt wohl an sie. Eric fühlte sich, als sei er ihr etwas schuldig, und außerdem widerstrebte ihm aus irgendeinem Grund der Gedanke, das Ende des Traumes könnte auch ihr Ende bedeuten.

Was immer die Zukunft bringen mochte, in diesem Moment gab es bloß eine einzige Lösung, um die tadelnde Stimme in seinem Kopf zum Schweigen zu bringen.

Eric prüfte das Tattoo auf seinem Unterarm. Der große Kreis und die verworrenen Linien darin waren klar und schwarz. Noch.

»Los, komm. Wir haben schon viel zu viel Zeit vergeudet.«

Auszug aus dem Tagebuch eines Träumers

Liebes Tagebuch,

es ist schon wieder passiert. In meinem letzten Traum habe ich eine Traumwandlerin gesehen. Ich kenne sie schon länger. Sie arbeitet beim Bäcker in der Nähe, aber vergangene Nacht irrte sie ziellos durch die prächtige Gartenanlage, von der ich träumte. Es muss die gewesen sein, in der Lily und ich geheiratet haben. Bloß sah ich diesmal schneebedeckte Berge am Horizont und hinter dem Pavillon, unter dem wir uns damals das Jawort gaben, schlängelte sich eine Bohnenranke in die Lüfte. Daran trägt wohl das Märchen Schuld, das ich meiner Prinzessin neulich zweimal hintereinander vorlesen musste.

Ich wollte der Traumwandlerin helfen – sie sah so verloren aus und irgendwie hatte ich das Gefühl, sie sei es meinetwegen. Deshalb rief ich nach Ben und, wie es im Traum manchmal ist, tauchte er gleich neben mir auf. Auf meine Bitte hin versprach er, von nun an ein Auge auf die Bäckerin zu haben. Auf sie und auf jeden anderen Traumwandler.

Sein Versprechen beruhigte mich und obwohl ich weiß, dass es nichts weiter als ein Traum war, bin ich umso dankbarer für meine Freundschaft mit Ben. Morgen werde ich ihn anrufen und fragen, wie es ihm geht.

Jasper

10

Drei weitere Träume waren inzwischen vergangen. Drei kurze, ereignislose Träume, in denen Giselle sich weder nützlich machen noch ein Klotz am Bein hatte sein können. Mehr oder weniger schweigend bewegten sie sich durch die Welten – Giselle stets darauf bedacht, sich nicht mehr als ein paar Meter von ihm zu entfernen. Hin und wieder stellte sie Fragen über das Leben, an das sie sich von nun an würde gewöhnen müssen. Eric beantwortete sie alle ehrlich und gewissenhaft und auf jede seiner Antworten hin nickte sie nachdenklich. Nur einmal, da huschte tatsächlich ein Funken Freude über ihr Gesicht. Das war, als sie sich für sein Alter interessierte. Dass er nicht recht zu bestimmen vermochte, ob er nun seit einem, zehn oder hundert Jahren in den Gedanken anderer Menschen unterwegs war, schien ihr Hoffnung zu geben. Augenscheinlich empfand sie ewige Jugend als durchaus erstrebenswert und Eric glaubte zu beobachten, dass sich ihre Stimmung von da an etwas aufhellte.

Als sich der dritte Traum aufzulösen begann, hielt er ihr schon ganz selbstverständlich die Hand hin. Wie zuvor griff sie danach, trat an seine Seite und erwartete gemeinsam mit ihm den Sprung.

Für eine Weile blieb danach alles schwarz. Eric spürte nichts mehr. Nicht einmal Giselles Berührung. Schwerelos trieb er durch Stille und Finsternis, bis seine Füße einen Untergrund ertasteten.

»Irgh!«, hörte er aus ein oder zwei Metern Entfernung ihre Stimme.

Damit beschrieb sie ziemlich genau das, was ihm in den Sinn kam, während seine Schuhe vollständig im sumpfigen Grund versanken und seine Hose sich bis zu den Oberschenkeln mit Wasser vollsog.

»Bitte keine Krokodile. Bitte keine Krokodile. Bitte keine Krokodile«, betete Eric, ehe er die Augen aufschlug. Beim letzten Mal, als ihm beim Aufwachen das Wasser fast bis zur Hüfte gereicht hatte, war der Traum allzu schnell zu Ende gewesen.

Diesmal schien die Luft jedoch rein zu sein. Er überblickte den flachen Sumpf, in dem sie gelandet waren, und atmete erleichtert aus. In einem Gewässer, so klar wie Trinkwasser, würde sich ihnen nicht einmal eine Kaulquappe unbemerkt nähern können.

Eric schaute auf und blinzelte gegen die Sonne. Der Himmel über ihnen strahlte in einem kräftigen Blau, vor dem sich die Blüten und Blätter der Gewächse, die rund um das Ufer wuchsen, deutlich abzeichneten. In allen Farben des Regenbogens wuchsen sie aus dem feinkörnigen Sand und ragten weit in die Höhe. Bäume, aber selbst lilien- oder rosenartige Blumen mit bunten Blüten wie Blättern reckten sich meterhoch zur Sonne. Dazwischen flogen ein paar Vögel, die wie größere Kolibris aussahen, zusammen mit nicht weniger groß geratenen Insekten umher. Libellen und Schmetterlinge in leuchtenden Farben, die von Blüte zu Blüte sirrten.

Dann sah er an sich hinab und betrachtete den hellen Sand, der seine Schuhe beinahe vollständig verschluckte. Bei dem Versuch, sie herauszuziehen, versetzte er das kühle Nass um seine Beine in Schwingung, sodass das Sonnenlicht auf der Oberfläche zu tanzen begann. Das blieb aber auch schon alles, was sich bewegte.

»Ich fürchte, wir müssen uns von unseren Schuhen verabschieden«, bedauerte er an Giselle gewandt und seufzte.

Die bemühte sich soeben, genau das zu vermeiden und rüttelte kräftig im Sand.

»Das nervt!«, protestierte sie. »Warum muss ich ständig barfuß herumlaufen? Es kann doch nicht so schwer sein, von ein paar befestigten Gehwegen zu träumen!«

»Zieh sie einfach aus, damit wir loskönnen«, bat er sie ruhig.

Ehrlich gesagt, fragte er sich manchmal genau das Gleiche.

Widerwillig schlüpften sie beide aus ihrem Schuhwerk und

wateten hastig ans Ufer, um nicht wieder einzusinken. Die feinen Sandkörner kitzelten Eric dabei zwischen den Zehen. Er riss sich zusammen, aber Giselle kicherte ungehemmt.

»Scheint gar nicht so nervig zu sein«, stichelte er, woraufhin sie kurzzeitig verstummte und ihm die Zunge herausstreckte.

Bald standen sie auf dem Trockenen. Giselle warf einen Blick zurück auf die Stelle, an der sie ihre Heels zurückgelassen hatte.

»Gott sei Dank, ist das kein Abschied für immer. Die Dinger waren teuer.«

Er schmunzelte, denn er hatte schon auf eine solche Bemerkung gewartet. »Genau, kein Grund zur Trauer. Meinen Mantel lasse ich auch besser hier, so schwül wie es ist«, gab er zurück, streifte sich das graue Stück Stoff ab, sodass er bloß noch seine schlichte Hose und das einfache schwarze Shirt trug, und hängte es über den nächsten Ast.

Giselle entledigte sich ebenfalls ihrer Jacke und zupfte an ihrer Bluse, um Luft an ihre Haut zu lassen.

»Ist das nicht lästig?«, fragte sie dann.

»Was meinst du?«

»Na, ständig dieses Teil auszuziehen. Ich schätze mal, du landest oft an Orten, an denen es zu warm für einen Wollmantel ist.«

Eric schüttelte den Kopf. »Nein, eigentlich spielt die Temperatur im Traum selten eine Rolle. Selbst bei einem Brand ist die Hitze meistens nicht so stark wie in dem Kaufhaus.« *Zum Glück.*

In dieser Welt allerdings herrschte tropisches Klima. Das passte zwar perfekt zu dem Dschungel, der sich vor ihnen auftat, bedeutete aber eine anstrengende Weiterreise.

»Das wird uns viel Kraft kosten«, sprach er seinen Gedanken laut aus. »Trotzdem behalten wir ein strammes Tempo bei. Außerdem möchte ich kein Gejammer hören.«

Seit dem Jane-Austen-Traum hatte Giselle sich damit zwar zurückgehalten, dennoch ging er lieber auf Nummer sicher. Ein bisschen kannte er sie inzwischen.

»Aye, aye«, stimmte sie zu.

»Ich halte das einfach nicht mehr aus«, quengelte Giselle. Dieser Satz verließ jetzt zum dritten Mal ihre Lippen. »Es ist so schrecklich heiß.« Mit dem Palmwedel, den Eric ihr unterwegs abgerissen hatte, fächerte sie sich in einer dramatischen Geste Wind zu. »Und ständig schneide ich mir die Füße irgendwo auf. Sie sind schon ganz wund.« Auch das hatte sie mehrmals erwähnt. »Von meinen Gelenken möchte ich gar nicht erst anfangen. Die haben noch nie schlimmer wehgetan.« Oh, eine neue Information!

Eric fühlte sich zu ihrem Waldspaziergang zurückversetzt. Da hatte sie sich zuletzt so ausgelassen über schmerzende Füße beklagt. Vielleicht bedeutete es, dass sie anfing, ihre neue Situation zu akzeptieren, und Normalität einkehren ließ. Ein wenig abenteuerlich, diese Folgerung, aber möglich war es, weshalb er den Mund hielt und sie einfach weiter jammern ließ.

Ganz falsch lag sie ja nicht mit ihren Beschwerden. Hoffentlich bestand dieser Ort aus mehr als einem sumpfigen Wald. Abgesehen davon, dass er sich selbst eine Abkühlung herbeisehnte, mangelte es hier zwischen dem Pflanzengewirr eindeutig an Hinweisen auf einen Träumer.

»Was ist eigentlich, wenn du einen Träumer findest und der spricht nur Italienisch?«, fiel Giselle irgendwann etwas ein, das ausnahmsweise mal keine Beschwerde war.

»Italienisch?«, fragte Eric verdutzt.

»Ja. Oder meinetwegen auch Mandarin«, erwiderte sie. »Wie willst du dann mit ihm reden?«

Ach so. Das konnte sie schließlich nicht wissen.

»Den Grund dafür kenne ich nicht, aber im Traum gibt es keine Sprachgrenzen wie in der wirklichen Welt«, erklärte er.

Sie stutzte. »Also sprechen wir alle Sprachen?«

»Oder alle sprechen unsere.«

Giselle wirkte beeindruckt.

»Bist du schon lang auf der Suche?«, wechselte sie einen kurzen Moment später das Thema. Diese Frage musste ihr schon eine ganze Weile auf der Zunge gelegen haben.

»Länger, als du dir vorstellen kannst.«

Er sah sie nicht an, doch er spürte ihren mitfühlenden Blick.

»Bist du denn jemals einem begegnet – so einem Träumer?«

»Viele Male«, erinnerte er sich an all die Misserfolge zurück, die er bereits erlebt hatte.

Sie stutzte hörbar. »Und … keiner von denen konnte dir weiterhelfen? Du sagtest doch …«

»Dass ich einen Träumer brauche, der mir meinen Wunsch erfüllt, ja«, unterbrach er sie. »Es gibt nur einen Haken.«

Gespannt lauschte Giselle ihm.

»Damit ein Träumer mir helfen kann, muss er wissen, dass er träumt.« Er machte eine Pause und dachte an ihre begreifenden Gesichter zurück, nur Sekunden bevor sie seine Bemühungen zerschlugen. »Aber jedes Mal, wenn sie erkennen, dass sie träumen, weckt dieses Wissen sie auf. Ich muss jemanden finden, der fähig ist, den Traum auch dann weiterzuträumen.«

Es war ein grausames Spiel. Wie oft sein Ziel auch zum Greifen nahe schien, er schaffte es nie weiter als bis zu diesem Punkt. Möglich, dass sein Vorhaben von vornherein zum Scheitern verurteilt war. Er wollte nicht darüber nachdenken.

»Weiter«, beendete er die Unterhaltung und zog das Tempo an.

Giselle sollte sein Gesicht nicht sehen und ihm die Hoffnungslosigkeit von den Augen ablesen.

Er kam lediglich ein paar Meter weit.

»Halt ihn fest, sonst entkommt er!«, brüllte eine Stimme ganz in der Nähe.

Von einer Sekunde auf die andere hellwach, wirbelte Eric herum. Sie waren nicht länger allein. Endlich!

»Der Mann klang irgendwie nicht sehr nett«, flüsterte Giselle skeptisch, doch er tat ihre Bedenken mit einer Handbewegung ab. Unfreundliche Gesellschaft war besser als gar keine. Zumindest nach seiner Erfahrung.

»Keine Sorge, ich habe ihn«, meldete sich eine weitere Stimme – ebenfalls männlich und mit einem Hauch diabolischer Freude.

»Großartig!«, rief der Erste kehlig und lachte. »Ich hab Hunger. Lass ihn uns jetzt gleich essen.«

Eric und Giselle tauschten einen Blick. Wen wollten die essen?

Na schön, auf manche Gesellschaft verzichtete man auch in seiner Welt lieber. Doch bevor sie voreilige Schlüsse zogen, mussten sie die beiden Gestalten erst einmal genauer unter die Lupe nehmen. Im Notfall konnten sie immer noch umkehren. Aber auch nur dann.

Mit dem Kopf wies Eric seiner Begleiterin den Weg. Deren Begeisterung hielt sich in Grenzen, trotzdem folgte sie ihm ohne Widerworte.

Bereits nach kurzer Zeit lichtete sich die Aussicht. Palmen und Bäume wurden weniger, der Boden fester und ein neues Geräusch mischte sich dazu. Er erkannte es sofort: Meeresrauschen.

Und bald entdeckte er dessen Ursprung. Zwischen Stämmen und Grün schimmerte an einigen Stellen das Meer hindurch. In einem kräftigen Blau erstreckte es sich bis zum Horizont und schlug seine Wellen ans Ufer aus weißem Sand. Da hatte wohl jemand einen Karibikurlaub hinter sich und träumte sich nun zurück ins Paradies.

Eric vergaß beinahe die Rufe der Männer, die sie hierhergeführt hatten, so magisch glitzerte das Wasser, von dem er mit jedem Schritt mehr sah.

Ähnlich faszinierend wirkte es anscheinend auf Giselle, denn sie stolperte und verlor den Halt.

»Ah!«, rief sie erschrocken aus, bevor Eric den Zusammenprall spürte.

Von dem Stoß mitgerissen, verlor er ebenfalls das Gleichgewicht und landete gemeinsam mit ihr auf dem Boden.

Autsch.

»Tut mir so leid!«, entschuldigte sie sich hastig, schien es jedoch nicht sofort für nötig zu halten, ihren Ellenbogen aus seinem Kreuz zu nehmen. »Ich hab eine Wurzel übersehen.«

»Pass doch auf!«, hätte er gern geantwortet, doch mit dem Gesicht im Schmutz ging das schlecht.

Die mangelnde Aussicht sorgte auch dafür, dass er ihren Zuschauer erst bemerkte, als der sich laut räusperte.

Erschrocken stemmte Eric sich vom Boden hoch und blickte in das Gesicht eines vollbärtigen Mannes. Das Haar klebte ihm fettig am Kopf, seine sonnengebräunte Haut strotzte vor Falten und er war beinahe so schmutzig wie seine Kleidung.

»Wusst' ich doch, dass ich hier was gehört hab!«, rief er über seine Schulter hinweg jemandem zu, bevor er sich wieder den beiden widmete. Sein starres Lächeln entblößte gleich mehrere Zahnlücken, von denen eine dort saß, wo sich eigentlich seine Schneidezähne befinden sollten.

»Wir haben Besuch. Ziemlich süßen sogar.«

Er zwinkerte Giselle zu.

Eric brauchte sie nicht anzusehen, um ihren empörten Gesichtsausdruck zu erahnen. Bevor die Situation noch unangenehmer werden konnte, kam er ganz auf die Beine und stellte sich zwischen die beiden.

»Niemand rührt hier irgendwen an! Wir sind auf der Durchreise.«

Mit einem dümmlich anmutenden Blick hing ihm der Mann an den Lippen.

»Was redet der Vogel da?«, meldete sich eine weitere Person zu Wort. Hinter dem Mann trat eine zweite Gestalt hervor. Ein bärtiger Alter, der dem ersten nicht unähnlich sah. Seine Kleidung war schmutzig und voller Löcher. Er trug ein Kopftuch, unter dem graue, fettige Haarsträhnen hervorlugten, und auch dieser Herr hatte nicht mehr alle Zähne beisammen. Viel mehr Aufmerksamkeit verlangte allerdings das, was er in den Händen hielt.

Giselle kreischte auf, als sie das Messer entdeckte, von dem noch frisches Blut tropfte. Und auch Eric konnte seinen Schock nicht verbergen. Schützend hob er die Hände vor seine Brust und wich ein paar Schritte zurück.

»Lasst uns weiterziehen«, forderte er möglichst unbeeindruckt. »Wir wollen keinen Ärger.«

Oft ließen sich solcherlei Situationen nicht vermeiden und, solange die Männer keine außergewöhnlichen Fähigkeiten besaßen, sollte es bei seiner Kampferfahrung kein Problem für ihn sein, sie abzuwehren. Aber er war gewiss kein Freund von gewalttätigen Auseinandersetzungen.

»Hä?«

Erst musterte der Alte sie und dann seinen Freund, bis er an sich herabsah und sein Blick an der rot verklebten Waffe hängen blieb.

»Oh!«

Mit einem Mal ertönte sein monotones Gelächter. Er hielt das Ding in die Höhe und fuchtelte damit vor der Nase des anderen herum, woraufhin auch der zu lachen begann.

Gern hätte Eric mitgelacht, doch fand er keinen Grund dazu. Er nutzte den kurzen Augenblick ihrer Unaufmerksamkeit, um sich nach einem geeigneten Fluchtweg umzuschauen, da verstrich die Gelegenheit auch schon wieder.

»Ihr habt doch nicht etwa Angst vor uns?«, fragte der erste Mann, nachdem sein Lachen verebbt war. »Vor mir müsst ihr euch nicht fürchten und vor diesem Trottel hier erst recht nicht!«

Leider verhieß das Messer in der Hand des Trottels etwas ganz anderes.

»Ihr Landratten habt wohl noch nie einen Fisch ausgeweidet, hm? Um ein Haar wär‘ uns der Leckerbissen entwischt, aber heute ist wohl euer Glückstag!« Einladend breitete er die Arme aus. »Esst mit uns! Unser Lagerfeuer ist gleich hier vorn am Strand.«

Es gab zwei Gründe, die es Eric unmöglich machten, dieses Angebot abzulehnen: Die Aussicht auf nähere Informationen über ihre Umgebung sowie den möglichen Aufenthaltsort des Träumers - und Giselle.

»Ein Lagerfeuer am Strand?«, wiederholte sie, ihre Augen begannen zu leuchten.

Der mit dem Kopftuch bedeutete ihnen, ihm zu folgen.

Keine zwanzig Meter entfernt befand sich das Lager. Eine Feuerstelle im Sand mit zwei Stücken Treibholz davor, die wohl als Sitzgelegenheiten dienten. Ein hölzernes Boot, in dem ein Haufen Fischernetze lag, wartete in Ufernähe.

»Setzt euch, Matrosen!«, wurden sie aufgefordert.

Aber Giselle dachte gar nicht daran, sondern lief auf das Wasser zu.

»Endlich eine Abkühlung!«, jauchzte sie, bevor sie sich samt Kleidung einfach in eine anrollende Welle fallen ließ. Als sie klitschnass wieder auftauchte, strahlte sie. »Komm rein, Eric! Es ist herrlich!«

Dem stahl sich ein Lächeln auf die Lippen. Es war beneidenswert. Von einer Sekunde auf die nächste konnte sie alle Sorgen vergessen. So viel sie auch meckerte und klagte, so leicht war sie auch zu begeistern. Er dagegen ließ lieber Vorsicht walten, ehe er sich in ein unbekanntes Gewässer stürzte.

»Komm du lieber raus!«, rief er. »Du weißt nicht, was da außer dir noch so herumschwimmt!«

Giselle antwortete mit einem genervten Stöhnen, dennoch kam sie hastig wieder an Land.

»Mein Junge, darauf geb' ich dir gern 'ne Antwort«, mischte sich der Kopftuchmann ein und präsentierte ein Prachtexemplar von einem Fisch – knallorange und bestimmt eine Armlänge groß. »Ist uns eben erst ins Netz gegangen.«

Eric hielt erschrocken den Atem an. Leider schien der Träumer recht vertraut mit dem Geruch fauliger Fische zu sein und ordnete diesen auch solchen Fischen zu, die noch nicht lang tot waren.

»Ein bemerkenswerter Fang«, zwang er sich dennoch zu einem Lob.

Der Mann betrachtete seinen Leckerbissen. »Aye, damit schlagen wir uns jetzt die Wampen voll!«

Es führte wohl kein Weg daran vorbei, solange er Informationen wollte. Im Traum würden sie wenigstens keine Fischvergiftung erleiden. Etwas widerwillig nahm Eric am Feuer Platz, über dem ihr zweiter Gastgeber bereits eine Reihe kleinerer, ebenfalls orangefarbener Fische wendete.

Auch Giselle stieß mit klitschnassen Kleidern wieder zu ihnen und ließ sich an seiner Seite nieder.

»Du kannst einem echt den Spaß verderben«, beschwerte sie sich, wirkte jedoch nicht wirklich verärgert. »Danke, dass wir mit euch essen dürfen. Ich bin übrigens Giselle und der Skeptiker neben mir heißt Eric«, stellte sie sich fröhlich vor und erwartete wohl das Gleiche von ihrem Gastgeber.

Der Alte nickte allerdings bloß.

»Setzt die Segel, hier kommt der Hauptgang!«, posaunte der Kopftuchträger und gesellte sich ebenfalls zu ihnen.

Den großen, stinkenden Fisch hatte er auf einen Stock gespießt, den er nun über den Flammen befestigte. Die Kleinen daneben waren wahrscheinlich schon seit Beginn des Traumes gar, doch wen kümmerte es?

Eric bemerkte, wie Giselle leicht zusammenzuckte, als der Mann an ihr vorbei auf das Lagerfeuer zutrat. Entweder war ihr der Geruch des Todes in die Nase gestiegen oder ihr war nicht entgangen, dass sich der alte Fischer mit schwarzem Kopftuch in einen bestimmt zwanzig Jahre jüngeren Fischer mit weißem Kopftuch und Plauze verwandelt hatte. Vermutlich hatte sie sich noch nicht daran gewöhnt, wie schnell sich die Dinge im Traum ändern konnten.

Sie musste noch so viele Fragen haben, aber im Moment zählten seine eigenen. Schon wieder verschwamm die Gestalt eines der Fischer und besonders tiefsinnig oder detailreich wirkten beide nicht, was bedeutete, dass der Träumer sich nicht in der Nähe aufhielt. Trotzdem waren diese beiden weit und breit die einzigen Menschen und vielleicht wussten sie etwas Nützliches.

»Gibt es noch mehr von eurer Sorte?«, fragte Eric geradeheraus.

Der Kopftuchträger erwiderte stumpf seinen Blick. »Sorte?«

Erträumte, dachte Eric. »Menschen.«

»Aye«, gab der Mann zurück. »Aber sicher gibt's welche.«

»Und wo?«

»Na, direkt hier.« Er griff sich einen Stock mit mehreren kleinen Fischen daran von der Feuerstelle und deutete damit erst auf Giselle und dann auf Eric.

Gerade wollte Eric darauf missgelaunt antworten, als ihm jemand beschwichtigend die Schulter tätschelte.

»Wir suchen jemanden.« Giselle nahm ihre Hand wieder von seiner Schulter. »Könnt ihr uns bitte sagen, wie wir in die nächste Stadt gelangen?« Sie überlegte kurz und fügte dann noch hinzu: »Oder ins nächste Fischerdorf.«

Der Mann schwenkte den Stock zur Seite, wies ihnen damit einen Weg die Küste entlang.

»Aye. Die Hafenstadt liegt ganz in der Nähe. Mehr Menschen auf 'nem Haufen gibt's sonst nirgendwo. Geht einfach in dieser Richtung den Strand entlang.«

Gut gemacht. Eric sah Giselle zufrieden an und stand sofort auf.

»Sachte, du Leichtmatrose!«, meinte der Alte, der immer noch Fische über dem Feuer drehte. »Nur noch 'ne Warnung: Dort wimmelt es vor Piraten und schlimmeren Halunken. Wenn ihr da euren Anker setzt, legt euch besser mit niemandem an. Nicht, dass du und deine Kleine noch Kiel geholt werdet.«

Dankbar nickte Eric. Piraten waren meistens gefährlich und wenn in dieser Hafenstadt ein Abenteuer wartete, dann vielleicht auch der Träumer.

Bevor sie das Lager hinter sich ließen, verabschiedete sich Giselle. Eric dagegen stapfte einfach durch den Sand, direkt drauf los.

Keiner der beiden Fischer wunderte sich darüber, dass sie einfach aufbrachen, und sobald sie sich ein Stück entfernt hatten, verhielten sich die zwei einfach weiter so, wie sie es ohne ihr Zusammentreffen getan hätten.

»Hast du den Fisch gerochen?«, fragte Eric, nachdem sie die Feuerstelle längst hinter sich gelassen hatten.

Giselle schaute verwundert drein. »Nein, wieso?«

»Glück gehabt.«

Sie folgten der unkomplizierten Wegbeschreibung den Strand entlang. Giselle lief über den feuchten Sand und stieß jedes Mal freudige Laute aus, wenn kaltes Wasser ihre Füße berührte. Inzwischen war ihre Kleidung wieder trocken, ihre Haare kräuselten sich nach ihrem Sprung in den Ozean noch ein wenig stärker.

Eric marschierte stramm ein paar Meter vor ihr. Er wollte die Hafenstadt so schnell wie möglich erreichen. Solange er vorausging, konnte er außerdem seine nach oben gezogenen Mundwinkel verbergen. Denn auch er genoss den Spaziergang, die frische Meeresbrise und das kühle Nass um seine Knöchel. Ihm war nicht ganz klar weshalb, doch diese Tatsache beschämte ihn und Giselle brauchte davon nichts zu wissen.

Genau wie die Männer gesagt hatten, konnten sie schon bald ihr Ziel in der Ferne erkennen. Umhüllt vom Dunst des Meeres zeichneten sich am Horizont die Umrisse gewaltiger Mauern aus grauem Stein ab. Sie umschlossen eine Stadt, die zur Hälfte im Wasser lag. Die mit roten Dachziegeln besetzten Spitzen mehrerer Türme ragten darüber in die Höhe und um sie herum kreiste eine Masse an Möwen, wie Eric sie noch nie gesehen hatte. Sie übertrumpfte sogar die Menge der Schiffe, die nahe der Stadtmauern vor Anker lagen. Und es waren viele Schiffe. Ein Satz Segel größer und imposanter als der andere. Nicht zum ersten Mal fragte er sich, ob es für jeden der Traumorte eine auch nur annähernd so ehrfurchterregende Vorlage in der Wirklichkeit gab.

Ein Blick über seine Schulter verriet ihm zumindest, dass eine gewisse Dame aus der Großstadt nichts Vergleichbares kannte.

»Das ist … Ich bin …«, stammelte Giselle und vermochte es nicht, ihre weit aufgerissenen Augen von dem Anblick loszureißen. »Heftig.«

Bestimmt stolperte sie gleich wieder, weil sie den Anblick so *heftig* fand.

»Schau, wo du hinläufst, sonst kommen wir nie an«, lenkte Eric ihre Konzentration vorsichtshalber zurück auf ihre

Beine. Und wie sie sich beeilte. Aufgeregt hastete sie an ihm vorbei und, etwas erstaunt über ihren plötzlichen Entdeckergeist, folgte er ihr. Während sie den steinernen Mauern mit jedem ihrer Schritte näherkamen, wuchs auch der Drang der beiden, herauszufinden, was sich dahinter befand.

11

Über das Festland führte eine Straße auf die Tore der Stadt zu. Menschen in mittelalterlicher Kleidung aus Leinen und Leder zogen Karren, beladen mit allerlei Nahrungsmitteln und Rohstoffen, über das Pflaster. Sie mischten sich unter die Leute und folgten dem Strom. Durch einen riesigen Torbogen ins Innere, wo sie auf weitere Erträumte trafen. Einfache Leute, die sich in Gassen und engen Straßen vor einfachen Häusern tummelten, lachten und schwatzten. Eric kannte mediterrane Städte wie diese. Schmutzig, baufällig und trotzdem unbestreitbar charmant.

»Ich liebe es!«, strahlte Giselle. »Wir müssen unbedingt jemanden finden, der uns hier herumführen kann!«

»Herumführen?«, lachte Eric freudlos. »Wir sind doch nicht im Urlaub. Schon vergessen?«

Bisher zeigte sein Tattoo, das ohne den Mantel freilag, keine Anzeichen dafür, allzu bald zu verblassen. Umso wichtiger war es, dass er die Zeit, die sie in dieser Stadt hatten, gut nutzte. Eine Stadtführung war definitiv nicht drin.

Giselle warf theatralisch den Kopf in den Nacken. »Schon kapiert.«

Sie gingen stramm vorwärts und irgendwann erwischte Eric sich dabei, wie er Giselle beobachtete. Er betrachtete ihre schlanke Gestalt und die rötlich-blonden Haare, die ihr in langen Wellen über den Rücken fielen. Er sah dabei zu, wie sie barfuß über den unebenen Boden lief und in jedes Fenster lugte, an dem sie vorbeikamen. Voller Neugier darauf, was es hier wohl zu entdecken gab. In diesem Moment wünschte er sich, dass sie noch viele Träume erlebte. Sie sollte Gelegenheit haben, sich der schönen Seiten ihrer Existenz bewusst zu werden. Allerdings war ihre gemeinsame Reise ein Spiel auf Zeit und im Traum gab es nichts Unberechenbareres als Zeit.

Selbst wenn sie es gewollt hätten, wäre es ihnen unmöglich gewesen, den Marktplatz der Hafenstadt zu übersehen. Vor den Türen einer hölzernen Kirche und eingerahmt von Geschäften und Wohnhäusern, bot er genügend Platz, um ein Lager für ein ganzes Dorf aufzuschlagen.

»Und ich dachte, in Manhattan gäbe es viele Menschen«, kommentierte Giselle als Erste die Aussicht.

Eric nickte, während er den Blick aufmerksam über die Menschenmasse gleiten ließ. Karren und Verkaufsstände mit Waren bildeten Durchgänge, in denen sich die Leute aneinander vorbeidrängten, miteinander redeten und um Preise feilschten.

Quietschende Räder, Münzengeklimper und tausende Schritte auf dem gepflasterten Boden. Lautes Gerede, die Rufe der Marktschreier, Viehlaute und kreischende Möwen, die ihre Kreise über dem angebotenen Fisch zogen. All diese Geräusche füllten die Luft um sie und erweckten die Traumstadt zum Leben.

Giselle lachte vor Erstaunen auf und ehe Eric die Chance hatte, sein weiteres Vorgehen zu planen, packte sie ihn bei der Hand und zerrte ihn mitten ins Geschehen.

»Unglaublich! Ich hab mir immer gewünscht, einmal um die Welt zu reisen und Orte wie diesen zu sehen! Meine Granny hatte eine Postkarte aus Kroatien an ihrem Kühlschrank, mit Bildern von einer Stadt, die genauso aussah wie die hier. Wie oft hab ich sie mir angesehen und mir vorgestellt, die Seeluft zu atmen und zwischen den alten Mauern zu spazieren? Und jetzt bin ich hier!«

Aufgeregt schlängelte sie sich mit ihm im Schlepptau von einem Stand zum nächsten. Sie musste alles anfassen, bewundern und es ihm – wenn ihr etwas besonders gefiel – vor die Nase halten. Obst, Gemüse, ein breites Angebot an geruchsintensivem Fisch, aber auch Schmuck, Werkzeuge und vieles mehr gab es zu bestaunen.

Eric wehrte sich kein bisschen. Tatsächlich freute er sich über ihren Enthusiasmus. Abgesehen davon, dass er ihr den Spaß nach dem Leid, das sie wahrscheinlich noch immer durchmachte, von Herzen gönnte, konnte er das Tempo nutzen und sich schnell einen Überblick verschaffen. Er blendete Giselles Ausrufe wie »Sieh nur, es gibt Mangos! Ich liebe Mangos!« oder »Schau mal, die haben sogar Kokosnüsse! Vergiss die Mangos!« aus und lauschte stattdessen den Gesprächen der anderen Erträumten.

Da sie sich so eilig durch die Menge schoben, schnappte er hauptsächlich Wortfetzen auf, von denen keine irgendwelche Hinweise auf den Aufenthaltsort des Träumers gaben. Nebenbei beäugte er im Vorbeigehen das ausgelegte Angebot. Nicht wegen der exotischen Früchte, die Giselle so begeisterten, sondern eher, weil die Dinge viel über ihren Schöpfer aussagten. Neben Kompassen und Teleskopen wurden viele Säbel verkauft. Er entdeckte auch Augenklappen, Holzbeine und einmal etwas, das er für eine Handprothese in Form eines Hakens hielt. Nicht auszuschließen, dass er jemanden mit einem Faible für Piraten suchte. Leider drehten sich die Unterhaltungen um sie herum hauptsächlich um das Wetter, um die Fischpreise oder um Rezepte. Nicht um Seeräuber.

Die beiden hatten bereits einiges gesehen, als Eric endlich etwas Interessantes zu Ohren kam.

»Halte dich lieber von dort fern. Es ist zu gefährlich«, sagte eine Frau zu einer anderen, während sich die beiden Erträumten durch eine Kiste Äpfel wühlten.

Eric blieb so schlagartig stehen, dass Giselle am Arm zu ihm zurückgerissen wurde und dabei gegen einen Passanten stieß.

»He!«, wetterte der Mann und baute sich vor ihnen auf. »Wenn ihr Ärger wollt, verzieht euch gefälligst ins Cone Shell!«

Cone Shell? Eric öffnete den Mund, in der Absicht, Näheres zu erfragen, da mischte sich die Erträumte ein, die er eben belauscht hatte. »Sofern ihr euer Geld nicht mit Piraterie verdient, rate ich euch, dieser Spelunke fernzubleiben. Gerade sagte ich zu meiner Freundin genau das Gleiche.«

Die besagte Freundin nickte ernst.

Interessant. Eine Spelunke voller Piraten klang ganz nach einem Ort, an dem das Zentrum des Traumes liegen könnte.

Im Traumzentrum passieren immer die aufregendsten Dinge, hatte Ben gesagt. Wenn Piraten nicht aufregend waren, was dann? Außerdem hatten die beiden erträumten Frauen sich soeben ungefragt an seiner mehr-oder-weniger-Unterhaltung beteiligt. Gedankenfreie Statisten taten so etwas nicht. Sie mussten dem Träumer also schon auf der Spur sein.

Mit einem nervösen Blick auf seine Tätowierung, die sich nach wie vor unverändert schwarz auf seiner Haut abzeichnete, bohrte Eric weiter nach. »Wie kommen wir dahin?«

Als die beiden schockierte Gesichter machten, übernahm Giselle. »Natürlich fragt er nur, damit wir einen großen Bogen darum machen können und nicht aus Versehen direkt reinstolpern.«

Sie lachte, wahrscheinlich, um überzeugender zu wirken. Obwohl es sich ein wenig gezwungen anhörte, was wiederum an ihrer Glaubwürdigkeit nagte, hatte sie Erfolg. Niemand hinterfragte diese offensichtliche Lüge. Kein Wunder, denn das Prinzip des Lügens war den meisten Erträumten fremd. Es erforderte Eigennützigkeit und dafür fehlte ihnen in der Regel genügend Charakter.

»Wenn man den Hafen entlanggeht, mit dem Wasser zur Rechten, gelangt man irgendwann zu einem kleinen Haus. Daneben führt eine Treppe hinab und an ihrem Ende liegt die Schänke«, erwiderte die Frau hilfsbereit.

»Und der Hafen?«, hakte Giselle nach.

»Hinter der Kirche findet ihr einen Weg, der den Marktplatz mit dem Hafen verbindet.«

Giselle bedankte sich höflich. »Wir werden uns fernhalten. Schönen Tag noch.«

»Lebt wohl.«

Die Freundinnen wandten sich wieder dem Apfelsortiment zu und der angerempelte Mann verschwand mit einem Grummeln.

Mit hochgezogenen Brauen drehte sich Giselle zu Eric um. »Du willst da jetzt echt hin, oder?«

Er grinste. »Der Weg zum Träumer ist eben nicht immer

der angenehmste.«

Da ihr Schicksal von dem seinen abhing und dieses darin bestand, Träumenden nachzujagen, musste sie ihm wohl oder übel folgen. Auch dann, wenn seine nächste Station als Piratennest gefürchtet war.

»Du bist ziemlich mies im Lügen.« Er musste lächeln. »Aber ich schätze, hättest du mir das Reden überlassen, wüssten wir jetzt noch nicht, wo es langgeht.«

Für einen Moment erwiderte sie sein Lächeln. Von hübschen kleinen Sommersprossen umringte Lachfältchen schmiegten sich an ihre goldbraunen Augen, die dabei auf eine Weise aufleuchteten, die es Eric unmöglich machte, wegzusehen. »Bitteschön.«

Dann war der Moment vorüber und sie trat an ihm vorbei in Richtung der Kirche, deren hölzerne Front an den Marktplatz grenzte.

Eric blieb wie angewurzelt stehen und starrte ihr nach. Er spürte sein Herz schneller gegen seine Brust schlagen. Was war das gerade gewesen?

Bevor er sie in der Menge verlieren konnte, schloss er wieder zu ihr auf.

»Ich hoffe, wir treffen auf lustige Piraten. Mit Jack Sparrow könnte ich leben«, befand Giselle soeben.

Er antwortete nur mit einem abwesenden »Hm«, sein Herzschlag beruhigte sich nur langsam. Warum?

Und weshalb beschlich ihn auf einmal eine derartige Beklemmung bei der Vorstellung, dieses Mädchen heute oder in einem anderen Traum in einen Schuppen voller bewaffneter, mordlüsterner Männer zu führen?

Entschieden schüttelte er den Gedanken ab. Na und? Nach dem Wolf und dem Feuer sollte sie wissen, worauf sie sich einließ, und am Ende zählte doch sowieso bloß, dass er endlich die Chance bekam, einen Träumer um das zu bitten, was ihm so sehr auf der Seele brannte. Ganz egal, wer unterwegs Schaden nahm.

Leider ließ sich die zweifelnde Stimme in seinem Kopf nicht gänzlich unterdrücken. Er beschloss, sie zu ignorieren.

Sie passierten die Kirche, deren Wände mittlerweile nicht mehr aus Holz waren, sondern dem steinernen Stadtmauerwerk der restlichen Gebäude um den Marktplatz glichen, und warfen noch einen letzten Blick zurück auf das fröhliche Treiben. Eric erschauderte, als er zwischen den vielen Menschen in ihren altertümlichen braunen und weißen Leinenkleidern eine schwarze Kapuze entdeckte. Reglos stand die Gestalt, die sich darunter verbarg, zwischen den Erträumten, die sich an ihr vorbei drängelten, und schaute geradewegs in seine Richtung. Für den Bruchteil einer Sekunde hielt Eric die Augen auf sie geheftet, versuchte mehr zu erkennen als den schwarzen Umhang. Doch schon war der Mantelträger wieder in der Menschenmenge untergetaucht.

War er wirklich da gewesen oder beeinträchtigte die flirrende Hitze dieser Traumwelt sein Sehvermögen derart, dass ihm Trugbilder erschienen? Oder hatte die lange Zeit, in der er schon auf sich allein gestellt gewesen war, ihn langsam, aber sicher um den Verstand gebracht?

Er sah wieder nach vorn, sie betraten die Gasse und waren schon nach ein paar Schritten beinahe vollständig von den Geräuschen des Marktes abgeschnitten. Dafür drangen die Schreie der Möwen hier umso lauter zu ihnen. Außerdem glaubte Eric, wieder das Meer rauschen zu hören. Gut, denn das mochte bedeuten, dass es bis zum Hafen nicht allzu weit war.

Nach einer Weile blieb Giselle stehen. Sie starrte den Weg hinab, der nun vor ihren nackten Füßen stark abfiel. Eric schloss zu ihr auf und erblickte den Grund für ihr Innehalten.

»Wahnsinn«, hauchte sie, sowie er neben ihr stand.

Ja. *Wahnsinn.* Selbst Eric hatte niemals ein solches Aufgebot an Schiffen gesehen – geschweige denn in der Luft. Mit gesetzten Segeln und Flaggen, auf denen die unterschiedlichsten Symbole prangten, schwebte eine Parade aus mittelalterlichen Schiffen vom Himmel herab. Direkt auf den Hafen zu, in dem bereits einige angelegt hatten, um mit neuen Gütern beladen zu werden. Die Näherkommenden bewegten sich durch den Dunst über dem Meeresspiegel, der sie wie ein Schleier einhüllte. Ein atemberaubendes Bild unter der glühenden Mittagssonne.

Ob sie wohl irgendwo herkamen - oder waren sie einfach aus dem Nichts zwischen den wenigen Wolken aufgetaucht?

»Los, komm!«, unterbrach er den Augenblick der stillen Bewunderung, ehe er noch damit anfing, sich jede mögliche Art und Weise auszumalen, auf die ein Schiff in einem Traum erscheinen konnte.

Giselle rührte sich nicht von der Stelle. Mit weit aufgerissenen Augen und geöffneten Lippen betrachtete sie die Szene. Sogar nach den Geistern im Wald, der gigantischen Wölfin und der Explosion, die sie fast das Leben gekostet hätte, faszinierte sie dieser Anblick.

Nun war es Eric, der sie bei der Hand nahm. »Wir müssen sowieso runter zum Hafen. Das heißt, wir können uns die Schiffe gleich aus nächster Nähe ansehen«, sagte er nun in einem sanfteren Ton und ihre Beine setzten sich in Bewegung, die schmale steinerne Treppe hinab zu den Kais.

Unten im Hafen empfing sie der Fischgestank erneut – diesmal blieb auch Giselles Nase nicht davon verschont – und es war laut. Hier wimmelte es von Passanten, Hafenarbeitern und Anreisenden. Alles sprach und rief wild durcheinander, Kisten wurden geschoben, geworfen und gestapelt, Karren beladen und transportiert, Reparaturarbeiten an vertäuten Schiffen vorgenommen und hunderte Möwen gierten hier lauter nach Beute, als er es je zuvor vernommen hatte.

Eine Mauer verbarg die Sicht auf das Meer. Die Schiffe trafen außerhalb des Hafens auf der Wasseroberfläche auf und passierten, wenn sie nicht draußen vor Anker gingen, eine geöffnete Schleuse, um ins Hafenbecken zu gelangen. Ein bisschen schade fand es Eric schon, die Landung zu verpassen, und Giselle offenbar auch, denn sie seufzte enttäuscht. Wenigstens gab es auf diese Weise weniger Ablenkung. Der Traum dauerte schon eine Weile an und konnte jeden Augenblick zu Ende sein.

Obwohl Giselle sich immer wieder umdrehte, wohl in der Hoffnung, einen Blick über die Mauer oder durch die Schleuse hindurch auf ein landendes Schiff zu erhaschen, kamen sie schnell voran. Niemand legte ein auffälliges Verhalten an den Tag und so hielt Eric sich nicht lange damit auf, die Menschen zu beachten. Aus den Kisten holten sie nur die Waren, die auf dem Markt verkauft wurden, und ihre Gespräche klangen keinen Deut anders als dort.

Die Treppe zwischen den zwei gedrungenen Häusern, die ihnen die Leute vom Markt beschrieben hatten, entdeckten sie nach wenigen Minuten. Ihre steinernen Stufen waren bedeckt von den Schatten beider Gebäude, zwischen denen sie sich hinab schlängelte. Nicht besonders einladend und ein gewaltiger Kontrast zum sonnenüberfluteten Hafengelände.

Etwas zögerlich betrat Eric die erste Stufe. Bei der Wölfin und auch bei dem Feuer hatte das Unglück sie überrascht. Diesmal jedoch stürzten sie sich mit voller Absicht hinein. Zumindest, was ihn betraf. Giselle hatte zugegebenermaßen keine andere Wahl. Er konnte sie beide zumindest so gut es ging auf die Gefahr vorbereiten. Falls wirklich etwas geschehen sollte, wäre es besser, das Mädchen an seiner Seite hatte entsprechende Instruktionen erhalten. Trafen sie gleich tatsächlich auf eine Horde ruchloser Freibeuter, brachte Giselle ihn sonst womöglich in Bedrängnis, zwischen ihrem Überleben und seiner Mission zu entscheiden.

»Pass auf. Ich weiß nicht, was uns da drinnen erwartet. Also sei bitte einmal still und halte dich im Hintergrund. Überlass mir das Reden, fass nichts an und bleib immer dicht hinter mir! Schaffst du das?« Er sprach lauter als beabsichtigt, aber so kam die Botschaft vielleicht sogar besser an.

Sie nickte, deutlich gekränkt, widersprach jedoch nicht. Irgendwie tat ihm sein Ton zwar leid, doch letztendlich kam es ihr nur zu Gute, wenn sie sich an seine Aufforderung hielt und keine Schwierigkeiten machte.

Stillschweigend stiegen sie in die Schatten hinab, bis die Geräusche und die Sonne hinter ihnen verschwanden.

Der Schriftzug *The Cone Shell* stand lieblos eingeritzt über dem Eingang. Auf eine fast kunstvolle Art passte es zu dem Haus aus modrigem Holz, eingequetscht zwischen höheren Dächern und trotz der Tageszeit beschattet. Der Träumer wusste, wie man düstere Stimmung erzeugte. Nur einmal tief durchatmen, dann streckte Eric die Hand aus. Als er die Tür öffnete, drang durch den Spalt das Gelächter vieler Männerstimmen zu ihnen, laut und voller Hohn.

Auszug aus dem Tagebuch eines Träumers

Liebes Tagebuch,

das dritte Mal habe ich jetzt von einem Traumwandler geträumt. Lily meint, ich soll ein Buch darüber schreiben. Sie findet, es ist unfair, dass ich die Welt nicht an meiner Fantasie teilhaben lasse.

Meine Prinzessin ist da anderer Meinung. Sie nennt meine Träume »unser kleines Geheimnis« und glaubt ganz fest daran, dass sie wahr sind und nicht bloß Geschichten.

Manchmal frage ich mich, ob sie damit nicht sogar recht hat. Wer sagt denn, dass nicht real ist, was sich nachts in unseren Köpfen abspielt? Auf eine wundersame Weise ist es am Ende doch genauso echt wie alles andere - immerhin geschieht es direkt vor unseren verträumten Augen.

Ich liebe Lily und unser kluges kleines Mädchen.

Jasper

12

Gemeinsam betraten sie die Schänke. Eric voran und Giselle dicht hinter ihm. Der Raum war brechend voll, doch niemand bemerkte ihr Eintreten. Die Gäste – allesamt vollbärtige Männer – sprachen und lachten laut durcheinander, lallten Trinksprüche und Seemannslieder. Jeder von ihnen mit einem Humpen Bier in der Hand, dessen Inhalt ausreichte, um gleich zwei Männer betrunken zu machen. Sofern er denn wirkte, da nicht jedem Träumer die Wirkung von Alkohol bewusst war. Dem volltrunkenen Gegröle nach zu urteilen, tat er das in dieser Welt.

Auf mehreren der voll besetzten Tische erspähte Eric neben leergetrunkenen Krügen auch Spielkarten und reichlich Münzen. An den Wänden hingen Zeichnungen von bärtigen und vernarbten Gesichtern – vermutlich Steckbriefe gesuchter Piraten, womöglich sogar von Anwesenden.

Es gab keine Fenster, dafür brannte auf jedem Tisch eine Kerze. Ihr flackerndes Licht ließ Schatten über die vom Lachen verzerrten Mienen der Männer zucken und verlieh ihnen etwas Monströses. Die Säbel und Messer, die an ihren Gürteln baumelten, ließen sie nicht minder bedrohlich erscheinen. Ebenfalls furchteinflößend wirkte der bestimmt fünf Meter lange ausgestopfte Hai, der an zwei Seilen von der Holzdecke hing. Mit starrem Blick und aufgerissenem Maul, das mehrere Reihen spitzer Zähne offenbarte, sah das Biest aus, als könnte es sich jeden Moment loszerren, um sich auf die Gäste zu stürzen.

Fluchtwege gab es bis auf die Tür hinter ihnen keine. Zu ihrer Rechten führte eine Treppe hinauf in ein oberes Stockwerk. Das würden sie sich später vornehmen. Erst sollten sie sich hier etwas umhören und sich dabei möglichst unsichtbar durch die Masse aus Trunkenbolden bewegen, die sich an dem flüssigen Glück labten, das ein Schankwirt hinter einer Theke gegenüber der Tür zapfte.

»Zieh keine Aufmerksamkeit auf dich. Ich werde nicht lang

brauchen, um herauszufinden, ob sie uns helfen können.«

Eric schenkte Giselle einen ernsten Blick.

»Das wird schwer«, erwiderte sie. »Ich bin die einzige Frau weit und breit!«

Sie wies auf die Horde, die sich zwischen ihnen und dem Tresen drängelte. Die Männer verströmten beißenden Schweißgestank. Kein toter Fisch mehr, aber auch keine bemerkenswerte Verbesserung.

»Und du wirkst hier drinnen, ehrlich gesagt, auch nicht viel maskuliner mit deinem niedlichen Bartansatz.«

Sein ... was? Was für eine Frechheit! Eric wollte schon protestieren. Bis er ihren schelmischen Gesichtsausdruck registrierte.

»Verhalte dich einfach unauffällig«, entgegnete er beherrscht.

Ihr Lächeln wurde breiter. »Da es doch sicherlich auffallen würde, eine Einrichtung wie diese aufzusuchen ohne Speis und Trank zu kosten, nehme ich an, du gibst mir deinen Segen, wenn ich mir jetzt eins von denen gönne?«

Sie zeigte auf ein Bier, das sich ein Mann ein paar Armlängen von ihnen entfernt soeben an die Lippen führte. Er stürzte es in einem Zug hinunter und wischte sich anschließend mit dem Ärmel den Schaum von den gekräuselten Barthaaren.

»Du willst dich betrinken?«

Jetzt und hier? Dafür konnte er sich wirklich einen besseren Zeitpunkt vorstellen - und einen besseren Ort allemal.

Giselle verschränkte die Arme vor der Brust. »Du sagst das, als sei es ein Verbrechen. Amüsierst du dich auch mal?«

»Inmitten von Gesetzlosen für gewöhnlich nicht, nein«, konterte Eric.

Eigentlich auch sonst nicht viel. Aber ihm fiel sowieso kaum etwas ein, das ihm Spaß bereiten könnte. In einem Lokal umzingelt von Piraten zu sitzen und Alkohol zu trinken, gehörte garantiert nicht dazu.

»Die tun uns nichts, solange wir uns normal verhalten. Ist

doch so, oder? Hier reinzuspazieren und nichts zu bestellen, fällt jedenfalls nicht unter normal.« Sie wartete vergebens auf eine Reaktion von ihm, bevor sie weitersprach. »Na schön, ich kann dich ja nicht zwingen. Aber warte wenigstens, während ich mir eins besorge.«

Toller Plan.

»Du bist unvorsichtig.«

»Und du eine Spaßbremse.«

Sie hielt seinem Blick stand, erwiderte ihn herausfordernd. Dann drehte sie sich einfach weg, um sich zum Tresen durchzuschlagen.

War sie denn völlig gedankenlos? Eric folgte ihr und versuchte, sie zurückzuhalten, doch sie bewegte sich zu schnell zwischen den Menschen.

An ihrem Ziel angekommen, zwängte sich Giselle zwischen zwei bereits wankenden Gestalten hindurch und rief nach dem Wirt, dessen Leinenhemd nicht ausreichte, um die volle Größe seines Bauches zu bedecken.

»Und du willst?«, hörte Eric ihn fragen und bemerkte das schmutzige Grinsen, mit dem er sie musterte.

Seine Anspannung wuchs. Welche Vorstellung auch immer der Träumer von Piraten haben mochte, als einzige Frau unter den Anwesenden fiel Giselle auf. Dabei lag es nicht im Entferntesten in seinem Sinne, das Interesse dieser Leute zu wecken.

»Ein großes Bier, bitte.«

Der Mann zog den Korken aus einem Fass, füllte einen Humpen mit seinem Inhalt. Anschließend stellte er das Gefäß auf dem Tresen ab und gab ihm einen Schubs, sodass es quer über die Holzplatte auf sie zu schlitterte. Sie griff mit beiden Händen danach, wandte sich zu Eric um und prostete ihm zu.

»Ich hoffe, du bist nicht neidisch«, neckte sie ihn selbstzufrieden.

Nicht ganz. Eher erleichtert darüber, dass der Wirt sich wieder seiner Arbeit widmete, anstatt ihr eindeutige Blicke zuzuwerfen.

Er schüttelte den Kopf. »Genieß es ruhig. Das meiste davon sieht ohnehin aus, als sei es bloß Schaum. Vergiss nur nicht, wo wir sind und halte dich ab jetzt immer an mich.«

Erst untersuchte sie ihre neueste Errungenschaft – wahrscheinlich, um seine Schaumtheorie zu überprüfen – dann setzte sie an, etwas zu sagen. Dazu kam sie jedoch nicht.

»Mit Dieben wie dir wisch' ich das Deck!« Ein breitschultriges Muskelpaket tauchte hinter ihr auf und packte sie grob an der Schulter. »Gib zurück, was mir gehört, oder du landest am Haken!«

Besser, als mit dem Haken, der seine rechte Hand ersetzte, über Giselles Kehle zu fahren, hätte er seine Worte gar nicht unterstreichen können.

Sie erstarrte unter der Berührung, blickte hilfesuchend zu Eric.

»Was wird das? Sie hat nichts gestohlen«, mischte der sich ein.

Er bemühte sich um einen besänftigenden Tonfall, denn die Hakenspitze ruhte weiterhin in einer tödlichen Position.

Ohne von Giselle abzulassen, spuckte der Muskelprotz auf den Boden. »Mein Bier!« Er klang gefährlich betrunken. »Ich hab länger drauf gewartet als du. Glaub ja nich', du kannst mir mein Bier vor der Nase wegfisch'n und kommst ungeschor'n davon!«

Giselle röchelte unter dem Druck, den der Mann auf ihre Kehle ausübte. »Nimm es!«, presste sie hervor. »Ich wusste nicht ...«

»Gibt's Ärger?«, lallte ein anderer dazwischen.

Ein Kerl mit einer Narbe über dem linken Auge. Schmal, aber bestimmt zwei Köpfe größer als Eric.

»Die Kleine hier hat mein Bier gestohl'n!«, klärte ihn der Erste auf. Er drehte Giselles Kopf so, dass der andere Mann ihr Gesicht sehen konnte. »Was mach' ich jetzt mit ihr, hm?«

Der Riese beugte sich zu ihr vor und betrachtete sie lüstern durch sein heiles Auge. »Hübsch is' sie ja. Uns fällt bestimmt was ein.«

Genug davon! Eric ballte die Fäuste und machte sich bereit, dazwischenzugehen, als Giselle selbst die Führung übernahm. Ohne Vorwarnung ließ sie den Bierkrug aus ihren Händen rutschen. In dem Augenblick, in dem er auf dem Boden auftraf und zu Scherben zersprang, nutzte sie das Überraschungsmoment, um den Haken von ihrem Hals wegzureißen und aus dem Griff zu entkommen. Sie versuchte, zu Eric zu gelangen, der schon einen Schritt auf sie zugemacht hatte und die Hand nach ihr ausstreckte. Doch schon erlangte der Mann, der sie festgehalten hatte, erneut die Kontrolle und zog sie an den Haaren zu sich zurück. Vor Schmerzen schrie sie auf und mit einem Mal gehörte ihr die Aufmerksamkeit aller Gäste im Raum.

»Schlägerei!«, brüllte einer und stemmte sein Bier in die Höhe.

»Schlägerei!«, tat es ihm der Rest der Meute gleich und weitere Krüge schossen in die Höhe, gefolgt von vielstimmigem Jubeln.

Irgendjemand musste diesem Theater ein Ende bereiten.

»Halt!«, übertönte Eric die anfeuernden Rufe und das Trommeln auf den Tischen. Er trat auf das Muskelpaket zu, reckte das Kinn. »Sie gehört zu mir. Wenn du ein Problem hast, kläre es mit mir!«

Einige Sekunden gingen vorüber, in denen sein Gegenüber ihn irritiert anstarrte. Dann begann der Muskelprotz, herzhaft zu lachen. Der Mann neben ihm folgte seinem Beispiel und kurz darauf lachten alle mit. Sogar der Wirt hinter dem Tresen. Nur die beiden Neuankömmlinge blieben stumm und ließen das Unbehagen über sich ergehen.

Nach und nach erstarb das Gelächter und zu Erics Erleichterung ließ der Pirat von Giselle ab. Der Mann tat einen großen Schritt auf ihn zu und ehe Eric sich‘s versah, landete eine kräftige Faust in seinem Gesicht.

»Eric!«

»Schlägerei! Schlägerei!«

Der Stoß zwang seinen Kopf in den Nacken, brachte ihn aus dem Gleichgewicht und warf ihn sogar ein Stück zurück.

Einen Moment lang sah er bloß Schwarz. Von seiner Oberlippe bis hoch zu den Wangenknochen zog sich ein heftiges Pulsieren. Erst als er den Tropfen warmer Flüssigkeit über seine Lippen rinnen spürte, setzte der Schmerz ein. Und was für einer.

»Ah!«, keuchte er auf.

»Oh, Gott! Bist du okay?«

Giselles Stimme klang über den Lärm der anderen hinweg.

Scharf sog Eric die Luft ein und blinzelte in das Gesicht des Piraten, der ihn dreckig angrinste.

»Wenn sie zu dir gehört, musst du wohl über die Planke geh'n!« Er grinste und dehnte seine Finger.

Alle zehn, denn da, wo eben noch ein Haken gesessen hatte, prangte nun eine vollwertige, schlagkräftige Hand.

Nun war sie endgültig da - die Situation, die den Einsatz von Gewalt erforderte. Eric hatte es kommen sehen, bevor sie zur Tür hereingetreten waren. Er kämpfte nicht gern, doch niemand konnte behaupten, dass er im Laufe unzähliger Träume nicht gut darin geworden wäre.

»Dann geht es wohl nicht anders«, seufzte er.

13

Einen Wimpernschlag später befand sich Eric wieder direkt vor seinem Gegner. Doch anstatt zurückzuschlagen, griff er an dessen Hüfte und zog den Säbel, der daran baumelte, am Griff heraus.

Sein Gegenüber wusste gar nicht, wie ihm geschah, als er ausholte und ihm durch die Beinkleider schnitt. Der Mann brüllte schmerzerfüllt auf und ging vor ihm in die Knie.

Vor Schreck hielt sich Giselle die Hände vor den Mund und starrte auf das Rinnsal aus Blut, das aus dem Bein des Mannes hervorquoll und auf sie zufloss.

Kurz fürchtete Eric, es würde ihr zu viel werden und sie könnte umkippen, doch viel Zeit blieb ihm nicht, um sich Gedanken darüber zu machen. Aus dem Augenwinkel sah er etwas aufblitzen und duckte sich gerade noch rechtzeitig, um dem Säbelhieb auszuweichen, der ihn andernfalls den Kopf gekostet hätte. Sofort folgte der nächste Hieb, Eric wich ein zweites Mal aus. Diesmal schaffte er es, dabei seine Waffe zwischen sich und seinen Angreifer zu bringen. Oder besser: seine Angreifer. Sobald er sich umdrehte, fand er sich vor der gesamten Meute wieder. Kampfeslustig streckten ihm die, die eben noch jubelnd zugeschaut hatten, die Klingen entgegen. Sogar der Wirt war hinter seinem Tresen hervorgekommen und hatte sich dazugesellt.

Verdammt!, dachte Eric. *Das war anders geplant.*

Mit der einen Hand hielt er seinen Säbel schützend vor sich, mit der anderen winkte er den ersten Gegner zu sich heran. Sein letztes Schwertduell hatte an einem weitaus nobleren Etablissement stattgefunden. In einem Hinterzimmer einer Villa hatten erträumte Edelleute mit gepuderten Nasen Rotwein getrunken und Karten gespielt. Er hatte eine Dame nach Hinweisen ausfragen wollen, als ein älterer Herr in Strumpfhosen – offenbar ihr Gatte – ihn zu einem Duell herausforderte. Aus einer Laune heraus war er darauf eingegangen, mit einem Degen ausgestattet worden und sie hatten sich duelliert. Mann gegen Mann und nach festen Regeln der Fechtkunst. Hier, in einer modrigen Hafenspelunke, durfte er nicht erwarten, dass sich auch nur irgendjemand an Regeln und Ehre hielt, und wenn er diesen Kampf gewinnen wollte, würde er sich dem anpassen müssen.

Der Erste kam auf ihn zu – bereit, zu töten, aber ohne jede Taktik. Im Gegensatz zu Eric. Der parierte seinen groben Schlag von oben und stieß ihm mit dem Griff seiner Waffe gegen die Schläfe, sodass der Mann das Bewusstsein verlor.

Sein Fechtkampf mit dem Adelsmann war nicht seine erste bewaffnete Auseinandersetzung gewesen. Bei weitem nicht. Eric hatte viele Erfahrungen gemacht und sich mit der Zeit die ein oder andere Technik angeeignet, um sich vor einem unschönen Tod zu bewahren.

Schon versuchte der zweite Pirat, einen Treffer zu landen, stach jedoch ins Leere, da Eric zur Seite auswich und den Mann mit einem Säbelhieb entwaffnete. Mit der Nase voran stieß er seinen Gegner gegen die nächste Wand, als der versuchte, sich nach seiner Waffe zu bücken.

Bevor Nummer drei einen Versuch startete, erhaschte Eric einen Blick auf Giselle, die sich hinter der Horde Piraten gegen die Wand drückte. Ihre Brust hob und senkte sich hektisch, während sie den Kampf beobachtete.

Eben dieser Kampf ließ ihn keinen Augenblick länger zögern. Diesmal stürmten zwei Männer gleichzeitig auf ihn zu und Eric reagierte blitzschnell. Er schnappte sich den Säbel, der noch auf dem Boden lag, und stellte sich seinen Gegnern doppelt bewaffnet. Noch immer eine eher ungleiche Auseinandersetzung, denn auch diese beiden stellten keine Herausforderung für ihn dar. Mit nur wenigen Bewegungen setzte er sie außer Gefecht und erwartete den nächsten Angriff.

Die restlichen Männer tauschten unsichere Blicke. Nach dem einschüchternden Auftakt hatte Eric die Gefahr wohl zu hoch eingestuft.

Siegessicher gab er seine Position auf, von der aus er die

Front aus Angreifern überblickte, und stürzte sich in die Menge. Er parierte, teilte aus und bewegte sich fast wie ein Tänzer zwischen den Feinden. Er war geschickter und schneller als sie alle zusammen. Zahlenmäßig mochten sie ihm weit überlegen sein, doch er hatte eine gute Taktik.

Der Tanz fand ein jähes Ende, als Eric mit dem Rücken gegen massives Holz stieß. Mit dem Tisch hatte er nicht gerechnet. Jedoch ließ er sich davon nicht lange irritieren, sondern stemmte sich an der Kante hoch und sprang mit beiden Füßen auf die Platte.

Von oben hinunterschauend, wurde ihm erst klar, mit welcher Masse er es tatsächlich zu tun hatte. Er stand auf einem Tisch inmitten des Raumes, von allen Seiten umzingelt. So viel zu seiner guten Taktik.

Indem er sich langsam drehte, bemühte sich Eric, die Männer mit der Spitze seines Säbels auf Abstand zu halten. Dabei fiel sein Blick kurzzeitig auf das Tattoo auf seinem ausgestreckten Arm.

Nicht jetzt!

Doch er hatte keinen Einfluss darauf, wann es zu Ende ging. Gegen seinen Willen begannen die schwarzen Linien aus Tinte unter seiner Haut zu verblassen. Wenn er sich die Bande nicht rechtzeitig vom Hals schaffte, die sich zwischen ihn und Giselle gedrängt hatte, dann würde sie den nächsten Traum nicht mehr erleben.

Ein Angriff von links forderte seine Aufmerksamkeit und gleich nachdem er den einen pariert hatte, folgte ein weiterer aus einer anderen Richtung. Auch den wehrte er ab, allerdings nur knapp. So knapp, dass es ihn ins Wanken brachte.

Wie auf dem Präsentierteller hielt er die Balance auf der Holzplatte und setzte sich gegen Stiche und Schläge zur Wehr, die mit jedem seiner Atemzüge schneller und unerwarteter zu kommen schienen. Plötzlich streifte ihn eine Klinge. Dann noch eine. Beide fügten ihm schmale Wunden zu und nahmen ihm seine Selbstsicherheit. So viele Männer hatte er schon zu Fall gebracht, aber so viele mehr waren noch übrig.

Wieder erwischte ihn eine Schneide. Diesmal drang sie so tief in sein Fleisch, dass er vor Schmerz das Gleichgewicht verlor. Sein getroffenes Bein gab nach, er konnte sich nicht mehr halten.

Der Aufschlag auf dem Boden raubte ihm alle Sinne. Er war mit dem Hinterkopf aufgekommen und auch sein Steißbein hatte was abgekriegt - so viel konnte er sagen. Unter Schock und unfähig, sich zu verteidigen, starrte er hinauf in die verschwommenen Gesichter der Männer, die sich drohend über ihn beugten. Sein Tod würde schmerzvoll sein, ehe er in einer anderen Traumwelt wieder erwachte. Doch in diesem flüchtigen Augenblick dachte er an nichts anderes als daran, dass er Giselle in diesem Traum allein zurückließ, wenn er jetzt starb. Die Männer würden sie sich als nächstes vornehmen, falls der Traum nicht vorher endete und die Dunkelheit sie für immer auslöschte.

Dieser Gedanke riss ihn aus seiner Schockstarre. Er durfte nicht aufgeben! Aber wie konnte er sie jetzt noch retten?

Eric blinzelte, sein Blick fiel auf den mächtigen grauen Fisch, der über den Köpfen der Piraten baumelte. Die Taue, die ihn hielten, waren durch einen gusseisernen Ring in der Decke mittig darüber gezogen, bis zu einem zweiten Ring, der an einem Deckenbalken direkt über dem Schanktresen angebracht war. Dort waren sie zu einem dicken Knoten gebunden, der das Gewicht des Tieres trug.

Könnte funktionieren, überlegte Eric. Aber es musste schnell gehen.

»Giselle!«, brüllte er und kam mit letzter Kraft auf die Beine.

Sie stand noch immer vor der Wand, nicht weit von dem zweiten Ring entfernt, und reckte den Hals, sodass sich ihre Blicke treffen konnten.

»Die Seile über dir!«, rief er und parierte einen Angriff, bevor er einen seiner beiden Säbel in die Höhe schwang, um ihn in ihre Richtung zu schleudern. Die Waffe flog in hohem Bogen über die Männer hinweg, landete auf dem Boden und schlitterte fast bis vor Giselles Füße. »Mach sie los!«

Jetzt nur noch mit einem Säbel ausgestattet, musste er sich gegen weitere Hiebe verteidigen und konnte nicht mehr sehen, ob sie seine Anweisung befolgte. In seinem Hinterkopf spürte er ein Pochen, das immer stärker wurde, und seine Bewegungen waren zu langsam, um wirklich etwas gegen seine Gegner auszurichten. Doch er kämpfte weiter, steckte ein und holte wieder zum Schlag aus.

Bis er ihre Stimme hörte.

»Eric! In Deckung!«, schrie Giselle.

Er gehorchte sofort, warf sich zwischen zwei Angreifern hindurch auf den Boden und rollte sich ab. Gleichzeitig hoben etwa zwei Dutzend Seeräuber die Köpfe in Richtung des Unheils, das von oben auf sie niedersauste.

Aus dem Nichts schoss der ausgestopfte Hai auf sie herab. Mit geöffnetem Maul und in einer Geschwindigkeit, die es keinem erlaubte, sich aus der Mitte des Raumes zu retten, krachte er mitten in die Menge. Eric schaute hoch und sah zu, wie diejenigen, die ihn um Haaresbreite getötet hätten, wie Dominosteine umgeworfen oder zusammen mit Tischen und Stühlen unter dem Tier begraben wurden.

Ein gequältes Stöhnen und Ächzen ging durch den Raum. Er sah verletzte Männer und andere, die weniger Glück gehabt hatten. Einige bedenklich verdrehte Gliedmaßen schauten unter dem Bauch des Fisches hervor.

Giselle stand mit dem Säbel in der Hand auf dem Tresen unter dem Ring, an dem noch der Rest der verknoteten Seile schlaff herunterhing. Schwer atmend betrachtete sie das Schlachtfeld. Erleichterung huschte über ihr Gesicht.

Sie hüpfte von der Holzplatte und kam näher, ohne die niedergestreckte Meute hinter Eric aus den Augen zu lassen.

Mindestens ebenso erleichtert schüttelte dieser den Kopf. »Danke.«

Mehr gab es dazu wohl nicht zu sagen. Er ließ sich von ihr aufhelfen, wobei er schließlich das volle Ausmaß seiner Verletzungen spürte.

Mit einem unterdrückten Schmerzenslaut stand er auf.

Giselle musterte ihn besorgt, bis sich ihre Augen weiteten.

Schlagartig spannten sich Erics Muskeln wieder an, er wandte sich um. In die Reihen der am Boden Liegenden kam Bewegung. Hier und da reckten sich Arme nach heruntergefallenen Waffen.

»Giselle, lauf!«, brüllte er und verpasste einem Piraten, der gerade wieder auf die Beine kam, einen Schlag auf den Kopf.

Einen Blick warf er noch zur Treppe, die ins obere Stockwerk führte. War der Träumer dort oben?

Dafür ist es jetzt zu spät!

Dann drehte er sich um und suchte mit Giselle das Weite. Er versuchte, den Schmerz in seinem unteren Rücken und seinem verwundeten Bein auszublenden, und schleppte sich nach draußen, die Stufen der langen Treppe zwischen den Häusern nach oben, bis wieder Tageslicht auf seine Haut fiel.

Noch war die Gefahr jedoch nicht vorüber. Er brauchte nicht zurückzuschauen, denn er hörte die Männer bereits, die sie verfolgten. Wäre auch zu schön gewesen.

Sein Tattoo war blass, aber gut zu erkennen. Noch schlief der Träumer und wenn sie bis zum Traumsprung überleben wollten, musste so schnell wie möglich ein guter Fluchtplan her. Eric überblickte das Hafengelände, während die Stimmen hinter ihnen näherkamen. In beide Richtungen entlang des Hafenbeckens konnte man so weit blicken, dass es für die Piraten ein Leichtes wäre, ihnen zu folgen. Auf dem Marktplatz konnten sie womöglich untertauchen, doch bis dorthin schafften sie es ganz sicher nicht rechtzeitig, bevor die Männer sie einholten. Aber was blieb ihnen dann noch? »Da drüben!«

Giselle zeigte auf ein auslaufendes Schiff. Es hatte das Tor zum offenen Meer so gut wie erreicht.

Eine furchtbare Idee, aber vielleicht ihre einzige Chance. Ohne zu antworten, ergriff er ihre Hand. Sie ließ den Säbel, den sie immer noch bei sich trug, fallen und das Ding landete klirrend auf dem steinernen Boden. Dann rannten sie. Der Rand des Hafenbeckens rückte immer näher, bis die Zeit gekommen war, zu springen.

Erics Kleider sogen sich voll mit dem beunruhigend undurchsichtigen, aber warmen Wasser und er spürte sofort, wie ihr Gewicht ihn nach unten zog. Nur mühsam konnte er auftauchen, trotzdem ließ er Giselles Hand erst los, als sie beide an der Oberfläche waren.

Tropfen benetzten seine Augen und kratzten ihm im Hals. Salz brannte in seiner Wunde. Dennoch verschwendete er keine Sekunde und hielt auf das Schiff zu, nachdem er sein halbwegs verblasstes Tattoo überprüft hatte. Er hörte ihre Verfolger nach ihnen rufen, doch sah sich nicht nach ihnen um. Stattdessen schwamm er mit strammen Zügen weiter. Er achtete auf die Geräusche, die Giselle hinter ihm machte, um sicher zu gehen, dass er sich nicht zu weit von ihr entfernte. Gleichzeitig suchten seine Augen den Rumpf des Schiffes ab. Selbst wenn sie es erwischten – wie sollten sie an Bord gelangen?

Sie erreichten bereits den Schatten, den das Schiff aufs Wasser warf, als sich Erics Befürchtungen in Luft auflösten.

»Mann über Bord!«, brüllte eine Stimme an Deck.

Mehrere Gesichter beugten sich über die Reling, nur ein paar Sekunden später wurde ihnen ein Seil zugeworfen.

Die letzten Meter kämpfte sich Eric vorwärts, bis er es zu fassen bekam. Seine freie Hand streckte er nach Giselle aus, die mit letzter Kraft zu ihm aufschloss. Er zog sie an sich und sicherte sie beide so gut er konnte mit einem Knoten.

»Zieht sie hoch!«, rief der Mann, der sie im Wasser gesichtet hatte.

An Deck wurden sie mit trockenen Tüchern empfangen. Ein Teil der Mannschaft hatte sich an der Reling versammelt und dabei geholfen, sie an Bord zu bringen.

»Seid ihr unversehrt?«, kümmerte sich einer von ihnen – ein hochgewachsener Erträumter mit struppigem Haar.

Eric musterte Giselle neben sich. Vom Kopf bis zu den nackten Füßen triefte sie, wirkte völlig entkräftet. Entkräftet, aber wohlauf. »Ja.«

Der Mann lächelte erleichtert, während seine Haarfarbe von Blond ins Bräunliche wechselte. »Der Kapitän wird nichts dagegen haben, euch mitzunehmen. Eine Reise von wenigen Tagen, dann könnt ihr wieder von Bord gehen.«

Welchen Ort auch immer diese Leute anfuhren, die Ankunft würden sie vor dem Ende des Traums nicht mehr erleben. Trotzdem nickte Eric dankbar.

Gerade nachdem die Mannschaft sich wieder über das Schiff verteilt hatte und alles seinen Gang ging, durchquerten sie die Schleuse zum offenen Meer.

Eric prüfte seine zu etwa zwei Dritteln verschwundene Tätowierung und warf dann einen Blick zurück in den Hafen. Keine Spur mehr von den Piraten, was wahrscheinlich bedeutete, dass sie die Verfolgung aufgegeben hatten.

Erleichtert schlenderte er hinüber zum Mast, lehnte sich dagegen und ließ sich von seiner Erschöpfung übermannen. Zum Glück waren sie ins Becken gesprungen. Viel weiter hätte sein Bein ihn nicht mehr getragen.

»Oh, mein Gott!« Giselle stolperte seitwärts zur Brüstung und klammerte sich daran fest. »Das passiert jetzt nicht echt, oder?«

Doch. Denn er spürte es auch. Wie das Holz unter ihnen bebte, der Bug sich langsam anhob und den Rest des Schiffes mit sich zog. Knarrend löste es sich aus den Wellen und stieg einfach auf in die Lüfte. Ein seltsames Gefühl machte sich in Erics Magen breit. Nicht unangenehm, aber eigenartig.

Giselle neigte sich gefährlich weit über das Geländer und jauchzte vor Aufregung. »Sieh dir das an! Wir schweben über dem Wasser!«

Vom Wind wurden ihre Haare verwirbelt, sie leuchteten in der Sonne.

Das Schiff neigte sich gerade so stark gen Himmel, dass man sich an Deck noch bewegen konnte. Dennoch lieber vorsichtig, raffte Eric sich auf und gesellte sich zu ihr an die Brüstung.

»Das ist total verrückt!«, rief sie und lachte.

Er fuhr sich mit den Fingern durch die wuschelige Mähne und hob eine Braue. »Man bekommt beinahe den Eindruck, du hättest Spaß daran, Piraten aufzuscheuchen.«

»Ehrlich, ich weiß gar nicht, wo mir der Kopf steht. Eben noch sind da diese fiesen Männer und im nächsten Augenblick fliegen wir auf einem Schiff davon.« Ihre Stimme überschlug sich fast. »Das ist einfach unglaublich.«

Jetzt lachte auch Eric. »Du hast Spaß. Eindeutig.«

Sie sah ihn durch diese faszinierend detailreichen Augen an und biss sich auf die Unterlippe, um ihr breiter werdendes Lächeln zu unterdrücken - vergeblich.

Ein wenig erinnerte ihn sein verletztes Bein noch an den Part dieses Traumes, der nicht ganz einwandfrei verlaufen war. Aber der Traum neigte sich seinem Ende und mit ihm würde auch der Schmerz vergehen. Außerdem fühlte es sich gut an, in diesem Moment hier zu sein. Die Aussicht wurde stetig besser, je weiter sie sich von der Meeresoberfläche entfernten. Bald schon bot sich ihnen ein grandioser Ausblick auf die Hafenstadt, die riesigen Mauern, die sie umgaben, und den Markplatz in ihrer Mitte. Nur wenig später blieb die Stadt als dunkler Fleck in der Ferne zurück. Sie segelten im Blau des Himmels dahin und dazu blies ihnen der Wind angenehm warme Luft entgegen.

Ein Genuss, in den er beinahe nicht gekommen wäre.

»Danke«, sagte er geradeheraus. »Du hast mich vorhin gerettet.«

Giselles Gesichtszüge wurden ernst. »Du meinst, du bist mir nicht böse, obwohl ich nicht auf deine Warnung gehört und mir einfach ein Bier bestellt habe?«

Immer noch lächelte Eric. »Zugegeben, ohne deine Sturheit wäre ich gar nicht erst in diese Lage gekommen. Aber es bleibt eine Tatsache, dass du allein circa zwanzig bewaffnete Piraten auf einen Schlag bezwungen hast.«

Diese Antwort musste ihr gefallen, denn bei seinen Worten strahlte sie voller Stolz.

»Tja, das hab ich wohl. Ohne meinen Mut und mein Geschick hättest du keine Chance gehabt. Du hast mir so leidgetan, ich musste dich einfach retten. Schon wieder.«

»Übertreib‘s nicht.«

14

Einen Traum später stapfte Giselle neben Eric durch den Schnee, der ihm gut bis zur Hälfte seines Schienbeines reichte.

»Das war oberpeinlich. Peinlicher geht's nicht!«, erzählte sie gerade und verzog bei der Erinnerung das Gesicht. »Sogar in den höheren Jahrgängen haben sie darüber gesprochen. Damals war ich bestimmt zwei Wochen lang eine Art Berühmtheit an meiner Schule.« Sie schüttelte den Kopf, als wollte sie die Bilder vertreiben. »Und wie war dein erster Kuss?«

Eric zuckte zusammen. Das hatte ja kommen müssen.

»Du musst nicht darüber reden, wenn es dir unangenehm ist. Aber nach meiner Geschichte brauchst du dich wirklich für nichts mehr zu schämen«, ermutigte sie ihn.

»Es ist nur so, dass ich zu dem Thema nichts zu berichten habe.«

Er drehte sich weg und ging einige Schritte, um ihre Reaktion nicht sehen zu müssen. Unbestreitbar war sein Geständnis peinlicher als ihre Anekdote über ineinander verhakte Zahnspangen.

»Oh. Tut mir leid. War das eine blöde Frage?« Giselle holte ihn ein.

»Nein, keine Sorge.«

Eric überlegte, wie er am besten etwas erklärte, dass er sich selbst bisher nur zusammengereimt hatte.

»Du musst wissen, eine Vergangenheit im eigentlichen Sinne habe ich gar nicht. Falls meine Erinnerungen bis zum Beginn meiner Existenz zurückreichen, hatte ich weder eine Kindheit noch eine dramatische Zeit auf der High School. Ich war schon immer der, der ich jetzt bin, und mein Leben ist seit jeher eine Aneinanderreihung von Träumen anderer.«

Ruckartig blieb Giselle stehen und starrte ihn an. Ihr Atem bildete kleine Wolken vor ihrem geöffneten Mund. »Du meinst, du wurdest erwachsen geboren?«

»Soweit ich weiß, schon.«

»Und du hast keine Erinnerungen an etwas, das davor gewesen sein könnte?«

»Keine Einzige. Alles fing an mit ...«

Mit Ben. Dem Mann mit dem wohlwollenden Lächeln und vielen Antworten. Schade nur, dass Eric damals bei ihrer ersten und letzten Begegnung nicht genug Zeit gehabt hatte, um all seine Fragen loszuwerden.

Giselle musterte ihn weiter mit großen Augen. »Womit?«

Bevor er sich zu einer Antwort durchrang, zögerte er. Noch nie hatte er irgendjemandem von seinem ersten Traum erzählt. Aber weshalb sollte er es jetzt nicht tun?

»Er hieß Ben.« Sein Name kam ihm zum ersten Mal über die Lippen, seit er ihm leibhaftig gegenübergestanden hatte. Es fühlte sich seltsam an und machte die Erinnerung irgendwie greifbarer. »Als all das hier für mich anfing, war er da. Im Gegensatz zu mir wusste er, wer ich bin, wo wir waren und welchen Gesetzen die Traumwelten unterliegen.«

Er machte eine Pause und taxierte Giselles Gesicht. Gebannt verfolgte sie jedes seiner Worte.

»Als ich in jenem Traum die Augen aufschlug, befand ich mich mitten auf einem Platz voller Menschen. Es war laut, überall Stimmen. Aber niemand beachtete mich. Das Pflaster unter mir war glattpoliert, der Himmel über mir blau und die Gebäude rings um den Platz sahen aus wie restaurierte Überbleibsel aus der Renaissance. Ich hatte keine Ahnung, wie ich an diesem Ort gelandet war oder woher ich kam.« Er hielt inne, dachte daran zurück. »Ich lief ohne Orientierung zwischen den Leuten hin und her und versuchte, irgendwas zu finden, das mir einen Anhaltspunkt gegeben hätte. Etwas, an das ich mich erinnern konnte. Und dann sah ich plötzlich Ben. Er stand einfach da, vielleicht zehn Schritte von mir entfernt, und lächelte mich an. Ganz so, als hätte er auf mich gewartet.«

Eric hatte jedes Detail dieser Begegnung im Gedächtnis behalten. Selbst jetzt konnte er noch das Stimmengewirr und das entfernte Geigenspiel hören, sah die Ziersäulen und

Wasserspeier an den Hausfassaden. Vor allem aber sah er den Mann mit den gutmütigen Augen, der mit ihm sprach, als vertrauten sie einander schon ewig. Irgendwie hatte er das auch vom ersten Augenblick an getan – ihm vertraut.

»Und du hast mit diesem Ben gesprochen?«, fragte Giselle, als er nichts weiter sagte.

»Das habe ich.« Gedankenverloren nickte er. »Er kannte meinen Namen und verriet mir seinen. Von ihm erfuhr ich von meiner Fähigkeit oder vielmehr meinem Schicksal, durch Träume zu reisen. Er erklärte mir, was Träumer und Erträumte sind und noch ein paar andere Dinge, die ich wissen sollte. Zum Beispiel, dass ich nicht wirklich sterben kann, sondern immer wieder neu erwache, es sei denn, ich werde durch die Macht getötet, die mich erschaffen hat. Außerdem behauptete er, ich sei nicht allein.«

Und diese eine letzte Erinnerung hatte ihn nie wirklich losgelassen.

Du bist nicht allein. Vergiss das niemals, wiederholte Eric die Worte in seinem Kopf.

Auch wenn Ben damit wahrscheinlich nichts weiter als die Gesellschaft der Erträumten gemeint hatte. Als würde die Nähe leerer menschlicher Hüllen, die so vergänglich waren wie die Zeit selbst, jemals genügen. Ein lächerlicher Trost war das!

»Ben hat mir gesagt, wer ich bin«, fuhr er fort. »Als würde das eine Rolle spielen! *Was* bin ich? Darum geht es doch eigentlich! Wenn ich keine Vergangenheit habe, warum weiß ich dann, was ich weiß? Ich kenne Bücher, Filme, Lieder, Zitate. Dabei kann ich mich nicht erinnern, jemals einen Film gesehen, geschweige denn ein Buch gelesen zu haben. Ich gleiche einem realen Menschen mehr als jeder Erträumte, den ich je getroffen habe, und trotzdem habe ich nie angenommen, es gäbe mich wirklich. Wenn ich also die Kopie von jemandem bin, den es in der echten Welt gibt, warum habe ich dann einen Charakter und Gefühle, aber keine Erinnerungen, so wie du? Und weshalb wache ich nach jedem Traum in einem weiteren auf? Immer und immer wieder, seit ich denken kann, während die Erträumten gemeinsam mit dem Ende jeder Welt untergehen. Aber wenn ich keiner von ihnen bin, was bin ich dann? *Was*?«

Erics Atem ging schwer. Einen Moment lang erwiderte er Giselles mitleidigen Blick. Dann wandte er sich ab und stapfte weiter durch den Schnee. In seinem Hals wuchs ein dicker Kloß, den er bestimmt nicht loswurde, indem jetzt über diese Dinge nachdachte.

»Hey, warte!«, hörte er hinter sich. »Entschuldige. Ich wollte dich nicht aufregen. Ich versuche nur, das alles zu verstehen.«

»Geht mir ähnlich.«

Giselle überholte ihn und versperrte ihm den Weg. »Glaubst du, ich bin wie du?«

Jetzt stutzte Eric. »Wie kommst du darauf?«

»Du sagst, dass du eines Tages plötzlich da warst. Und du hattest schon immer die Fähigkeit, in andere Träume zu springen, richtig?«

Worauf wollte sie hinaus?

»Richtig.«

Sie drückte beschwichtigend seinen Arm. »Und dieser Ben meinte, du bist nicht allein. Vielleicht hat er ja mich damit gemeint. Wir könnten uns in meinem allerersten Traum getroffen haben und ich bin, was du bist. Überleg doch mal!«

Eric traute seinen Ohren nicht. Niemand war so wie er. Seit Ben ihn zurückgelassen hatte, war er allein und würde es immer sein.

»Ich sagte doch gerade, dass ich keine Erinnerungen an eine Vergangenheit habe. Du dagegen schon«, winkte er entschieden ab.

Sie ließ von ihm ab, gab sich jedoch noch nicht geschlagen. »Aber es würde erklären, weshalb ich mit dir reise. Am Ende brauche dich dafür gar nicht.«

»Genug davon. Mach dich endlich nützlich und halte Ausschau nach Hinweisen.«

Genug von alldem.

»Ernsthaft?«, blockte Giselle ab. »Hier gibt's weit und breit nichts Auffälliges. Der Schnee ist weiß, die Wolken sind weiß, alles ist weiß.«

Das stimmte.

»Bleib einfach aufmerksam«, verlangte er.

Sie setzte eine unzufriedene Miene auf, behielt etwaige Einwände aber für sich.

»Das bin ich immer«, seufzte sie nur.

Ein paar Minuten lang liefen die beiden schon stumm nebeneinander her, ohne dass in ihrem Sichtfeld etwas auftauchte, das keine Wolke oder eine Schneeflocke war.

»Was ist dein Lieblingsfilm?«, unterbrach Giselle wie erwartet die Stille.

Erst wollte Eric gar nicht darauf eingehen. Immerhin hatte er sie gerade erst zum Schweigen gebracht. Andererseits war dies eine unverfängliche Frage.

»Wieso?«, entgegnete er schließlich.

Sie grinste. »Du hast noch nie einen gesehen, kennst aber welche. Zumindest behauptest du das.«

»Du magst Filme, oder?«

»Ich mag es, wenn mir jemand eine Geschichte erzählt«, erwiderte sie sanft und kurz huschte ein Ausdruck über ihr Gesicht, den Eric nicht ganz einordnen konnte. Wie um eine Erinnerung zu vertreiben, die sich in ihre Gedanken geschlichen hatte, schüttelte sie dann den Kopf. »Und außerdem sind Filme die perfekte Ablenkung vom ganzen Stress da draußen. Nicht, dass ich mich nicht gern ins Getümmel der Stadt werfe, Leute treffe, alltägliche Dramen erlebe und so. Aber manchmal tut es eben gut, für ein oder zwei Stunden der Realität zu entfliehen. Aber egal! Was ist denn nun dein Lieblingsfilm?«

Eric kam nicht dazu, darüber nachzugrübeln, denn ein Grollen ließ sie beide erstarren. Auf einmal begann sich der Boden unter ihren Füßen zu bewegen.

»Eric, Hilfe!«

Giselle streckte ihre Hand nach seiner aus, als der Schnee unter ihnen nachgab.

Er sprang auf sie zu, wollte sie festhalten, doch es ging zu schnell. Ihre Finger berührten sich nur flüchtig, bevor beide von der Lawine mitgerissen wurden. »Nein!«

Ehe Eric etwas unternehmen konnte, verlor er den Halt und rutschte in eine aufgewirbelte, weiße Wolke ab.

»Giselle!«, brüllte er.

Er wusste nicht mehr, wo oben und unten war. Die Schneemassen zogen ihn mit sich – um ihn herum war alles nur weiß und dazu kam ein Rumoren, das jeden seiner Rufe verschluckte.

»Giselle!«

Und dann, ganz plötzlich, war der Spuk vorbei. So schnell, wie er sich in Bewegung gesetzt hatte, kam der Schnee wieder zum Liegen und er hatte Eric unter sich begraben.

Strampelnd und schlagend, befreite sich dieser aus dem Schneeberg, der seinen Körper bedeckte. Dann suchte er mit den Augen die Umgebung ab. Weißer Dunst, der nur langsam niederrieselte, hing noch überall um ihn in der Luft, und er konnte kaum etwas erkennen.

»Giselle, wo bist du?«

»Eric!«, erreichte ihn die Antwort aus einiger Entfernung.

Sein Herz machte einen Satz. Sie lebte.

»Bleib, wo du bist!«, rief er. »Ich komme!«

»Ich kann mich nicht mehr halten! Hilf mir!« Ihre Stimme klang atemlos.

Nicht mehr halten? Er kam nur schwer voran, da er immer wieder in den nachgiebigen Untergrund sank. Trotzdem zwang er sich, seine Schritte zu beschleunigen, und folgte ihrer Stimme bis zu der Stelle, an der die zugeschneite Ebene abrupt endete. Vor ihm tat sich ein steiler Abgrund auf, dessen Grund von Nebel oder Wolken verschleiert und nicht zu erkennen war.

Am Rand des Schlunds hing Giselle, ihre Beine baumelten über dem Abgrund und sie versuchte verzweifelt, nach etwas zu greifen, woran sie sich hochziehen konnte. Aber da war nur Schnee.

»Halte durch!«

Eric überwand die letzten Meter, die sie voneinander

trennten, ging auf die Knie und packte sie bei den Armen. Mit aller Kraft zog er sie zu sich herauf und ließ zu, dass sie sich Halt suchend an ihn klammerte.

»Danke«, keuchte sie gegen seine Brust. »Danke. Ganz ehrlich.«

»Ich glaube, jetzt sind wir quitt«, erwiderte er und atmete erleichtert auf.

Gerade hob sie den Kopf und wollte darauf antworten, da wurde die Erde erneut von einem Beben geschüttelt.

Der Boden, auf dem sie saßen, lockerte sich und sie glitten mit ihm auf den Hang zu. Dabei schrie Giselle, hielt Eric noch fester, eine Sekunde später fielen sie.

Eric spürte Giselles Hände, die sich in seinen Rücken krallten, während sie sich an ihn presste. Er fühlte auch den Windzug auf seiner Haut und hörte ihn in seinen Ohren rauschen. Er konnte kaum atmen, kaum schreien, so stark peitschte ihm die Luft entgegen.

Bis ihr Fall auf einmal sanft abgebremst wurde. Ein unsichtbares Tuch schien sie aufzufangen und sie auf der Stelle schweben zu lassen.

Sein Puls raste, während er die Situation erfasste.

»Sind wir jetzt tot?«, fragte Giselle hysterisch atmend.

Zögerlich drehte sie ihr Gesicht, sodass sie nach unten sehen konnte. Kurz darauf stieß sie einen Schrei aus.

»Alles gut, wir fallen nicht mehr!«, beruhigte Eric sie und hoffte, dass er mit diesen Worten recht behielt.

Auch er warf einen prüfenden Blick hinunter. Sie befanden sich weit über dem Grund, der nun deutlich zu erkennen war, mitten in der Luft. Unter ihnen breitete sich eine Wiesenlandschaft aus - hier und da eine Baumgruppe oder ein kleiner See.

Sie löste sich ein Stück von ihm und schaute sich genauer um. Sofort erstarb ihr Schrei, dafür trat ein Lachen an seine Stelle.

»Ich dachte, wir sterben«, rief sie, konnte dabei kaum stillhalten. »Ich dachte wirklich, es geht zu Ende.«

Eric beobachtete ihre Miene. Zwar lachte sie, doch ihre

Augen offenbarten andere Gefühle.

»Wir sind in Sicherheit«, sagte er mit weicher Stimme. »So ähnlich habe ich es schon mal erlebt. Komm, ich zeige es dir.«

Er schob sie noch ein wenig weiter von sich weg, hielt jedoch ihre Hände. Dann fing er an, sich im Kreis zu bewegen.

Zunächst reagierte Giselle unsicher. Doch nachdem sie die Beine ein bisschen hin und her bewegt hatte, schien sie schließlich zu glauben, dass sie tatsächlich auf der Stelle schwebten und den Abgrund unter ihnen nicht fürchten mussten. Diesmal war ihr Lachen echt und Eric konnte nicht umhin, festzustellen, wie schön es in seinen Ohren klang. Sie folgte seiner Bewegung und wirbelte mit ihm durch die Lüfte.

»Das ist echt der Wahnsinn!«, jauchzte sie, nachdem er ihren Tanz beendet hatte.

Inzwischen hielten sie sich nur noch an einer Hand. Ihre fühlte sich zierlich und weich in seiner an.

»Ja«, bestätigte er.

Das war es, wohl wahr. Dieser Ort erlaubte es ihnen, zu fliegen. Selbst für ihn kam das einem seltenen Wunder gleich. In den meisten Träumen, in denen Fliegen möglich war, besaß ausschließlich der Träumer diese Fähigkeit und selbst das hatte Eric erst drei oder vier Mal gesehen.

»Wir haben großes Glück.«

Nicht zuletzt, weil der unerwartete Mangel an Schwerkraft sie vor dem sicheren Tod bewahrt hatte.

Offenbar hörte Giselle ihm gar nicht zu. Sie ließ von ihm ab und tollte herum, machte Luftsprünge und drehte sich abermals. Von Angst keine Spur mehr.

Eric schmunzelte, konnte ihre Freude gut nachempfinden. Dennoch erinnerte er sich in diesem Moment, dass er eine Aufgabe zu erfüllen hatte, und prüfte sein Tattoo. Es war schwarz.

»Komm. Wir sehen uns weiter um«, beschloss er.

Über ihnen lag eine dichte Wolkendecke, unter ihnen die

Wiesen, sonst weit und breit nichts. Nicht einmal Berge, dabei waren sie eben erst im Schnee unterwegs gewesen.

Er überlegte. Vielleicht war der Träumer ja ein Kind, das glaubte, das Weiß der Wolken wäre Schnee. Damit hätte er zumindest einen Hinweis.

»Ich glaube, da hinten ist irgendwas«, entdeckte Giselle kurz darauf den zweiten Anhaltspunkt.

Ihr ausgestreckter Finger wies zum Horizont. Um erkennen zu können, was sie meinte, musste Eric sich anstrengen. Aber sie hatte recht - da hinten war irgendwas. Ein Punkt in der Ferne, an dem das wenige Licht, das es unter dem Wolkendach gab, reflektiert wurde, und der wie ein Stern blitzte.

Sie hielten darauf zu und kamen trotz ungewohnter Umstände zügig voran. Fliegen war in etwa so wie Schwimmen, nur fühlte es sich unfassbar leicht an. Man selbst war unfassbar leicht.

Schon bald wurde aus dem Fleck in der Ferne die Spitze eines Kirchturmes, um den herum ein ganzes Dorf zum Vorschein kam. Mitten in der grünen Idylle gab es kleine urtümliche Häuser mit Dächern aus glänzendem Perlmutt und wilde Beete. Auch ein paar formlose Felder verteilten sich in der näheren Umgebung.

Nur Erträumte fehlten, die draußen ihren Beschäftigungen nachgingen. Sogar von Nahem fiel ihnen kein einziger Bewohner ins Auge. In jedem anderen Traum wäre Eric enttäuscht gewesen, jedoch nicht in diesem. Sein Herz klopfte immer noch wie wild aufgrund der Tatsache, dass sie umherflogen, als wären ihnen Flügel gewachsen.

Daher zogen sie einfach weiter und genossen die Aussicht.

»Wie wundervoll es sein muss, auf dem Land zu wohnen«, schwärmte Giselle, als sie die letzten Gebäude hinter sich ließen. »Natürlich liebe ich die Stadt. Es ist immer was los, meine Freunde und meine Mom leben dort und Gott weiß, ich würde den Ausblick von der Dachterrasse vermissen. Aber eines Tages würde ich gern meine Kinder in einem großen Garten spielen sehen.«

Sie strahlte, während sie sprach, und Eric lächelte zurück. Mit einem Mal veränderte sich jedoch ihre Mimik. Das Strahlen verschwand und zurück blieb ein betretener Ausdruck, der nur allzu leicht zu deuten war.

Eine solche Zukunft würde ihr nicht möglich sein. Niemals. Wenn überhaupt so etwas wie eine Zukunft für sie vorgesehen war, konnte sie sich glücklich schätzen.

Sich in ihre Gedanken hineinzuversetzen, schmerzte Eric, also wollte er sie ablenken.

»Ach, das Landleben wird vollkommen überbewertet«, befand er. »Hast du eben ein ordentliches Schuhgeschäft zwischen den Bauernhäusern gesehen? Ich nicht.« Mit gespielter Fassungslosigkeit schüttelte er den Kopf. »Und selbst wenn es eins gibt, in dem Matsch schafft es doch kein Mensch, auf Absätzen zu laufen.«

Giselle stieg mit ein und spielte ebenfalls die Geschockte. »Willst du damit sagen, hier trägt niemand Heels?«

»Eine Tragödie.«

Wie erhofft, brach sie in Gelächter aus und von da an blieb ihre Stimmung ausgelassen und fröhlich. Das Fliegen bereitete ihr solchen Spaß, dass Eric sich von ihrer Freude immer wieder neu anstecken ließ.

Die beiden setzten ihre Reise fort. Eine Zeit lang veränderte sich nichts. Grashalme, Wolken und der Zauber des Fliegens bestimmten den Traum. Sie kamen an weiteren Dörfern vorbei, die allesamt unbewohnt schienen.

Bis Eric schließlich doch einen Unterschied bemerkte. In eine Richtung wurde es heller. Er folgte seinem Instinkt und wurde bereits nach wenigen Minuten belohnt. Am Himmel, wo die Wolken sich nach und nach verzogen, zeigte sich die Sonne.

Wenig später verwandelte sich die grasbedeckte Ebene in eine trockene. Lediglich ein paar Pflanzen sprossen aus der Erde und auch die wurden stetig seltener, je weiter sie flogen.

Letztendlich tauchte der blaue Streifen in ihrem Blickfeld auf, wie eine Grenze zwischen Himmel und Erde.

»Schon wieder das Meer«, freute sich Giselle.

Sie riss die Arme nach oben, wodurch sie automatisch an Flughöhe gewann.

»Das Meer ist Teil der meisten, wenn nicht aller, Welten. Wahrscheinlich deshalb, weil seine Existenz für die Träumer eine Selbstverständlichkeit ist«, erklärte Eric.

In den nächsten Minuten fragte sie ihn nach Wüsten, Gletschern und Vulkanen, die er in der Tat nicht annähernd so häufig zu sehen bekam, und quetschte ihn wissbegierig über seine Erfahrungen aus. Dabei steuerten sie geradewegs auf den Ozean zu.

Mehr oder weniger beiläufig prüfte Eric ein weiteres Mal sein Tattoo und musste feststellen, dass es bereits zu verblassen anfing. Der Traum würde bald enden und sie hatten noch nichts gefunden, das sie zum Träumer führen könnte.

»Möchtest du landen?«, fragte Eric, sobald sie das karge Ufer erreichten.

Große Felsbrocken ragten dort aus dem Wasser und auf einem davon konnten sie es sich bestimmt gemütlich machen. Falls es da unten wieder Schwerkraft gab.

Doch Giselle schüttelte vehement den Kopf. »Lass uns bitte fliegen, so lange es geht.«

Kein Problem. Mit der Leichtigkeit, die ihnen dieser Traum schenkte, überquerten sie die rauschenden Wellen und jeder hing seinen eigenen Gedanken nach.

Die folgenden Welten stellten sich als wesentlich unspektakulärer heraus. In keiner davon stießen sie auf Hinweise, die ihnen bei der Suche geholfen hätten, was Eric gar nicht so sehr störte wie der Umstand, dass er sich nicht länger in die Lüfte schwingen konnte. Die Orte, an denen sie aufwachten, waren langweilig und darum nutzten sie sie zum Reden. Giselle überhäufte ihn mit Fragen über Fragen, von denen er kaum eine zu ihrer Zufriedenheit beantworten konnte. Dennoch versuchte er sein Bestes. Es tat gut, zum allerersten Mal so offen zu jemandem zu sein.

Einmal wollte sie sich seine Tätowierung näher ansehen.

Mit den Fingern strich sie darüber und meinte, sie sähe aus wie der Traumfänger, der über ihrem Bett gehangen hatte, als sie klein gewesen war. Nur eben ohne die Federn. Eric dachte über den Vergleich nach und fand, dass sie recht hatte. Mit dem Unterschied, dass sein tintenschwarzer, federloser Traumfänger ihn bisher vor keinem bösen Traum hatte beschützen können.

Auf diese Aussage hin stieß Giselle ihm spielerisch mit dem Ellenbogen in die Seite. Sie lachte und behauptete, er könne gar nicht wissen, vor welchem Bösen ihn dieses Symbol schon beschützt hatte. Dagegen konnte er natürlich nichts einwenden.

Ihre Art, die Dinge zu betrachten, fing an, ihm zu gefallen. Klar, er jagte seinem Ziel mit ziemlicher Sicherheit schon länger hinterher, als sie es sich vorstellen konnte, doch ihre Unbeschwertheit schien stärker zu sein als jede Sorge und jeder Kummer, den er seitdem empfunden hatte. Irgendwie färbte sie sogar ein wenig auf ihn ab, je länger sie sich unterhielten.

Und ehe er es merkte, hatte sich Eric an ihre Gesellschaft gewöhnt.

Auszug aus dem Tagebuch eines Träumers

Liebes Tagebuch,

es ist nun schon eine Weile her, doch ich habe wieder einen dieser Träume gehabt. Vergangene Woche war ich geschäftlich in Seattle und dort habe ich bei einem Essen den Sohn eines Partners unserer Firma kennengelernt. Eric. Ein netter Bursche, etwa im Alter meiner Prinzessin. Wir haben uns fast den ganzen Abend lang unterhalten, haben über Filme und Musik, aber hauptsächlich über den Ernst des Lebens gesprochen. Letzte Nacht habe ich ihn dann im Traum wiedergesehen. Er konnte durch Träume reisen wie Ben und die fünf anderen vor ihm. Und - der Grund dafür ist rätselhaft - er trug den hässlichen Wollmantel meiner Tante Betty.

Lily sagt, ich muss endlich das Buch schreiben. Vielleicht bald. Erst muss ich Giselle fragen, ob ich unser kleines Geheimnis teilen darf, falls sie sich überhaupt noch daran erinnert.

Die beiden werden von Tag zu Tag schöner.

Jasper

15

Glücklicherweise hatten die letzten Träume keine Gefahren geborgen. Momentan stand Eric wirklich nicht der Sinn danach, sich in ein Abenteuer zu stürzen. Deshalb war ihm der Spaziergang auf der unbefahrenen Straße mitten durch die kahle Landschaft, der sie bis eben beschäftigt hatte, mehr als recht gewesen.

In der Traumwelt, in der sie nun gelandet waren, wurden sie von Vogelgesang, dem gleichmäßigen Plätschern eines Baches und entfernten freundlichen Unterhaltungen begrüßt. Sehr gut, bisher klang alles herrlich unspektakulär.

Er blinzelte und das Erste, was er sah, war ein älterer Mann, der unweit von ihm auf einer Parkbank saß und Zeitung las. Zu seinen Füßen hatte es sich ein Labrador bequem gemacht und genoss die Sonnenstrahlen, die zwischen den Bäumen hindurch sein helles Fell wärmten.

»Wie schön! Hier gefällt's mir!«, rief Giselle aus und Eric drehte sich lächelnd zu ihr um.

»Ja, wirklich nett hier.«

Hinter ihr führte der schmale Bach in einen Teich, auf dem sich gemächlich zwei Enten treiben ließen und an dessen Ufer eine Weide übers Wasser wuchs, deren lange Zweige bis hinunter reichten und die Oberfläche berührten. Eingerahmt von bunten Beeten, Hortensien, Rosen, Tannen und Eichen, führte neben dem Baum ein Weg entlang, der weiter hinten auf den traf, auf dem sie gerade erwacht waren.

»Ein hübscher, kleiner Park«, hielt er fest.

Giselle jauchzte, als sie den Vierbeiner entdeckte. »Sieh mal, der niedliche Hund da vorn! Der erinnert mich irgendwie an Heuler. Den hätte ich so gern behalten.«

»Warum hast du seine Mutter nicht einfach gefragt?«, erinnerte Eric sie scherzhaft. »Sie wirkte gestresst und wäre sicherlich einverstanden gewesen.«

Darüber mussten sie beide lachen. Eric verstummte zuerst und hörte genau, wie Giselles Lachen in ein Kichern überging, während sie weiterhin zärtlich den Labrador vor der Bank betrachtete.

Sie verstummte schlagartig, als eine Erträumte, vollkommen in das Buch in ihrer Hand vertieft, an ihnen vorbeiging – rückwärts.

»Hast du das auch gesehen?«, fragte Giselle.

Eric, der der Erträumten nachsah, nickte irritiert. »Ja, hab ich.«

Ein Traum, in dem die Menschen sich rückwärts bewegten? Das war neu.

Neugierig folgten sie der Frau, die lesend hinter einem Rosenbusch verschwand. Dort führte ein verschnörkeltes Kupfertor aus dem Park hinaus und dahinter eröffnete sich ihnen das ruhige Treiben einer Kleinstadt. Ruhig, aber deswegen nicht weniger merkwürdig anzuschauen. Genau wie die Frau mit dem Buch, gingen alle Erträumten, die ihren Weg kreuzten, rückwärts. Nicht nur das. Hörte man genau hin, fiel auf, dass auch ihre Gespräche nach dem reinsten Kauderwelsch klangen.

»Neröh uz rid nov, nöhcs!«, sagte ein Mann, der sie mit seinem Handy am Ohr überholte, und eine alte Dame bedankte sich mit einem »Eknad, hcildnuerf rhes« bei jemandem, der ihr über die Straße half. Das Auto, das ihretwegen darauf wartete, weiterfahren zu können, stand ebenfalls verkehrt herum. Sobald es wieder freie Bahn hatte, fuhr es mit den hinteren Reifen voraus um die nächste Kurve. Bis auf diese geringe Abnormität sah eigentlich alles ganz gewöhnlich aus. Niedrige, saubere Gebäude, wenige unscheinbare Geschäfte und eine Menge Grün.

»Echt verrückt«, stieß Giselle verblüfft aus.

Dem konnte Eric nur beipflichten. Welcher Träumer kam denn auf solch eigenartige Ideen?

»Komm, wir sehen uns noch etwas um!«

Je weiter sie kamen, desto weniger glaubte er allerdings daran, dem Träumer auf der Spur zu sein. Sowohl die Gebäude als auch die Passanten veränderten fortwährend ihre Gestalt, die Gesichter der Menschen wirkten undefiniert und detaillos. Doch das machte nichts. Eric war mit einer Erholungspause ganz und gar einverstanden und die entspannte Stimmung sowie das Frühlingswetter taten ihr Übriges. Er machte sich nicht einmal die Mühe, sein Tattoo zu überprüfen.

»Oh, bitte, bitte, ich möchte eins!«, meldete sich Giselle irgendwann, versperrte ihm den Weg und hüpfte aufgeregt vor seiner Nase herum, was ihr in den hohen Schuhen beeindruckend gut gelang.

»Was möchtest du?« Als er die Abbildung mehrerer übereinandergestapelter Eiskugeln auf einem Schild ausmachte, erübrigte sich die Frage. »Ach so.«

Ihr sehnsuchtsvoller Blick sprach Bände. Eigentlich war ein Eis gar keine schlechte Idee. Eric wurde klar, dass er den Versuch, in dieser Welt einen Träumer zu finden, schon vor einigen Minuten aufgegeben hatte. Seit sie an einem Kind vorbeigekommen waren, dessen Statur sich im Sekundentakt verformt hatte, beachtete er die Leute gar nicht mehr richtig. Warum also mit der Suche nicht mal einen Traum aussetzen?

Ohne ein Wort ging er zu einem der Tische draußen vor der Diele, zog sich einen Stuhl zurück und setzte sich. »Na, wo bleibst du denn? Ich dachte, du möchtest eins.«

Giselles Augen wurden groß. »Ehrlich?«

Als hätte sie Angst, er könnte seine Entscheidung gleich wieder rückgängig machen, schnappte sie sich hastig den Platz ihm gegenüber. Wie sehr sie sich freute, war irgendwie…

Süß.

Zufrieden mit seinem Entschluss, lächelte Eric und beobachtete sie dabei, wie sie eifrig die Karte studierte. Er verfolgte die Bewegung ihrer bernsteinfarbenen, von langen Wimpern umrahmten Augen und schmunzelte darüber, wie sie unentschlossen auf ihrer Unterlippe kaute. Einmal mehr fragte er sich, wer dieses Mädchen erträumt hatte. Wer genau gewusst hatte, wo jede einzelne von Giselles vielen Sommersprossen ihren Platz fand. Nicht nur das kleine, aber deutlich erkennbare Herz auf ihrem Wangenknochen, sondern auch die Tupfer, die sich neben ihrem Ohr oder am Ansatz ihrer Haare versteckten. Ob dieser Person beim Anblick der feinen Züge ihres Gesichts so warm in der Brust wurde wie ihm?

»Das Eis auf dem Foto da drüben gibt es nicht in der Karte«, stellte Giselle fest und unterbrach damit Erics Gedanken.

Er straffte die Schultern, fühlte sich seltsam ertappt und versuchte, sich nicht anmerken zu lassen, dass er sie soeben angestarrt hatte. »Ähm. Lass mich nur machen.«

Gerade zur rechten Zeit trat ein Erträumter mit einer Schürze hinaus, um ihre Bestellung aufzunehmen. Selbstverständlich kam er rückwärts an ihren Tisch. Das übermäßig freundliche Lächeln, das er ihnen in dem Augenblick schenkte, als er sich zu ihnen umdrehte, machte das Ganze noch eine Spur unheimlicher. Aber davon wollten sie sich nicht stören lassen.

»Zwei von diesen Bechern, bitte.«

Eric wies auf das Schild neben dem Eingang und konnte nur hoffen, dass er verstanden wurde, obwohl er in korrekten Sätzen sprach.

»Trofos tmmok«, erwiderte der Mann und weg war er.

Wenn sie Glück hatten, um ihnen zwei ordentliche Eisportionen zu bringen.

Und sie hatten Glück. Nur kurze Zeit später kam die Bedienung zurück an ihren Tisch und stellte zwei großzügig gefüllte Eisbecher vor ihnen ab. Unter der Sahne, der Schokoladensoße und den Streuseln konnte Eric Erdbeereis, mehr Schokolade und eine andere Sorte identifizieren, die er für Vanille hielt. Mochte auch Zitrone sein.

»Oh, mein Gott, das ist Weltklasse!«, rief Giselle, die sich längst auf den cremigen Turm vor ihrer Nase gestürzt hatte, voller Begeisterung. Sie schob sich gleich einen weiteren Löffel davon in den Mund und schloss genussvoll die Augen. »Willst du gar nicht probieren?«

Etwas verhalten schaute Eric wieder auf seinen eigenen Eisbecher hinunter. Er hielt sich nicht oft damit auf, irgendwo rumzusitzen und Süßes zu essen. Was half es ihm auch bei seiner Suche?

»Komm schon! Das schmeckt echt selten gut!«, drängte Giselle.

Was soll's. Er zuckte mit den Schultern und nahm eine Löffelspitze von dem Eis, dessen Sorte sich nicht so leicht bestimmen ließ.

Mhm, Vanille.

Während sie seine Reaktion abwartete, hellte sich Giselles Gesicht auf. »Schmeckt's?«

»Das könnte das beste Eis sein, das ich jemals gegessen habe«, hörte sich Eric überrascht antworten.

Keine Lüge, es schmeckte großartig - nicht zu süß und wunderbar cremig.

»Oh, ja!«, stimmte Giselle ihm zu – immer noch ganz aus dem Häuschen. »Genau so stelle ich mir das Eis in Italien vor.« Sie schlang gleich noch mehr hinterher. »Ich hab schon immer davon geträumt, einmal durch Europa zu reisen und in einem echten italienischen Eiscafé zu essen.«

Für den nächsten Happen machte sie eine kurze Redepause, dann quatschte sie weiter.

Erics Meinung schien dazu nicht gefragt zu sein. Gut so, denn er war eh mit seinem Dessert beschäftigt. Ihm kamen doch glatt Zweifel an seiner bisherigen Einstellung zum Essen auf. Mochte sein, dass er es nicht zum Überleben brauchte, aber das hier schmeckte wirklich fantastisch.

»Sowieso muss Italien echt toll sein! Eine Freundin von mir - nein, eher eine Bekannte - gibt ständig damit an, dass sie einmal mit ihrer Cousine in Mailand zum Shoppen war. Ich persönlich würde viel lieber Florenz sehen. Man merkt es mir nicht unbedingt an, aber ich bin eine echte Kunstkennerin.«

Sie plauderte und plauderte und irgendwann ließ sie tatsächlich auch Eric mal zu Wort kommen. Zum ersten Mal seit langem vergaß er völlig die Zeit. Der Träumer, die Suche, sein Tattoo – das alles verschwand in der hintersten Ecke seines Kopfes und er genoss einfach nur das Hier und Jetzt. Gemeinsam saßen sie in der Sonne, unterhielten sich und schlugen sich die Bäuche voll, bis nichts mehr hineinpasste.

Nachdem sie anschließend eine Weile weiter die Stadt erkundet hatten, bemerkte Eric eine Bewegung in einem der Schaufenster. Etwas kratzte von innen gegen die Scheibe und presste sich dagegen, um seine Aufmerksamkeit zu erregen. Oh, das würde Giselle gefallen.

»Du vermisst also Heuler, ja?«, fragte er schmunzelnd.

Und wie es ihr gefallen würde.

»Ja, wieso?«

Es war perfekt.

»Schau mal, dort.«

Sie folgte seinem Finger zu dem Schaufenster und als sie die Welpen dahinter entdeckte, war es um sie geschehen. Die sieben kleinen Kerlchen - unterschiedliche Rassen, wie man von hier erkennen konnte - entlockten ihr ein entzücktes Japsen, bevor sie sich mit den Händen Luft zufächerte, als würde sie sonst vor Niedlichkeit ohnmächtig. Nach diesem Ausbruch von Glückseligkeit schleifte sie ihn an der Hand über die Straße, schob ihn fast unsanft durch die Tür des ansonsten unscheinbaren Hauses.

Drinnen gab es nicht viel, bis auf ein paar spärlich gefüllte Regale mit Haustierbedarf wie Futter, Halsbänder und Spielzeuge. In einer Ecke befanden sich dazu noch eine Couchgarnitur und ein breites, mit Kissen ausgelegtes Körbchen. Außerdem eine überaus freundlich dreinblickende Erträumte. »Nies hcilfliheb etueh hci nnak timow?«, empfing sie die Frau in Erwartung einer Antwort.

Eric hatte nichts davon verstanden und überging sie einfach. »Dürfen wir sie uns mal ansehen?«

Er zeigte auf die Absperrung vor dem Fenster, hinter der die Hundeschnäuzchen hervorlugten.

»Rehcis reba.«

Die Erträumte holte die Welpen hinter der Absperrung vor dem Fenster hervor und setzte sie nacheinander auf dem Boden ab. Auf wackeligen Pfoten und mit vor Aufregung wedelnden Schwänzchen stürmten die Kleinen sofort in ihre Richtung, sprangen an ihren Beinen hoch und begrüßten sie mit herzerweichenden Lauten. So sehr freuten sie sich über ihren Besuch.

Giselle ging auf die Knie und zog auch Eric neben sich auf die Fliesen. Dort drängelten die Hunde und stolperten übereinander, um in ihre Arme zu gelangen.

»Ich schmelze!«, weinte sie wahrhaftige Freudentränen. »Das ist zu viel für mich - sowas Süßes! Und sie sind so weich!«

Erst stützten sie sich auf die Ellenbogen und schließlich legten sie sich ganz hin. Nur eine Sekunde später wurden sie unter einem Haufen bunter Fellknäule begraben.

Viele kleine Zungen schleckten über ihre Gesichter - ein schönes Gefühl, das konnte selbst Eric nicht bestreiten. Aber das Schönste in diesem Augenblick war Giselles Lachen. So gelöst und unbeschwert, wie er es niemals sein könnte.

»Ich bin versucht, zu glauben, dass du Hunde magst«, meinte er, nachdem er sich wieder aufrecht gesetzt und sie eine Weile mit den Kleinen beobachtet hatte.

Giselle, die ebenfalls wieder saß, drückte sich gerade einen Welpen an die Wange und machte ein seliges Gesicht.

»Ach, merkt man das?«, amüsierte sie sich. »Weißt du, ich hatte als Kind selbst einen Hund. Chester. Dad hat ihn mir geschenkt, damit ich immer einen Freund bei mir habe, der auf mich aufpasst. Er selbst war viel geschäftlich auf Reisen und hatte nicht gerade viel Zeit für mich. Die Firma von zu Hause aus leiten konnte er wohl nicht, obwohl er immer sagte, wie sehr er bei Mom und mir bleiben möchte.« Das Lächeln, das sie immer noch trug, wurde wehmütig und sie drückte dem Welpen in ihrem Arm einen Kuss zwischen die Ohren. »Dank Chester hab ich mich weniger einsam gefühlt. Mir ist klar, wie albern das klingt, aber ich hatte das Gefühl, er versteht mich. Immerhin war sein Dad ja auch nicht bei ihm.«

»Das klingt überhaupt nicht albern«, widersprach Eric. Er kannte sich nur zu gut damit aus, was es hieß, niemanden zu haben, dem man wirklich sein Herz ausschütten konnte.

»Danke«, erwiderte Giselle. »Chester hat mir wirklich viel

bedeutet. Auch als mein Dad uns gerade verlassen hatte, war er für mich da. Und er wollte länger bleiben, um mich zu trösten, das weiß ich. Aber er war alt und ...«

Oh. »Er ist gestorben?«

Sie nickte, blinzelte die aufsteigenden Tränen fort. »Kurz nach Dads Tod. Auf einmal waren sie beide fort. Ich hab mich noch nie so allein gefühlt.«

»Ich versteh dich«, erwiderte Eric ganz automatisch und ohne, dass er die Worte hätte aufhalten können, begann er, selbst eine Geschichte zu erzählen. »Es war, als ich zum ersten Mal geflogen bin. Ich bin auf einer Eisscholle mitten im Ozean erwacht und kurz danach haben sich meine Füße einfach vom Boden gelöst. Ich konnte nicht glauben, dass ich tatsächlich flog! So glücklich wie in dem Moment, war ich lange nicht gewesen, wenn überhaupt jemals.« Einen Moment lang schwelgte er in der Erinnerung an das Gefühl der Freiheit, das ihn damals überwältigt hatte. »Dann ist vor mir eine Fontäne in den Himmel geschossen! Ich bin ausgewichen und habe nach unten geschaut. Tja, und da waren sie.« Giselle riss die Augen auf. »Was hast du gesehen?«

»Wale«, erinnerte sich Eric. »Die schönsten Wale, die jemals jemand zu Gesicht bekommen hat. Ihre Haut war durchsichtig und darunter haben ganze Galaxien von Sternen gefunkelt. Zehn Tiere, vielleicht mehr, schwammen direkt unter mir. Ich habe sie singen gehört.« Dass seine Stimme zitterte, kümmerte ihn nicht. »Ja, ich war in dem Moment wirklich glücklich. Bis mir klar wurde, dass ich dieses Gefühl niemals mit jemandem würde teilen können.« Druck schwoll in seiner Brust an und er musste tief einatmen, um zu verhindern, dass ihn dieselbe Trauer überkam, die ihn damals zu nicht enden wollenden Tränen getrieben hatte.

Plötzlich spürte er eine Hand auf seiner. Die zarte Berührung war nur eine kleine Geste, aber sie fühlte sich wunderbar tröstlich an. Er sah zu Giselle, die ein aufmunterndes Lächeln auf den Lippen trug. »Mit dir übers Meer zu fliegen, war wunderschön«, flüsterte sie.

16

Eric und Giselle unterhielten sich noch ein paar Minuten lang und streichelten die Welpen, ehe der Traum endete und die Dunkelheit über sie kam. Als das Nichts ihre Körper einhüllte, war Eric unwohl zumute. Es lag an einer Frage, die Giselle ihm kurz vorher gestellt und die ihn zurück auf den Boden der Tatsachen geholt hatte. Die Frage nach dem Wunsch, der ihn antrieb, einen Träumer zu finden. Wie hatte er seine Suche auch nur für einen Moment aus den Augen verlieren können? Schließlich war es nicht bloß irgendein Wunsch, der ihn leitete. Giselle hatte ja keine Ahnung, wie tief das alles ging. Doch obwohl er längst damit gerechnet hatte, dass sie früher oder später danach graben würde, waren ihm noch immer keine passenden Worte eingefallen, um es ihr zu erklären. Er hatte mit Schweigen geantwortet und nun blieb ihm nichts anderes übrig, als zu hoffen, dass sie nie wieder nachfragte.

Aus Dunkelheit wurde Licht und die beiden fanden sich inmitten einer neuen Welt wieder. Eric blickte gen Himmel und sah gewaltige, weiße Blitze über ihnen zucken. Ununterbrochen durchbrachen sie hell leuchtend das nächtliche Himmelszelt, völlig geräuschlos, ohne dass ein einziges Donnern sie begleitete.

Unter dem unruhigen Aufleuchten am Nachthimmel ragten die spitz zulaufenden Dächer mehrerer Tempelanlagen in die Höhe. Ihre Eingänge, vor denen Lampions in verschiedenen Orangetönen in der leichten Brise hin und her schwangen, waren von Balken aus rot gefärbtem Holz eingerahmt. Goldene Ornamente und Abbildungen schlangenartiger Drachen verzierten die Wände. Kirschbäume und am Boden liegende Blüten säumten die mit Steinen gepflasterten Pfade zu jedem einzelnen der Tempel, ausgehend von dem kleinen, aber gut besuchten Platz. In dessen Mitte spendete ein Brunnen in Form zweier miteinander verschlungener Drachen funkelndes Wasser. Daneben standen Eric und

Giselle.

Die Erträumten auf dem Platz, Männer wie Frauen und jeder von ihnen schwarzhaarig und mit einer gelben, bodenlangen Kutte bekleidet, wurden sofort auf ihre Ankunft aufmerksam und warfen ihnen argwöhnische Blicke zu. Aber nur, um die Köpfe sogleich wieder zu senken und weiter schweigend ihrer Wege zu gehen.

Trotz der seltsamen Stille in diesem Traum, stimmte die Tatsache, dass sie bemerkt wurden, Eric positiv. Es bedeutete, dass sie dem Traumzentrum bereits nahe waren. Noch dazu versprach die Tinte auf seinem Arm genügend Zeit, um sich umzusehen.

»Wow! Hier sieht's toll aus!«, schwärmte Giselle. Staunend schaute sie sich auf dem Platz um, bis ihr Blick an den bemalten Fassaden hinter den fast magentafarbenen Kronen der Kirschbäume hängenblieb. »Was sind das für Gebäude? Sehen echt interessant aus.«

»Tempel«, antwortete Eric, ohne großartig überlegen zu müssen. In der Vergangenheit hatte er bereits ähnliche Anlagen besucht. »Offensichtlich asiatisch.«

Er überblickte den Platz. Zunächst konnte er nichts Auffälliges entdecken, doch dann fiel ihm die Bewegung eines Mannes ins Auge. Zwischen all den anderen Erträumten, die ohne ersichtliches Ziel an ihnen vorbeischlenderten, blieb er am Rand unter dem Schatten eines Baumes stehen, streckte die Arme aus und malte mit den Kanten seiner Hände Formen in die Luft, die wohl nur er selbst sehen konnte. Auf gebeugten Knien wiegte er sich hin und her, als bewegte er sich zum Takt von Musik. Dabei war keine Musik zu hören. Tatsächlich nicht mal das leiseste Geräusch, bis auf die Schritte der Erträumten und den Wind, der die Kirschblüten aufwirbelte. Dennoch schien dieser Mann zu tanzen.

Eric machte einen Schritt auf den Erträumten zu, doch Giselle hielt ihn zurück, indem sie ihm die Hand auf den Arm legte.

»Lass mich das machen!«

Sie sagte das mit einer solchen Vehemenz, dass ihm keine Einwände einfielen.

»Bitte, nur zu«, meinte er nur dazu und folgte ihr die paar Meter bis zu dem geheimnisvollen Tänzer.

Der Mann trug einen aufwendig geflochtenen Bart und einen langen schwarzen Zopf, der unter der Kapuze seiner Kutte hervorlugte und ihm bis zur Hüfte reichte. Unter seinen Augen und um seinen Mund befanden sich deutliche Lachfalten. Ansonsten wirkte seine Haut absolut strukturlos, was nur bedeuten konnte, dass der Träumer ihn niemals aus nächster Nähe gesehen hatte. Der Tänzer sah sie nicht einmal an, als Giselle ihn freundlich begrüßte. Stattdessen streckte er ein Knie, lehnte sich zurück und zeichnete mit den Armen einen Halbkreis in die Luft über seinem Kopf. Nur Sekunden darauf erschienen dort, wo eben noch seine Finger gewesen waren, feine Partikel funkelnden Staubs und rieselten auf ihn nieder. Dann vollführte er eine Verbeugung und schenkte ihnen endlich seine Aufmerksamkeit.

Sichtlich verwirrt, starrte Giselle auf den Glitzerstaub, der nun die Schultern des Erträumten bedeckte. »Äh, echt cool«, begann sie ein Gespräch. »Ich wüsste gern, wie Sie heißen.«

Ihr Gegenüber lächelte, seine Falten wurden tiefer. »Ich weiß es nicht.«

Mit dieser Antwort hatte Eric gerechnet, Giselle allerdings zog eine Schnute. Aufgeben tat sie jedoch nicht.

»Was war das eben für ein Tanz?«, wollte sie wissen.

»Es handelt sich um einen traditionellen Gebetstanz«, entgegnete der Mann mit ruhiger Stimme und noch immer lächelnd. »Interessiert ihr euch für die Kunst des Gebets?«

»Nein, uns interessiert bloß, ob …«, mischte Eric sich ein, doch schaffte es nicht, den Satz zu Ende zu sprechen, denn Giselle boxte ihm sanft, aber bestimmt in die Seite und wies ihn mit einem scharfen Blick zurecht.

Sofort ergriff sie wieder das Wort. »Und wie! Genau deshalb sind wir ja hier. Leider haben mein Freund und ich nicht viel Zeit, uns alles anzusehen. Diese ganzen Tempel …« Sie wies mit der Hand auf einige der Wege, die vom

Platz abgingen. »Unterscheiden die sich irgendwie voneinander?«

Keine schlechte Frage, dachte Eric. Da sie sich offensichtlich in der Nähe des Traumzentrums aufhielten, war es gut möglich, dass sich dieses und damit auch der Träumer in einem der Gebäude befand. Da von außen jedoch keines davon sonderlich herausstach, würde es eine Weile dauern, das Richtige zu bestimmen.

Gespannt wartete er auf die Antwort, aber der Erträumte ließ damit auf sich warten. Stattdessen verfiel er erneut in irgendwelche kuriosen Tanzbewegungen.

Eric und Giselle tauschten einen Blick, als der Mann abrupt innehielt – den einen Arm noch kerzengerade zum Gewitterhimmel ausgestreckt, den anderen auf Kinnhöhe positioniert – und sprach: »Ein Drache ist silbern, die übrigen aus Gold. Wählt den Weg des ungleichen Tiers, wenn ihr zum ungleichen Tempel wollt.«

Jetzt sprach er auch noch in Reimen? Wirklich? Aber Eric wollte sich nicht beschweren, schließlich hatten sie ihren Hinweis bekommen. Einer der Tempel schien tatsächlich besonders zu sein und das erhöhte fraglos seine Chancen, hier einen Träumer zu finden.

»Welcher ist denn der mit dem silbernen Drachen?«, versuchte Giselle, noch etwas mehr herauszubekommen.

Der Mann nahm seinen Arm herunter und deutete damit auf ihren nächsten Halt. »Der.«

Giselle bedankte sich und grinste dann Eric an. »Das war ja leicht.«

»In der Tat.«

In der Befürchtung, etwas käme dazwischen, ehe sie der Spur nachgehen konnten, überprüfte Eric sein Tattoo, doch es war unverändert schwarz. Alles lief ganz hervorragend.

Sie überquerten den Platz und betraten den Pfad, den man ihnen genannt hatte.

»Oh, mein Gott! Ich liebe Kirschblüten!«, bewunderte Giselle die Bäume rings herum und freute sich sichtlich über den Pfau, der es sich in einem davon bequem gemacht hatte und dessen prächtige Schwanzfedern wie eine lange, schimmernde Schleppe bis auf die Erde hingen.

Als sie den rot umrahmten Eingang erreichten, wussten sie sofort, dass der tanzende Mann die Wahrheit gesprochen hatte. Ein Drache aus gegossenem Silber schmückte die Wand und sein Maul zeigte direkt auf die offenstehende Tür.

Beim Eintreten wurden sie in warmes Licht gehüllt. Eric schaute nach oben und entdeckte, dass es von Funken in der Größe von Glasperlen stammte, die etwa einen Meter über ihren Köpfen schwebten. Keine Menschenseele hielt sich hier auf, die naturbelassenen Wände waren kahl und der Raum leer. Bis auf eine Öffnung in den Bodendielen, durch die eine breite Treppe in ein tieferes Stockwerk führte.

Eric ging voran. Obwohl kein Knarren zu hören war, spürte er, wie das Holz der Stufen ein wenig unter seinen Füßen nachgab. Ihnen folgten ein paar der schwebenden Kugeln hinunter und leuchteten ihnen den Weg, bis sie vor einer roten Tür ankamen. Er öffnete sie und war, zugegeben, überrascht.

Auf der anderen Seite erwartete sie ein Durcheinander aus Treppen und Türen, untermalt von einer ohrenbetäubenden Geräuschkulisse aus Stimmen von Erträumten, die sich in ihren gelben Kutten überall in diesem seltsamen Treppenhaus tummelten. Von dort, wo sie standen, führten mehrere kurze und lange geländerlose Treppen auf unterschiedliche Ebenen hinunter, von denen aus wiederum verschiedene Treppen auf verschiedene Ebenen führten. Immer tiefer, bis - wie ein Blick über den Rand nach unten verriet - in einen pechschwarzen Abgrund hinein. Auf jeder Ebene schien es gleich mehrere Türen zu geben, durch die kontinuierlich weitere Erträumte diesen mysteriösen Raum betraten, der wie weiß wie tief in die Erde reichte. Die Kuttenträger plauderten so laut miteinander, dass Eric das Bedürfnis überkam, sich die Ohren zuzuhalten. Ein höchst auffälliger Kontrast zu der Stille, die außerhalb des Tempels herrschte.

»Und jetzt?«, rief Giselle über den Lärm hinweg.

Ja, genau das fragte Eric sich auch. Aufmerksam blickte er sich um, beobachtete die Menschen in ihrer Nähe. Sie sahen relativ detailreich aus, hatten klar definierte Gesichtszüge und nur Kleinigkeiten - hier die Form einer Nase und da die Länge eines Haarschnitts - verschwammen und veränderten sich. Schwer zu sagen, wer von denen ihnen nützliche Informationen geben konnte.

»Am besten fragen wir uns durch«, beschloss er deshalb. »Auf gut Glück.« Nur selten machte er sich solche Mühe, wenn ihm genaue Anhaltspunkte fehlten, aber er hatte das Gefühl, hier an etwas, beziehungsweise jemandem, dran zu sein.

Giselle hatte ihn wahrscheinlich gar nicht verstanden, doch sie heftete sich an seine Fersen und übernahm sogar wieder das Reden, als er eine junge Frau ins Visier nahm. Die Augen der blassen Erträumten wollten sich zwar nicht recht für eine Farbe entscheiden und ihren Namen kannte sie auch nicht, auf Giselles Frage nach dem Highlight des Tempels hin half sie jedoch gern weiter und erzählte von einem Altar am Grund des Tempels.

Ganz nach unten mussten sie also. Natürlich gab es keine Garantie dafür, dass sie den Träumer dort antreffen würden. Dennoch hielt Eric es für wahrscheinlich genug, um weitere Erträumte anzusprechen und zu erfragen, über welche Treppen sie am schnellsten auf die unterste Ebene gelangten.

So gingen sie tiefer und tiefer, fragten sich immer weiter durch. Trotzdem kam es ihm vor, als kämen sie dem Boden nicht ein Stück näher. Egal, wie viele Stufen sie auch zurücklegten, unter ihnen blieb ein undurchdringlich schwarzes Loch.

Wenigsten war auch die Tinte von Erics Traumfänger immer noch schwarz und machte bisher nicht den Eindruck, als sollte sich das allzu bald ändern. Immer wieder schaute er auf das Symbol, wurde mit jedem Mal nervöser.

Dann endlich fiel ihm jemand auf, als er abermals in den Abgrund lugte - ein Mann, dessen Haar schon zur Hälfte weiß war. Er trug keine Kutte wie alle anderen, sondern ein zugeknöpftes, schlichtes Hemd, das in einer Anzughose steckte. Mit verstörter Miene hetzte er von einem Erträumten zum nächsten, um ihn anzusprechen.

Von hier oben konnte Eric seine Worte nicht verstehen und auch nicht viel von ihm erkennen, doch es flatterte in seiner Brust. Konnte dieser Mann ein Träumer sein? Er musste ihn zur Rede stellen und es herausfinden.

Giselle neben ihm hatte ihn allem Anschein nach ebenfalls wahrgenommen, denn als er sich ihr zuwandte, nickte sie wissend. Wortlos nahmen sie die Beine in die Hand. So schnell sie konnten, liefen sie eine Ebene tiefer, dann noch eine. Eric spähte immer wieder über den Rand, um den Mann im Auge zu behalten, und versuchte die Treppen zu nehmen, die sie zu dem älteren Mann führten. Erträumte ringsum drehten sich verwirrt nach ihnen um, wenn sie an ihnen vorbeihetzten, teilweise gefährlich nah am Abgrund. Nur ein falscher Schritt und sie würden hinabstürzen.

Aber Risiken interessierten Eric im Augenblick nicht, er musste es wagen. Der auffällige Mann war bald nicht mehr weit, nur noch wenige Ebenen unter ihnen, und Eric konnte im Licht der Funken schon den Schweiß auf seiner Stirn glänzen sehen.

Weshalb war dieser Mensch so unruhig? Eric konnte es gar nicht abwarten, mit ihm zu sprechen, und schaute ein weiteres Mal auf sein Tattoo, dessen Linien glücklicherweise nicht dunkler hätten sein können.

Mittlerweile befand er sich ganz nah bei dem Mann, der vielleicht der Träumer war. Falls dem tatsächlich so sein und Eric es diesmal schaffen sollte, lange genug mit ihm zu reden, um ihm seine Bitte vorzutragen, dann …

Nein, er traute sich gar nicht, den Gedanken zu Ende zu denken. Bisher war seine Hoffnung ein ums andere Mal enttäuscht worden. Wieso sollte es diesmal anders ausgehen? Bestimmt war dieser Mann nicht einmal der, für den Eric ihn instinktiv hielt, und wahrscheinlich endete gleich der Traum, sodass er wie immer von vorn beginnen musste.

Dennoch. Das Flattern in seiner Brust wollte nicht

vergehen. Er nahm inzwischen immer zwei Stufen auf einmal und ignorierte dabei das Stechen in seiner Seite, das ihn bei all der Aufregung überkam. Giselle fiel hinter ihm zurück, würde ihn aber schnell genug wieder einholen.

Als der Mann sich bloß noch eine einzige Ebene unter ihm befand, bekämpfte Eric den gefährlichen Drang, die letzte Treppe auszulassen und einfach über die Distanz zwischen ihnen hinunterzuspringen. Die letzten Stufen ließ er aus, flog beinahe über sie hinweg und kam keuchend vor dem Mann zum Stehen.

»Wer bist du?« Eric rang nach Atmen und packte sein Gegenüber an beiden Schultern. So nervös, wie dieser Mann aussah, wäre er andernfalls sicher geflohen.

Statt zu antworten, fragte er: »Was ist das für ein Ort?«

Über die Stimmen der vielen Umstehenden hinweg war seine eigene kaum zu verstehen und zu allem Übel zitterte sie auch noch.

Eric starrte ihn an. Überall Details. Ein definierter Übergang von Schwarz zu Braun in seinen Augen, feine Härchen an seinen Schläfen und hauchzarte Narben dort, wo er sich offenbar zu unvorsichtig rasiert hatte. Realer hätte er nicht wirken können. Wie eine makellose Hülle, von deren Anblick man sich nicht losreißen wollte, umgab ihn die Aura eines echten Menschen.

Erics Herzschlag überschlug sich fast. *Ein Träumer, ganz bestimmt!*

»Wer bist du?«, fragte er erneut - diesmal nachdrücklicher.

Der Mann gab ein Wimmern von sich, schüttelte heftig den Kopf. »Ich weiß nicht, wo ich bin! Wer sind all diese Leute?«

Erics Hände verkrampften sich, sodass er die Schultern des Mannes unwillkürlich fester umklammerte. Er wollte ihn schütteln, aber das würde den Alten wohl kaum beruhigen.

»Es ist nur ein Traum«, versuchte er sein Möglichstes und sprach so ruhig, wie er es sich bei der Lautstärke erlauben konnte. »Nichts hiervon ist real.«

Zu seinen Gunsten ebbte das Wimmern ab, während der Mann um sich blickte und schließlich ihn genauer ansah.

»Ein Traum?«

Erkenntnis spiegelte sich in seinen Augen und auch der gequälte Ausdruck verschwand aus seinem Gesicht, das so täuschend echt und definiert war, dass es schwerfiel, ihn nicht anzustarren.

Bloß blieb Eric nichts anderes übrig, als den Blick zu seinem Arm gleiten zu lassen. Er schob den Ärmel beiseite und setzte einen Atemzug aus, denn dies war stets der Zeitpunkt, der über sein Schicksal entschied.

Alles oder nichts.

Die Antwort bekam er sofort und sie überraschte ihn nicht. Immer, in jedem Traum, in dem er jemals einen Träumer gefunden hatte, lautete sie: nichts.

Langsam, aber beständig fingen die schwarzen Pigmente seines Traumfängers zu verblassen an. Eric schaute auf und sah aus der entfernten Wand hinter dem Mann, der sich soeben wahrhaftig als Träumer entpuppt hatte, Dunkelheit herankriechen.

Nun blieben im nur noch Minuten, vielleicht Sekunden. Wie sollte der Träumer ihm so schnell seinen Wunsch erfüllen? Würde er überhaupt zuhören? Die meisten taten es nicht, sobald sie erst einmal zu erwachen begonnen hatten. Eigentlich konnte er auch gleich Giselle bei der Hand nehmen und das Ende abwarten, aber welchen Sinn hatte seine Suche dann? Er musste es probieren.

Halt. Giselle. Sie hatte sich ungewöhnlich still verhalten. Über seine Schulter schaute er zurück und sein Körper gefror. Da war niemand. Keine Giselle; nur ein Haufen Statisten in gelben Kutten.

Sogleich geriet Eric in Panik. Wo war sie? Wie hatte er nicht bemerken können, dass sie fehlte? Mit rasendem Herzen suchte er die Ebene ab, doch entdeckte sie nirgends. Auch nicht auf der Treppe, über die er hier runtergelangt war. Ehe er darüber nachdenken konnte, war er losgerannt. Zurück zur Treppe, die Stufen hinauf und weiter. Das Nichts rückte unaufhaltsam näher, während er die Menge nach Giselle absuchte, dabei fast zu atmen vergaß.

Als er endlich aus dem Augenwinkel den Farbschimmer ihres Haars über sich wahrnahm, währte die Erleichterung nicht lang. Jeder Muskel in seinem Körper spannte sich an. So schnell ihn seine Beine trugen, sprintete er auf Giselle zu, deren Finger auf der Stufe, von der sie hing, vergeblich nach Halt tasteten. Sie war abgerutscht und ihre Füße baumelten haltlos über dem Abgrund.

Nein!

Schneller und schneller rannte Eric auf sie zu, stieß Erträumte beiseite, sprang die Stufen hoch. Unter ihm versanken bereits Teile des Treppenhauses im Nichts. Die Dunkelheit fraß sich durch das Holz und verschlang auch die Erträumten darauf, ohne dass sie es bemerkten.

»Giselle!«, schrie er, aber es war immer noch zu laut hier, als dass sie ihn hören konnte.

Atemlos erreichte er die Treppe, in deren Mitte Giselle sich nur mit Mühe obenhielt. Sie stützte sich auf den Ellenbogen, versuchte verzweifelt, sich hochzuziehen, war jedoch nicht stark genug. Die Erträumten in ihrer Nähe registrierten ihren Kampf ums Überleben nicht. Egal, wie laut sie auch rief, ihre Stimme drang durch den Hall der vielen Gespräche nicht zu ihnen durch. Eric konnte sehen, wie sie den Mund aufriss, doch er hörte keinen Ton.

Ein paar Meter noch, dann hatte er sie endlich erreicht. Er warf sich auf die Knie, riss sie mit aller Kraft an den Armen zu sich hoch und drückte sie so fest an sich, dass er sie beinahe zerquetschte. Zwar konnte er ihr Gesicht nicht sehen, dennoch wusste er, dass sie in diesem Moment mindestens halb so viel Dankbarkeit empfand wie er selbst.

Bloß wenige Sekunden verstrichen, bis das Ende des Traumes sie einholte. Dunkelheit umfing sie in ihrer Umarmung und für ein paar weitere Sekunden trieben sie im Nichts.

Danach wurde es kühl. Und grell. Doch es war vielmehr das näherkommende Geräusch, das Erics Aufmerksamkeit auf sich zog, noch bevor er wieder ganz bei sich war. Ein Summen, das durch die Luft schnitt und stetig lauter wurde.

Irgendwie klang es nach einem …

Er riss die Augen auf, schlang den Arm um Giselle, die direkt neben ihm stand, und sprang von den Gleisen. Gerade rechtzeitig, bevor der weiße, fensterlose Zug mit enormem Getöse darüber hinwegfegte - nur um Haaresbreite an ihnen vorbei.

»Scheiße!« Giselle taumelte zurück.

Unter Schock beobachteten sie, wie der recht kurze Zug sich wieder entfernte und in der Wüste verschwand. Denn das war es, wohin der Traumsprung sie diesmal geführt hatte: eine triste, flache Wüste mit nichts als einer Menge Sand und zwei Gleisen, die mitten hindurchführten. Der Himmel leuchtete merkwürdig grell, fast weiß. Allerdings bildeten das Auffälligste dort oben definitiv die sechs oder sieben Planeten, deren teils wirre und teils beeindruckend gleichmäßige Oberflächenstrukturen man trotz der Entfernung erkennen konnte.

Erics Atem beruhigte sich nur müßig. *Dämlicher Zug*, fluchte er innerlich. Da hatte er die Aufregung des letzten Traumes noch nicht gänzlich verdaut und schon kam die nächste Todesgefahr.

»Danke«, stieß Giselle hervor.

Ein Dank für gerade eben, für die Rettung vor dem Absturz oder womöglich auch für beides.

»Hm«, gab Eric zurück und überprüfte gewohnheitsmäßig den Traumfänger auf seiner Haut, der wieder deutlich zu sehen war.

Wenn er das nächste Mal verblasste, dann bestimmt nicht, weil er einem Träumer gesagt hatte, dass er schlief. Nein, so oft bekam er diese Chancen nicht und die letzte war nun vertan. Weil Giselle an einem Abgrund gehangen hatte - schon wieder.

»Pass in Zukunft besser auf, wo du hintrittst«, blaffte er sie an. »Deinetwegen habe ich eine Gelegenheit verpasst, die sich so schnell nicht wieder ergeben wird.«

Giselle schaute erschrocken drein, erwiderte aber vorerst nichts. Plagte sie ein schlechtes Gewissen deswegen? Falls ja, dann war ihm das nur recht. Sollte sie ruhig Gewissensbisse haben. Immerhin lag es an ihr, dass er nun nicht mehr herausfinden würde, ob der Mann ihm hätte helfen können. Sie hatte ihn mit ihrem Verschwinden aus dem Konzept gebracht, oh ja! Sowieso lenkte sie ihn ständig von seiner Aufgabe ab. Durch die Luft tanzen, Eis essen und Hunde streicheln - wie sollte ihn das bitte voranbringen?

Genug von all dem! Er hatte keine Zeit, sich zu amüsieren. Jeder Traum, in dem er herumsaß und Süßes in sich hineinstopfte, konnte der eine sein, in dem ein Träumer existierte, den das Wissen darüber, dass er schlief, nicht sofort aufwachen ließ. Solange er sich nicht auf das fokussierte, was wirklich wichtig war, würde er diesen Träumer verpassen.

»Meinetwegen?«, empörte Giselle sich schließlich, nachdem sie lange genug um Worte gerungen hatte. »Du bist doch zurückgekommen! Was willst du überhaupt von deinem blöden Träumer, dass du so eine große Nummer draus machst?« Sie stemmte die Hände in die Hüften, erwiderte herausfordernd seinen Blick.

Unvermeidlich schluckte Eric. Die Frage erwischte ihn kalt.

»Das ist allein meine Angelegenheit und das haben wir bereits geklärt.« Er sprach leise, wollte die Konfrontation beenden.

Jedoch gab Giselle sich nicht so leicht geschlagen. »Es tut mir ja leid, ganz ehrlich! Aber du musst mir endlich verraten, wonach wir die ganze Zeit jagen, damit ich es verstehe.«

»Ich …« Eric räusperte sich. »Ich verzeihe dir. Aber frag mich nicht mehr.«

Obwohl es für einen Traum ungewöhnlich kühl war, schwitzte er. Möglichst beiläufig rieb er sich die feuchten Hände und wandte sich ab, um loszugehen.

»Eric, ich wollte das nicht« Giselle stolperte ihm nach.

Sie musste anhalten und die Schuhe ausziehen, damit sie hinterherkam.

»Schon gut. Gehen wir.«

»Eric …«

»Ich sagte, schon gut!«

Im Grunde hatte sie recht damit, dass er nicht zu ihr hätte zurückkommen müssen. Sie traf keine Schuld, sondern ihn. Schließlich hatte er im entscheidenden Moment eine Wahl getroffen.

Aber wieso? Wieso hatte er sie gewählt? Eines jedenfalls konnte er nicht bestreiten: So sehr er es auch versuchte, er bereute seine Entscheidung nicht.

17

Sie folgten den Gleisen in die Richtung, in die der Zug gefahren war. Eisernes Schweigen herrschte zwischen den beiden, seit Eric Giselle das Wort abgeschnitten hatte. Immer wieder überlegte er, ob er sich für sein forsches Verhalten entschuldigen sollte, aber irgendetwas hielt ihn davon ab. Vielleicht lag es daran, dass er nicht so recht wusste, was er sagen sollte. Vielleicht auch daran, dass sein Verstand es ihm verbot, sich zu entschuldigen. Er brauchte Distanz zu der Erträumten, die ihn nur für eine kurze Weile begleitete. Distanz war gut.

»Brrr«, gab Giselle schließlich doch einen Laut von sich. Eric, der ein paar Schritte vor ihr ging, drehte sich um und sah, dass sie sich fröstelnd die Arme rieb. »Wir laufen durch eine Wüste und das mitten am Tag. Müsste es nicht brüllend heiß sein, wenn schon Temperaturen im Spiel sind?«

Ein Blick von ihm genügte und sie rollte mit den Augen.

»Schon klar. Nichts muss einen Sinn ergeben. Trotzdem komisch, wie eisig es hier ist. Okay, irgendwie auch faszinierend. Ob ich wohl …« Sie hob den Kopf und stieß eine kleine Atemwolke zwischen ihren Lippen aus, nur um kurz darauf in freudiges Kichern auszubrechen. »Sieh mal, Eric! Das ist das Beste am Winter.« Ein zweite, diesmal etwas größere Wolke verließ ihren Mund und wieder strahlte sie danach übers ganze Gesicht.

Ich brauche Distanz. Distanz ist gut, sagte sich Eric, wiederholte die Worte in Gedanken.

Doch es half alles nichts. Distanz fühlte sich nun einmal falsch an.

Er zog sich den Mantel aus, überbrückte den Abstand zu Giselle und legte ihn ihr über die schmalen Schultern, damit die Kälte ihr nichts mehr anhaben konnte. »Es tut mir leid.«

Bevor sie noch auf die Idee kam, darauf etwas zu erwidern, wandte er sich wieder ab und setzte seinen Weg entlang der Gleise fort. Schneller, als ihm lieb war, schloss

Giselle zu ihm auf und hielt direkt neben ihm Schritt.

»Hm? Was tut dir leid?«

Und schon wünschte Eric, er hätte es auf sich beruhen lassen. »Ach, gar nichts. Vergiss es wieder.«

Sie schien einen Moment lang nachzudenken, bevor sie ein Lächeln aufsetzte. »Okay. Danke jedenfalls für deinen Mantel. So hässlich er auch sein mag, er hält schön warm. Nur … frierst du jetzt nicht zu sehr?«

»Nein, mir geht's gut. Aber wenn du ihn so hässlich findest, nehme ich ihn dir besser wieder weg.«

Giselle lachte, klammerte den Stoff an sich und Eric hoffte, dass sie sein leichtes Zittern nicht bemerkte.

Irgendwann, sie waren noch eine Zeit lang so nebeneinander hergegangen, spürte er selbst die Kälte nicht mehr. Ihr strammer Gang machte sich bezahlt und außerdem, so glaubte er, hatte sich die Umgebung etwas aufgewärmt.

Gerade erwog er, Giselle zu fragen, ob sie denselben Eindruck hatte, als erneut ein Summen durch die Luft ging. Es begann leise, wurde dann stetig lauter.

Wieder ein Zug? Eric hielt in beide Richtungen der Schienen Ausschau, doch was er letztendlich in der Ferne vor ihnen erkannte, war definitiv kein Zug.

Unter den verschieden großen Planeten tauchten am Horizont mehrere schwarze Punkte auf. Sie bewegten sich mit einer solchen Geschwindigkeit auf die beiden zu, dass aus Punkten schnell Menschen wurden, die auf Gleitern saßen – geflügelten Fahrzeugen, die über dem Boden schwebten. Die Fahrer trugen allesamt Helme, die das grelle Licht des Himmels reflektierten und ihre Gesichter verbargen. Ob sie Freund oder Feind waren, würde sich gleich zeigen. Hier auf jemanden zu treffen, sprach zumindest dafür, dass Eric und Giselle in die richtige Richtung gingen.

Der vorderste Erträumte brachte seinen Gleiter wenige Armlängen vor ihnen zum Stehen. Als würde es noch immer von seinen flach ausgebreiteten Flügeln getragen, blieb das motorradähnliche Fahrzeug in der Luft. Der Mann im Motorradanzug stieg ab und trat auf sie zu.

Automatisch zog Eric Giselle hinter sich. Noch mehr Ärger konnte er wirklich nicht gebrauchen und den zog sie leider an wie Metall einen Magneten.

Inzwischen erreichten auch die anderen Erträumten, insgesamt fünf, die Stelle, an der sie standen, und bremsten ihre Gleiter in einer Reihe neben dem ersten. Bis auf dessen Fahrer stieg allerdings niemand ab. Ein wenig beklemmend fand Eric es schon, dass diese Leute sich hinter schwarz getönten Helmen versteckten. Sechs Augenpaare starrten sie jetzt gerade an, doch keines davon war für sie sichtbar.

»Woher kommt ihr? Gibt es eine Stadt in der Nähe?«, begrüßte er den, der abgestiegen war, ohne Umschweife.

Der zuckte nur mit den Schultern. »Ich weiß es nicht. Wer seid ihr überhaupt und was macht ihr in unserem Territorium?«

»Ich bin Giselle und das ist Eric.« Giselle war hinter Erics Rücken hervorgetreten. »Wir sind auf der Suche nach Zivilisation. Könnt ihr uns helfen?«

Obwohl der Erträumte von einem *Territorium* gesprochen hatte, erweckte er nicht den Eindruck, als würde er ihnen gefährlich werden. Wieder zuckte er bloß mit den Schultern.

»Ich weiß nicht, wie wir euch helfen können.«

Trotz dieser wenig hilfreichen Antwort lächelte Giselle. »Wie wär's, wenn ihr uns so ein Ding überlasst?« Sie zeigte auf den leeren Gleiter hinter dem Mann. »Bitte. Damit würdet ihr uns einen großen Gefallen tun.«

Eric zog eine Augenbraue hoch. Nach einem Gleiter zu fragen, war nicht sein erster Gedanke gewesen, aber die Idee hätte eigentlich von ihm stammen müssen.

Lange dauerte es nicht, bis sie eine Reaktion bekamen. »Mir egal. Nehmt meinen.« Ohne auf eine Reaktion von einem der beiden zu warten, ging der Fahrer zu einem seiner Begleiter und kletterte hinter ihn auf den Sitz. »Viel Glück bei eurer Suche.«

Das war einfach, dachte Eric und trat auf seinen neuen

Gleiter zu, ehe es sich noch jemand anders überlegen würde.

»Danke!«, rief Giselle den Erträumten zu und sie beobachteten, wie die Gruppe an ihnen vorbeizog.

Das Summen verklang in der Ferne und sie waren wieder nur zu zweit. Nun jedoch um ein schwebendes Fahrzeug reicher.

Giselle zögerte nicht länger und zog sich an einem der metallenen Flügel nach oben. »Das ist ja so cool!«, freute sie sich. »Wie man das wohl steuert?«

»Nichts anfassen!« Eric stemmte sich ebenfalls am Flügel hoch und nahm vor ihr auf dem Sitz Platz. »Lass mich das lieber machen.«

Zu seiner Überraschung hatte sie keine Einwände, sondern legte von hinten die Arme um ihn, um sich festzuhalten. Ihre Berührung ließ ihn nervös werden, was verrückt war, da er nach so vielen Traumsprüngen inzwischen daran gewöhnt sein müsste. Dennoch klopfte sein Herz auf einmal schneller. Gleichzeitig hatte die Wärme, die in dieser kalten Wüste von ihr ausging, etwas Angenehmes. Auf eine seltsame Art fühlte er sich wohl.

»Los. Wir haben nicht den ganzen Traum Zeit«, kopierte Giselle seinen üblichen Tonfall, mit dem er sonst sie ermahnte, nicht rumzutrödeln.

Erst da fiel ihm auf, dass er in der Tat unnötig Zeit hatte verstreichen lassen.

»Da sind wir einer Meinung.«

Das Gaspedal war nicht schwer zu finden. Den Gleiter schien der Träumer einem gewöhnlichen Motorrad nachempfunden zu haben und damit kannte Eric sich aus. Er nahm den Druck seiner Hand von der Kupplung und im selben Augenblick schossen sie los.

Eiskalter Fahrtwind schlug ihm entgegen, füllte seine Lunge mit frischer Luft und hinterließ eine Gänsehaut auf seinen Armen. Von dem Kribbeln ganz zu schweigen, das der Rausch der Geschwindigkeit in ihm auslöste. Begleitet von dem Motorengeräusch und Giselles aufgeregten Freuderufen preschten sie über den Sand, der hinter ihnen aufgewirbelt wurde.

»Oh, mein Gott! Du fährst so schnell!«

Die Stimme seiner Mitfahrerin drang nur gedämpft durch das Peitschen des Windes an sein Ohr. Sie klang nicht im Mindesten ängstlich.

Ob er damit sich selbst belustigen oder ihr noch mehr Spaß bereiten wollte, wusste er nicht, doch im nächsten Moment drückte er noch fester auf das Gas. Der Motor heulte auf, das Kribbeln in Erics Bauch stieg an und Giselles helles Lachen erfüllte den rauschenden Wind um sie herum.

Fast hätte er es gar nicht gehört – das Beben unter ihnen. Es schüttelte den sandbedeckten Boden, über den sie hinwegsausten, rumorte so laut, dass selbst Eric es schließlich registrierte.

»Was ist das?«, rief Giselle.

Wenn ich das nur wüsste, erwiderte er stumm.

Zu Raten brauchte er jedoch nicht, denn kurz darauf erhob sich die Antwort auf ihre Frage direkt vor ihren Augen aus dem Staub.

Zuerst war es nur einer, der in einiger Entfernung aus dem Sand brach, eine Drehung vollführte und wieder zwischen den groben Körnern verschwand. Dann tauchte ein zweiter auf, schob sich mit den Flossen empor sprang einen weiten Bogen, um gleich wieder mit dem Boden zu verschmelzen. Und plötzlich waren sie überall: Delfine aus dunklem Sand. Als wäre die Wüste ein Meer, tollten sie herum, führten ihre Kunststücke auf, tauchten auf und wieder unter. Hundert oder mehr von ihnen bewegten sich mit den beiden in dieselbe Richtung und ließen die Erde lebendig werden.

»Wow!«

Eric spürte, wie Giselle ihn mit dem einen Arm noch fester umklammerte, um den anderen nach den Fantasiewesen ausstrecken zu können.

»Sowas Schönes!«, staunte sie, bevor das Glück des Moments sie wieder zum Lachen brachte.

Seine eigenen Gefühle, ebenfalls mitgerissen von diesem magischen Anblick, erlebten einen Höhenflug und er stieg in ihr Gelächter mit ein.

In seiner Brust flatterte es. Als sprudelte sie über. Als könnte sie das Glück nicht länger halten. So hatte Eric sich noch nie in seinem ganzen Leben gefühlt und es rührte ihn zu Tränen, die im kühlen Fahrtwind davongetragen wurden. Ihm fehlten die richtigen Worte, um zu beschreiben, wie dankbar er dafür war, diesen Moment mit jemandem teilen zu dürfen. Und mit niemandem hätte er das lieber getan als mit Giselle.

18

Ein Schatten legte sich über Erics Stimmung, als er die Augen in einem neuen Traum öffnete und an der Wand aus grauem Nebel emporschaute. In dem Glauben, dass es nicht mehr schlimmer kommen konnte, drehte er sich um und wurde sogleich eines Besseren belehrt. Riesige Gebäude drängten sich dicht an dicht, ihre verglasten Fronten spiegelten den mit Wolken behangenen Himmel wider. Ein Anblick, der einer ganz anderen Person wiederum einen Freudenschrei entlockte.

»Ich fasse es nicht!«, jubelte Giselle. »Wir sind tatsächlich zurück in Manhattan!« Sie tanzte um ihn herum, als wüsste sie nicht recht, in welche Richtung es sie zuerst zog. »Wir sind zurück!«

Zurück? Nicht ganz. Er hätte ihr sagen können, dass sie das New York, das sie kannte, nie wiedersehen würde, aber das brachte er nicht über sich. Sie würde es ohnehin bald herausfinden. Außerdem strahlte sie so sehr, dass er nicht den Mut hatte, ihr den Moment zu vermiesen.

»Vergiss nur nicht, dass das hier kein fröhlicher Ausflug ist«, ermahnte er sie stattdessen.

Nicht, dass er glaubte, seine Chancen auf Erfolg stünden gut. Sie befanden sich so weit entfernt vom Traumzentrum, wie es nur ging, am grauen Rand. Und selbst wenn: New York war ein schwieriger Ort für ihn. Viel zu viele Erträumte auf einem Haufen.

Doch nach dem Fiasko im Tempel wollte er es wenigstens versuchen.

Giselle verzog schuldbewusst die Lippen. »Nein, keine Sorge. Aber können wir bitte, bitte einen Abstecher zu mir nachhause machen? Ist nicht weit weg, versprochen. Ich bitte dich auch nie wieder um was!«

An der Hand zog sie ihn hinter sich her und er ließ es zu. Sollte sie ruhig die Richtung vorgeben. Solange sie keine Hinweise hatten, spielte die ohnehin keine Rolle. Obendrein würde ihr früher oder später der Unterschied zwischen diesem Ort und ihrer Heimat auffallen. Diese Version der Stadt sah ganz schön heruntergekommen aus. Hinter keinem einzigen Fenster brannte Licht, die dunklen Wolken hingen tief und schwer bis auf die Dächer der höchsten Gebäude herunter, Moos bedeckte einige Mauern und auch die Menschen machten einen eher verwahrlosten Eindruck. Mit ziemlicher Sicherheit existierte ihre Wohnung hier überhaupt nicht.

Giselle – ganz beseelt, ihr Zuhause aufzusuchen – ließ sich von den ersten Unstimmigkeiten allerdings noch nicht beeindrucken. Dass hier und da ein Shop einen anderen Namen oder ein Haus eine andere Farbe hatte, konnte immerhin ein Zufall sein. Als dann jedoch eine ganze Straße fehlte, in der sie sich laut eigener Aussage morgens gern einen Iced Latte holte, wurde sie langsam skeptisch. Trotzdem bestand sie vehement darauf, dass sie weitergingen. Mit jedem Block, den sie hinter sich ließen, wurde sie nervöser.

»Hier hätte es irgendwo sein müssen«, wunderte sie sich schließlich laut. »Ich versteh das nicht. Wo kommt überhaupt der Nachtclub da drüben her? Den hab ich noch nie gesehen.«

»Sieht aus, als würde der Träumer sich in deinem Viertel nicht gut auskennen«, erklärte Eric notgedrungen.

Enttäuscht senkte Giselle den Kopf. »Es ist nur, ich hätte dir echt gern gezeigt, wo ich wohne. Irgendwie dachte ich, dann könntest du mich ein wenig besser kennenlernen.« Mit der Spitze ihres Schuhs malte sie einen Riss im Gehweg nach. »Aber wahrscheinlich wäre dir meine Wohnung eh zu kitschig. Weißt du, ich hab nämlich eine Schwäche für Deko. Die muss ich von meiner Mom geerbt haben.«

Mit einem Mal wirkte sie bedrückt. Bestimmt, weil sie an ihre Mutter dachte, und daran, dass sie ihr wohl nie wieder begegnen würde.

»Sehen wir uns doch gemeinsam an, was *dieses* New York zu bieten hat, und du sagst mir Bescheid, wenn dir Details auffallen, die mit der Realität übereinstimmen«, schlug Eric vor.

Die Idee war ihm gerade erst in den Sinn gekommen. In dieser Stadt hatte er noch nie erfolgreich einen Träumer aufgespürt, aber mit einer New Yorkerin im Schlepptau mochte die Lage für ihn schon anders aussehen. Außerdem fühlte sie sich vielleicht besser, wenn sie sich nützlich machen konnte.

Allein der Vorschlag besserte Giselles Laune. Sie blickte vom Boden auf und hatte bereits wieder ein Lächeln auf den Lippen.

»Abgemacht.«

Wie typisch für sie. Von einer Sekunde auf die andere gelang es ihr, sich an etwas Gutem festzuhalten.

Gleich darauf schien ihr etwas einzufallen, denn ihre Augen wurden groß.

»Oh! Glaubst du, der Träumer ist vielleicht total kreativ und hat die Sehenswürdigkeiten ein bisschen gepimpt? Lass uns eine Sightseeing-Tour machen!«

Gepimpt? Schon wieder diese Ausdrucksweise. Diesmal konnte Eric sich ein Lachen nicht verkneifen.

»Man sollte meinen, du seist aus gutem Hause«, sagte er glucksend, zeigte auf ihre teure Bluse und den zweifellos echten Schmuck um ihren Hals. »Und dann machst du den Mund auf.«

Giselle klappte die Kinnlade runter und sie japste, bevor sie sich gespielt beleidigt eine Hand vor den Mund schlug. »Dem feinen Herrn sagt also nicht zu, wie ich mich zu artikulieren pflege?« Am Ende des Satzes musste sie selbst lachen. »Ich weiß, dass ich mich nicht unbedingt damenhaft ausdrücke. Aber ich kann, wenn ich möchte«, erklärte sie amüsiert. »Es ist so: Meine Mom hat mich mehr oder weniger allein großgezogen und, während Dad das Familienunternehmen meines Grandpas geerbt hat, stammt sie nicht unbedingt aus gehobenen Verhältnissen, verstehst du? Wenn ich also zum Beispiel deinen Mantel als *derbe* hässlich bezeichne, dann nur, weil meine Mommy mich damals in meinem Entchenpyjama *derbe* niedlich genannt hat.«

Eric konnte nicht anders, als über die Vorstellung von einer kleinen, sommersprossigen Giselle im Entchenpyjama zu schmunzeln. Das hatte ganz sicher *derbe niedlich* ausgesehen.

Ein Schrei lenkte seine Aufmerksamkeit von der immer wieder überraschenden Erträumten vor ihm ab. Ganz in ihrer Nähe liefen Menschen panisch auseinander, als flüchteten sie vor etwas. Er versuchte zu erkennen, wovor, konnte aber nichts sehen.

Aus einem Reflex heraus schob er Giselle hinter sich und beobachtete, was dort drüben geschah. Die Leute flohen auch in ihre Richtung, doch nun schaffte er es, hinter ihnen zwei Gestalten auszumachen - zwei Erträumte, die in einer Blutlache auf dem Boden lagen. Über einem von ihnen kniete eine weitere Person, die sich irgendwie an ihm zu schaffen machte.

»Was siehst du?«, fragte Giselle gepresst und linste hinter seiner Schulter hervor.

Im ersten Augenblick war er sich da selbst nicht ganz sicher. Dann aber richtete sich der zweite Erträumte, der eben noch ziemlich tot ausgesehen hatte, plötzlich auf. Er kam einfach wieder auf die Beine, als sei nie etwas gewesen, um sich nur eine Sekunde später auf einen der Fliehenden zu stürzen, der nicht schnell genug rannte.

Oh, nein.

»Los, wir müssen verschwinden!«

Eric wirbelte zu Giselle herum, nahm sie bei der Hand und stürmte los. Blind folgte er einer Gruppe Erträumter auf der Flucht um die nächste Straßenecke, ohne sich umzudrehen, während Schreie und grausiges Geschmatze ihm nur ein zu gutes Bild von dem gaben, was sich hinter ihnen abspielte. Jedoch liefen ihnen auch von dort bereits Menschen entgegen, aus einer anderen Richtung in die Enge getrieben.

»Was jetzt?« Das bisher so tapfere Mädchen an seiner Seite atmete hysterisch ein und aus. »Hast du das gesehen? Das waren ...!«

»Aufs Dach!«, schnitt er ihr das Wort ab. Drüben, an der

gegenüberliegenden Häuserwand führte eine Feuerleiter aus der Falle. Das Dach war in jedem Fall ein sicheres Versteck.

Ein Stück von ihnen entfernt wurde eine Frau von einer anderen niedergerissen und krümmte sich brüllend vor Schmerz auf dem Asphalt. Das hätte Giselle sein können.

Ohne weitere Zeit zu verlieren, schlängelte sich Eric mit ihr durch die in Panik versetzte Menge, kurz darauf erreichten sie das untere Ende der Leiter. Nachdem er Giselle den Vortritt gelassen hatte, machte er sich selbst daran, so schnell wie möglich in Sicherheit zu klettern.

Von oben, wo es nichts bis auf einen Antennenmast gab, zeigte sich ihnen erst das volle Ausmaß der Katastrophe. Zu allen Seiten des Gebäudes, auf das sie sich gerettet hatten, breitete sich Chaos aus. Erträumte fielen übereinander her, Autos krachten ineinander, Scheiben wurden eingeworfen, Flammen ausgelöst und von überall heulten die Sirenen - ein apokalyptischer Klang, der sich über den gesamten Stadtteil legte. Hier oben aber würde ihnen nichts geschehen.

Erleichtert ließ Eric die Schultern sinken und spürte, wie sich sein Puls verlangsamte.

»Das ist ja gerade nochmal gutgegangen.«

Giselle schien da anderer Meinung zu sein. Sie hielt sich den Bauch und atmete heftig.

»Ganz ruhig«, redete er auf sie ein. »Ich habe das schon mehrere Male durchgestanden. Wir haben hier oben nichts zu befürchten.«

Daraufhin schenkte sie ihm einen skeptischen Seitenblick. »Und wie geht der Spaß üblicherweise für dich aus?«

Er überlegte und antwortete dann ehrlich: »Na ja, ich würde sagen, die Überlebenschancen stehen 50/50.«

»Das ist echt nicht komisch, Eric!«

Ihr Atem beschleunigte sich noch - sofern das überhaupt möglich war.

»Beruhige dich erst mal. Hier sind wir sicher, das kannst du mir glauben. Diese Dinger ...«

»Zombies. Das sind verdammte Zombies.«

Eric nickte, drückte ihren Arm. »Du hast einen wütenden

Wolf, ein Feuer, Piraten und eine Lawine überlebt. Wir warten einfach ab, bis es vorbei ist.«

So, so, Zombies waren es also, wovor Giselle sich wirklich fürchtete. Die Angst stand ihr auf die Stirn geschrieben, aber offenbar wollte sie ihm vertrauen, denn sie biss sich auf die Lippe und sagte nichts mehr. Nicht, dass sie eine andere Wahl gehabt hätte.

Er ließ seine Hand sinken und sie entfernte sich ein paar Schritte zum Rand des Dachs. Vorsichtig lugte sie darüber hinweg. Wenn sie hier schon ausharren musste, wollte sie anscheinend wenigstens die Situation um sie herum im Blick behalten. Eric selbst blieb, wo er war. In Wahrheit machten die Kreaturen da unten auch ihn wahnsinnig nervös und er verzichtete lieber darauf, ihnen dabei zuzusehen, wie sie sich vermehrten.

Wenige Minuten verstrichen, in denen er in seiner Ecke auf dem Dach hockte, das Ende des Traumes herbeisehnte und Giselle wie eine Löwin im Gehege hin und her lief.

Dann, ganz ohne Vorwarnung, drehte sie sich zu ihm um. Alle Farbe war ihr aus dem Gesicht gewichen, ihre Augen vor Schreck geweitet. »Einer hat mich gesehen! Er hat mich direkt angesehen!«

»Hier wird schon keiner raufkommen. Vertrau mir.«

Er sprach gelassen, konnte aber das mulmige Gefühl nicht unterdrücken, dass gerade in ihm aufkeimte. In seiner Vorstellung sah er die Kreatur bereits die Feuerleiter erklimmen und ihren einzigen Fluchtweg versperren. Wahrscheinlich sollte er sich doch lieber einen scharfen oder wenigstens schweren Gegenstand zu ihrer Verteidigung suchen; auch auf die Gefahr hin, dass sie ihm dann seine Ruhe nicht mehr abkaufte.

Tatsächlich wirkte Giselle nicht sonderlich überzeugt von seinen Worten. Um sich zu vergewissern, hastete sie rüber zur Leiter und schaute hinunter. Nur, um kurz darauf kreischend zurückzutaumeln.

»Eric, er kommt! Er kommt rauf! Tu doch was!«

»Was zum ...?«

Erics Verstand kam nicht ganz mit. Normalerweise konnten Zombies das nicht. Aber auf so etwas wie normales Verhalten sollte er sich wohl besser nicht verlassen – nicht in Träumen jedenfalls.

Er sprang zu Giselle und zog sie wieder hinter sich, mehr oder weniger bereit, sie beide zu verteidigen. Da bekamen sie auch schon Besuch. Ein Erträumter mit blutbesudeltem Hemd und einer klaffenden Wunde, die sein halbes Gesicht bedeckte, betrat das Dach. Sein starrer Blick heftete sich auf die beiden und gierig stöhnend bewegte er sich auf sie zu.

Hinter Erics Rücken begann Giselle, leise zu wimmern, während ihm eine Idee kam. In Windeseile befreite er sich von seinem Mantel und brachte sich in Position. Jetzt brauchte er nur zu warten, bis der Untote nahe genug an ihm dran war. Er hatte bloß eine Chance und die nutzte er. Mit einem Satz überwand er den letzten Meter, der zwischen ihm und dem Ding lag, und schlang den Mantel um dessen Kopf. Brüllend und um sich schlagend, wollte es sich freikämpfen, aber er drängte es zurück an den Rand des Dachs.

Gerade als er zu einem letzten Stoß ansetzte, packte ihn der Untote an den Unterarmen, so fest, dass Eric einen Schmerzenslaut nicht unterdrücken konnte. Er riss sich jedoch mit aller Kraft aus dem Griff los und stieß zu. Mit einem Schlag auf die Brust geriet der Erträumte ins Wanken und fiel über die halbhohe Mauer mehrere Stockwerke in die Tiefe.

Atemlos starrte Eric hinunter auf den Gehweg. Da der graue Stoff sie verdeckte, war die Leiche nur teilweise zu sehen, doch frisches Blut quoll darunter hervor. Giselle tauchte hinter ihm auf und wollte sich über die Mauer beugen, aber er hielt sie zurück.

»Sieh nicht hin. Überleg lieber, wie wir hier wegkommen. Wir brauchen ein besseres Versteck. Noch mehr Mäntel habe ich nicht.«

Sie mussten vom Dach runter. Sofort. Wenn tote Menschen in dieser Welt Leitern hinaufklettern konnten, saßen sie hier oben definitiv in der Falle. Also brauchten sie umgehend ein neues Versteck.

Giselle sah Eric an. Sie war aschfahl und ihre Lippen bebten beim Sprechen, so sehr rang sie mit der Furcht. »Vielleicht schaffen wir es irgendwie ins Gebäude hinein.«

Ja, das wäre wohl ihre beste Option. Auf offener Straße tobte laut hörbar ein Kampf ums nackte Überleben, vielleicht hatten sie hinter verschlossenen Türen mehr Glück.

Diesmal ging Eric voran, als sie die Leiter wieder hinabkletterten. Nachdem er sich vergewissert hatte, dass ihnen nicht noch ein hungriger Erträumter entgegenkam, natürlich. Schon beim obersten Stockwerk machte er Halt und schwang sich auf die schmale Plattform, die vor dem nächsten Fenster angebracht war.

»Warne mich, wenn einer von denen uns entdeckt«, wies er Giselle an und untersuchte das Fenster genauer.

Dahinter sah es ruhig aus - nur ein Sofa, ein Fernseher und zwei mit Büchern gefüllte schwedische Holzregale. Allerdings war das Glas zu stabil, um es einzuschlagen. Und selbst wenn es ihm gelingen sollte, brächte ihnen das nur ungewollte Aufmerksamkeit ein.

»Wir müssen tiefer gehen«, beschloss er, »und auf ein offenes Fenster hoffen. Wenigstens einen Spalt.«

Giselle protestierte. Ihr war beim Hochklettern keines aufgefallen, doch er erinnerte sie, wie schnell sich solche Dinge in Träumen ändern konnten.

Trotzdem sträubte sie sich. »Je tiefer wir klettern, desto näher sind wir an denen dran.«

Eric beschloss, ihren Einwand zu ignorieren, obwohl ihm selbst nicht ganz wohl bei der Sache war. Damit, dass die Untoten so wendig waren, hatte er selbst noch nie umgehen müssen. Trotz der Tatsache, dass dieses Horrorszenario in den Köpfen der Menschen kein Seltenes war.

Er trat wieder auf die Leiter und machte sich daran, die Stufen bis ins Stockwerk unter ihnen zurückzulegen. Schweiß rann ihm dabei die Stirn hinab, immer wieder musste er einen Blick über die Schulter nach unten riskieren.

Schon fast auf der nächsten Plattform angekommen,

erstarrte er bei einem dieser prüfenden Blicke. Das verschrammte Gesicht eines Untoten schaute ihm dort lechzend entgegen, sein Mund bereits verschmiert mit dem Blut anderer Erträumter.

»Da unten ist einer, der hat uns gesehen. Beeil dich!«

Eric ließ ein paar Stufen aus, wobei er beinahe abrutschte, und zog sich zur Seite vor ein weiteres Fenster. Hier hindurch führte womöglich ihr einziger übriggebliebener Weg ins Innere des Gebäudes, doch auch dieses war verschlossen.

»So ein Mist!«

Aufgeben konnte er jetzt nicht. Er trat so weit an den Rand der kleinen Plattform, wie es ihm möglich war, holte aus und rammte seine Fußsohle gegen die Scheibe. Sie bog sich ein wenig nach innen, jedoch nicht annähernd genug. Er trat wieder. Nichts passierte.

»Eric, bitte! Da kommen noch mehr!«, drängte Giselle.

Noch einmal holte er mit dem Bein aus, nahm seine ganze Willenskraft zusammen und diesmal klirrte es. Er brach die übrigen Teile des Glases weg, die noch im Rahmen steckten, und half anschließend Giselle unter dem Geländer der Feuerleiter hindurch, bevor er sie mehr oder weniger durch die Fensteröffnung schubste. Da drinnen waren sie hoffentlich endlich sicher.

Sobald sie den Teppich des spärlich eingerichteten Zimmers berührte, folgte er ihr, wurde jedoch ruckartig am Kragen zurückgerissen.

»Nein! Eric!«

Ein Untoter röchelte ihm ins Ohr, krallte sich an seiner Schulter fest. Um von ihm loszukommen, krümmte er sich nach vorn. Da der Zombie sich nach wie vor an ihn klammerte, warf Eric sich mit voller Wucht mit dem Rücken gegen die Hauswand. Sein Angreifer keuchte auf und ließ von ihm ab. Eric nutzte die Gelegenheit, drehte sich um und verpasste dem Ding, das nicht nur ein Loch in der Brust, sondern nun auch ein beträchtlich großes am Hinterkopf hatte, einen Kinnhaken. So fest, dass es das Gleichgewicht verlor und hintenüberkippte.

Noch nicht ganz von dem Schreck erholt, wandte er sich wieder zum Fenster. Giselle wartete dahinter mit schweißnasser Stirn.

»Alles in Ordnung«, munterte er sie auf und hob das Bein, um über den Rahmen zu steigen.

Aber er hatte sich zu früh gefreut. Starke Finger schlossen sich um seinen Knöchel.

Der Untote war nicht in den Tod gestürzt, sondern baumelte von der Plattform, hielt sich mit einem Arm am Gitter fest und zerrte mit dem anderen an seiner Beute.

Eric stolperte rückwärts, bis er auf einmal keinen Boden mehr unter den Füßen hatte, und fiel.

»Nein!«

Er schrie, versuchte etwas zu greifen, doch er sauste nur so am Geländer der Leiter vorbei.

Gleich würde er auf dem Asphalt aufschlagen und Giselle wäre allein. Das war sein letzter Gedanke, bevor er unsanft auf etwas weniger Hartem landete.

Einen Augenblick lang war alles schwarz. Lebte er noch? Für einen Traumsprung hatte er viel zu starke Schmerzen. Benommen blinzelte er den Schwindel fort und blickte direkt in das Gesicht des Untoten, auf den er gefallen war.

Das Ding öffnete den Mund und schnappte nach ihm, aber Eric gewann rechtzeitig die Fassung wieder und rollte sich zur Seite ab. Kaum hatte er sich aufgerafft, sah er auch schon die Horde toter Erträumter auf sich zusteuern; zu nah an der Feuerleiter, um an ihnen vorbei und wieder hinauf zu gelangen.

Er wich ein paar Schritte zurück, als er mit dem Rücken gegen etwas stieß. Keine Wand, sondern ...

Ein Auto! Ohne seine Verfolger aus den Augen zu lassen, tastete er nach dem Griff der Vordertür und - ein Glück - sie ließ sich öffnen. Er zog sie einen Spalt weit auf, schlüpfte hindurch auf den Sitz und verriegelte die Schlösser von innen. Um den Wagen herum versammelten sich die Untoten. Ein Dutzend Handflächen schlug von außen gegen die Scheiben und die kehligen Laute sprachen von unbändigem Hunger. Doch fürs Erste war er hier sicher vor denen da draußen.

Der Schlüssel steckte. Selbst wenn nicht, wäre es wahrscheinlich trotzdem gefahren, aber umso besser. Erics Erleichterung währte jedoch nicht lange, denn nun waren er und Giselle getrennt. Wie sollte er bloß wieder zu ihr hinaufkommen? Und was, wenn im Haus ebenfalls Gefahr bestand und sie ihr ohne ihn vollkommen ausgeliefert war? Mist! Er musste dringend eine Lösung finden.

Ehe er die Zeit dafür bekam, hallte der Hilfeschrei einer Frau durch die Straße. Keine Sekunde später entdeckte er sie – Giselle bog um die Häuserecke, gefolgt von einer Gruppe Erträumter. Sie rannte, schrie um Hilfe, als einer von ihnen sie einholte. Er packte sie am Arm, riss sie zu Boden. Giselle kämpfte, schlug und kratzte, während der Rest der Monster ihr gefährlich nah kam.

Eric blieb fast das Herz stehen.

Bevor er nachdenken konnte, hatte er den Motor eingeschaltet und den Fuß auf das Gas gedrückt. Er raste auf die Menge Untoter zu, die sich auf Giselle stürzen wollte, und fuhr mitten durch sie hindurch. Blut bespritzte seine Windschutzscheibe, ein Körper polterte übers Autodach und hinterließ eine tiefe Delle.

Mit quietschenden Reifen kam er zum Stehen und sprang aus dem Wagen.

»Giselle!« Er rannte auf sie zu, wollte sie aus der Menge holen, doch er wurde von etwas Schwerem zu Boden gerissen. Im nächsten Moment drang ein hungriges Lechzen an sein Ohr und jemand zerrte an ihm. Er schaffte es, sich unter dem Gewicht seines Gegners umzudrehen und konnte einen Biss gerade so mit den Armen abwehren.

»Nein!«, keuchte er und drückte den Erträumten mit aller Kraft von sich weg.

Aber er war nicht stark genug, um sich zu befreien.

Giselle kämpfte unweit von ihm um ihr Leben. Sie musste durchhalten - bitte, bitte, nur noch ein bisschen!

»Warum hilft mir denn niemand?«

Ihr verzweifelter Ruf weckte frische Wut in ihm. Eric brüllte und stemmte den Untoten von sich. Hastig rollte er sich zur Seite und kam wieder auf die Beine.

»Ich komme!«

Er hatte so schnell reagiert, wie es ihm möglich gewesen war, und er hatte all die Kraft eingesetzt, die in ihm steckte. Umsonst.

Gerade noch sah er, wie Giselles Verteidigung versagte. Der Untote vergrub seine Zähne in ihrer Hand und als der andere Arm, mit dem sie ihn bisher von sich gehalten hatte, unter dem Schmerz nachgab, näherte sich sein gierig aufgerissener Mund ihrem Hals.

Ihr Todesschrei traf Eric wie ein Messer in die Brust, so heftig, dass er glaubte, keine Luft mehr zu bekommen.

19

Die nächsten Sekunden vergingen wie in Zeitlupe. Eric stürzte auf Giselles Körper zu, der sich längst nicht mehr rührte. Von hinten packte er den Untoten, der über ihr kauerte, und warf ihn so kräftig zu Boden, dass sich seinetwegen niemand mehr Gedanken würde machen müssen.

»Nein, nein, nein, nein!«

Das durfte nicht sein. Nicht jetzt. Nicht so. Er fiel neben ihr auf die Knie, berührte ihre Haut.

»Nein!«

Die eine Hand presste er auf die klaffende Wunde an ihrem Hals, versuchte die Blutung zu stoppen, mit der anderen rüttelte er sie, als könne er sie damit wecken.

»Du darfst noch nicht gehen!«

Sie blieb regungslos, doch er gab nicht auf, während die Gefahr um sie beide herum verblasste. Für ihn rückten die Stadt und das Chaos in weite Ferne. Eric sah nur Giselles Augen, die leblos in den Himmel hinauf starrten.

Fremde Augen.

»Was?«

Diese tote Erträumte hatte ihre Haare, die Züge ihres Gesichts, doch sie war nicht sie.

Endlich entfuhr Eric das Schluchzen, das bei ihrem Anblick in ihm aufgestiegen war.

Sie ist es nicht. Das hier ist ...

»Eric!« Giselle schrie so laut, dass er zusammenzuckte.

Wie? Dort oben, auf halber Höhe der Feuerleiter, über die sie geflohen waren, stand Giselle. Die echte Giselle. Sie sah gehetzt aus und verstört, aber durchaus lebendig. Eric musste erneut schluchzen, doch diesmal vor Freude. Bei allem, was irgendwem heilig sein mochte, - sie lebte!

Noch. Ein weiterer Untoter bewegte sich vom unteren Teil der Treppe auf sie zu. Eric spürte das Blut zurück in seinen Kopf steigen und wandte sich von der toten Doppelgängerin ab.

»Giselle!« Er sprintete auf das Ende der Leiter zu und stieß jeden Angreifer weg, der ihm zu nahekam, bis er es erreichte. Plötzlich packte einer von hinten seinen Nacken, doch Eric bekam ihn zu fassen und schleuderte ihn mit dem Kopf voran gegen das Treppengeländer. Diesmal würde er sich nicht aufhalten lassen.

»Spring!«, rief er hinauf.

Der Untote hatte sie fast erreicht, aber sie haderte mit sich.

»Spring, bitte!«, wiederholte Eric.

Und sie tat es. Kreischend ließ sie sich von der Leiter fallen und landete in Erics Armen. Kurz hielt er sie so fest er konnte, dann ließ er sie wieder auf die eigenen Beine sinken.

»Vorsicht!«, schrie sie und nur eine Sekunde später wurde Eric am Shirt zurückgerissen.

Mit Mühe wand er sich los, wirbelte herum und schlug den Erträumten nieder, dem ein beträchtliches Stück seiner Nase fehlte. Ehe sich noch mehr von denen näherten, fasste er Giselle am Handgelenk und zog sie hinter sich her. In diesem Tumult würde er ihr kein zweites Mal von der Seite weichen.

»Zum Auto!«

Inzwischen wimmelte es in der Straße nur so von wiederauferstandenen Erträumten, doch die beiden waren schneller. Bis zum Wagen, der sich zuvor als nützlich erwiesen hatte, war es außerdem nicht weit.

Giselle stieg auf der Beifahrerseite ein, Eric warf sich hinters Steuer. Sobald sie saßen, verriegelte er das Schloss, ließ den Motor an und fuhr los – dankbar dafür, dass man sich auf erträumte Fahrzeuge meist verlassen konnte.

»Gut festhalten!«

In rasendem Tempo manövrierte er sie durch das Netz aus Straßen. Untote verfolgten sie, warteten hinter jeder Ecke und kamen ihnen aus allen Richtungen entgegen. Aber Eric machte sich kaum die Mühe, ihnen auszuweichen. Er bahnte sie durch die immer dichter werdende Masse und ignorierte dabei das Wimmern seiner Mitfahrerin sowie das Poltern, dass mit jedem Erträumten, den sie rammten, eine neue

Beule im Wagen verhieß. Im Slalom umrundeten sie die übrigen leerstehenden Fahrzeuge und gaben sich alle Mühe, die Geräusche einer untergehenden Stadt zu überhören. Wichtig war ausschließlich, dass sie so schnell wie möglich aus ihr gelangten.

Giselle zitterte unaufhörlich, gab aber kaum einen Mucks von sich. Auch Eric sagte keinen Ton, um sie zu trösten oder ihre Angst zu lindern. Erst als sie Manhattan hinter sich ließen, nur noch wenige verlassene Fahrzeuge ihren Weg versperrten und sie kaum Untote sichteten, entspannten sie sich ein wenig.

»Wo fahren wir hin?«, fragte Giselle.

»Geradeaus, solange es geht. Ich hoffe, ehrlich gesagt, dass der Träumer gleich aufwacht«, erwiderte er trocken. Erfahrungsgemäß enden solche Träume früh.

Etwas langsamer fahrend, schaute Eric sich das Mädchen auf dem Beifahrersitz an. Blutende Schürfwunden, zerrissene Kleidung und keine Farbe in den Wangen.

»Wie fühlst du dich?«, fragte er.

Sie drehte den Kopf zum Fenster, kurz darauf begannen ihre Schultern zu beben. Ein unterdrücktes Schluchzen entfuhr ihr, dann noch eins, bis der Damm brach und sie hemmungslos weinte.

Eric selbst fühlte sich hundeelend und irgendwie hilflos. Erneut drosselte er das Tempo, streichelte ihr etwas unbeholfen den Arm. Doch es half nichts. Ihr Schluchzen wurde nur stärker, ihre Tränen mehr.

Okay. Er ließ die Hand sinken, umfasste wieder mit beiden Händen das Lenkrad und fuhr an den Straßenrand, wo er den Wagen ausrollen ließ.

Mehrere Sekunden verstrichen, in denen er Giselle ansah und überlegte, was er am besten sagen konnte, um sie zu trösten. Bis er sich ein Herz fasste, seine Arme um sie schlang und sie an seine Brust zog. Ohne das kleinste Zögern drückte sie sich an ihn und ließ alles raus.

»Schon gut«, flüsterte er in ihre Haare. »Es ist vorbei.«

Eine Weile saßen sie so da, bis all ihre Tränen versiegt waren.

»Es war irgendwie total surreal«, schniefte sie, als sie sich schließlich von ihm löste und mit dem Handrücken die verlaufene Wimperntusche unter ihren Augen wegwischte. »Nicht die Toten, sondern diese Frau. Ich meine, sie hat mir nicht einfach nur ähnlich gesehen. Sie - also, sie war ...«

»Sie war du.«

Abwesend nickte Giselle.

»Diese Erträumte war das Abbild der realen Giselle, genau wie du. Der Träumer dieser Welt lebt vielleicht in New York und hat dich dort irgendwann einmal gesehen«, erklärte er, wie es dazu überhaupt hatte kommen können.

Er wollte es ihr leichter machen, aber sie zeigte keine Reaktion.

»Doppelgänger tauchen immer wieder auf. Gerade an Orten, an denen es so viele Menschen gibt.«

New York City. Diese verfluchte Stadt. Erics Hände verkrampften sich, denn da waren sie wieder: die Bilder, die er seit einer quälenden Ewigkeit aus seinen Gedanken zu treiben versuchte.

»Mir ist mal dasselbe passiert«, gestand er. Es kam ihm einfach über die Lippen, er konnte es nicht aufhalten. »Es war auch hier in New York. Die gesamte Stadt stand in Flammen. Ich saß in einem Gebäude fest, überall war Rauch, ich bekam keine Luft mehr. Und dann ...«

Wie ein Film lief alles vor seinem inneren Auge noch einmal ab. Wieder krümmte er sich hustend am Boden, suchte Schutz vor der sengenden Hitze, als Stimmen in der Nähe zu hören waren. Ein Kind weinte, eine Frau betete um Hilfe. Er sah auf in ihre Gesichter, ihre geröteten Augen hinter dem rauchigen Schleier. Einer von ihnen stand mitten im Raum und blickte sich panisch nach einem Fluchtweg um. Eric erkannte ihn sofort.

»Ich konnte mich nicht bewegen, starrte ihn nur an. Ihn, der mein Spiegelbild hätte sein können. Ich sah zu, wie der herunterfallende Balken ihn halb unter sich begrub, und ich hörte seine Schreie, als das Feuer auf ihn übergriff, um ihn zu verschlingen.«

Erst jetzt bemerkte er, dass auch er zitterte. Die Erinnerung verfolgte ihn stets wie ein düsterer Schatten, aber genau jetzt hatte sie ihn eingeholt.

»Seit diesem Traum damals beschäftigt mich etwas.«

»Was denn?« Giselles Stimme war kaum mehr ein Flüstern.

»Ich habe mich gesehen. Mich. Verstehst du, was das bedeutet?«

Er wartete ihre Antwort nicht ab. Zu sehr brannte ihm die Tatsache auf der Seele.

»Trotz meiner Fähigkeit, zu reisen, bin ich die Kopie von jemandem. Genau wie du - wie all die anderen Erträumten - bin ich bloß das Abbild einer realen Person. Nur bleibe ich gefangen in einer nie endenden Abfolge von Träumen.« Er atmete tief durch. »Es sollte nicht so sein, das hier ist nicht meine eigentliche Welt. Etwas stimmt nicht mit mir.«

Die beiden blieben eine Zeit lang stumm. Nur das Geräusch des Motors und der Windzug durch ein Loch in der Scheibe waren zu hören. Eric sah wieder die Szene vor sich. Der Moment hatte sich so tief in sein Gedächtnis eingebrannt, dass er ihn niemals würde vergessen können - nicht ein kleines Detail.

»Der Ausdruck auf meinem sterbenden Gesicht bereitet mir immer noch eine Gänsehaut.«

Giselles Blick streifte flüchtig die aufgestellten Härchen auf seinem Arm, bevor sie aufsah. »Tut mir leid.«

Stumm hielt er den Augenkontakt, während die Welt an ihnen vorbeirauschte. Ganz kurz nur, dann schaute er wieder auf die Straße, die vor ihnen lag.

»Mir tut es auch leid, dass du das erleben musstest.«

Für den Rest der Fahrt sprachen sie kein Wort mehr. Erics Zittern ließ bald nach, aber die Ruhe, die er ausstrahlte, war nichts als Schein. In ihm tobte ein Sturm der Gefühle. Er wäre heute beinahe gestorben. Doch nicht die Furcht vor seinem eigenen Tod hatte ihm undenkbaren Schmerz bereitet. Nein, es war Giselles Leben, für das er alles getan hätte. Und in ihr hatte er soeben jemanden gefunden, der ihn wirklich und wahrhaftig verstand.

Wie hoch die Wahrscheinlichkeit wohl dafür war, dass jemand wie er jemandem wie ihr begegnete?

Nach einem kurzen Stück Autofahrt war der Traum vorbei und diesmal erwachten sie im Dunkeln. Das schwarze Nichts, das die letzte Welt verschlungen hatte, war verschwunden, aber in der nächsten erwartete sie ein sternloser Nachthimmel. Nur das Licht mehrerer unterschiedlich voller Monde, die am Himmel über ihnen eine gerade Linie bildeten, fiel auf die Einfamilienhäuser, die sich dicht an dicht entlang der Straße aneinanderreihten und allesamt bis ins kleinste Detail gleich aussahen.

Etwas finster vielleicht, aber hier wirkte es sicher. Eric vergewisserte sich, dass Giselle neben ihm stand, und sie unversehrt zu sehen, ließ ihn erleichtert aufatmen.

Im selben Augenblick tadelte er sich innerlich dafür. Was war nur los mit ihm? Wie konnte er zulassen, dass der Tod ihrer Doppelgängerin ihn dermaßen aus der Fassung brachte? Dabei wusste er es doch besser als irgendjemand sonst. Er durfte sich nicht zu sehr an sie gewöhnen, sich nicht an sie binden. New York war bloß ein Vorgeschmack auf das gewesen, was ihr früher oder später sowieso passieren würde.

»Eric, ich rede mit dir.« Mahnend hob Giselle eine Augenbraue.

»Halt den Mund! Ich denke nach«, fuhr er sie an.

Sie zuckte zusammen. »Was?«

»Es ...«

Er setzte zu einer Entschuldigung an, hielt jedoch inne. Was machte es schon für einen Unterschied, ob er sich entschuldigte? Besser, er hörte jetzt gleich damit auf, mehr in ihr zu sehen, als sie war: ein unechtes Mädchen, das ihn kurzzeitig verfolgte.

»Ich bin so ein Idiot«, flüsterte er in sich hinein, nachdem er sein tiefschwarzes Tattoo im schwachen Mondlicht geprüft hatte und sie sich stumm auf den Weg machten.

20

»Was ist eigentlich los mit dir?«

Giselle war vor Eric getreten und hatte ihm den Weg versperrt. Als er Anstalten machte, ohne eine Antwort an ihr vorbeizugehen, packte sie fest seinen Arm und zwang ihn, stehenzubleiben.

»Raus mit der Sprache! Was hab ich dir getan?«

Sie klang wütend und auch ein wenig verunsichert.

»Gar nichts«, log Eric, während die Antwort darauf eigentlich gewesen wäre: *Du hast mein Leben durcheinandergebracht. Vor allem hast du mich durcheinandergebracht.*

Das konnte er ihr nicht sagen. Unmöglich. Eigentlich wollte er es sich nicht einmal selbst eingestehen. Schließlich durfte es nicht angehen, dass eine Erträumte ihn derart beeinflusste.

Giselle schnaubte. In der Dunkelheit konnte er ihr Gesicht kaum erkennen, doch er erahnte sehr wohl den beleidigten Ausdruck darin.

»Du stehst mir im Weg«, sagte er bloß, schob sie beiseite und ging weiter die Straße entlang.

Es wurde wirklich Zeit, dass er sich zusammenriss und wieder auf das Wichtigste fokussierte: seine Suche nach dem Träumer. Giselle mochte ihn begleiten, aber sie würde ihn nicht noch einmal von seinem Ziel ablenken.

Die Nachbarschaft um sie herum wirkte wie ausgestorben. Nicht in einem einzigen Fenster schien Licht. Wenigstens reichten der Mond und die Straßenlaternen aus, um zu erkennen, wo man hintrat.

Trotz der Trostlosigkeit dieses Ortes suchte Eric jedes Grundstück nach Anzeichen auf Leben ab. Sein Blick wanderte von einer Häuserfront zur nächsten, Hauptsache, er fühlte sich tatkräftig.

Dann, ganz unerwartet, erblickten seine Augen tatsächlich etwas. Eine schattenhafte Männergestalt stand unter dem Schein einer Laterne, völlig reglos, und schien sie zu beobachten. Die Kapuze hing ihr tief ins Gesicht.

Alles in Eric spannte sich an. Das war er. Der Fremde, der ihn verfolgte.

Ohne ein Wort rannte er los, auf die Gestalt zu. Doch sie floh, sowie er sie entdeckt hatte, ins Dunkel. Schemenhaft konnte er beobachten, wie sie zwischen zwei Häusern verschwand.

Diesmal nicht!, dachte er und wurde noch schneller. *Diesmal kriege ich dich!*

»Hey, was soll das? Renn doch nicht einfach weg!«, entsetzte Giselle, aber Eric ignorierte sie.

Während er dem Mann hinterherhetzte, den schmalen Durchgang zwischen den beiden Häusern hindurch, über den Zaun in einen der Gärten, beschleunigte sich sein Atem.

Der Schatten huschte über den gestutzten Rasen, durch ein Beet und die dahinter angelegten Rosenbüsche. Eric war ihm so nah auf den Fersen, dass er nur einen Sprung nach vorn wagen musste, um ihn zu erwischen.

Doch als er gerade seine Hand nach dem wehenden Umhang ausstreckte und sich bereitmachte, endlich die Identität dieser gesichtslosen Person aufzudecken, verhakte sich sein Fuß zwischen den Zweigen eines Rosenbusches. Der Länge nach schlug er auf den Gartenzaun dahinter, der unter seinem Gewicht einkrachte. Schmerz schoss durch seine Brust und seinen Arm, der Schatten verschwamm mit der Nacht.

Nein! Wieso nur?

Er krümmte sich am Boden, versuchte, wieder aufzustehen, als jemand neben ihm auftauchte und ihm zurück auf die Beine half.

»Alles okay? Was ist passiert?«

Giselle starrte ihn voller Besorgnis an. Auf ihrer Stirn lag eine Falte und sie atmete hektisch, musste ihm nachgerannt sein.

»Nichts. Ich habe nur jemanden gesehen«, gab er schwach zurück.

»Warum sagst du zu allem *nichts*?« Ihre Stimme wurde

lauter. »Du patzt mich an, sagst aber, ich habe *nichts* getan. Du läufst wie von einer Tarantel gestochen los und ich pflücke dich aus dem nächsten Bretterhaufen, du sagst aber, es ist *nichts* passiert. Sag mir, was los ist, oder hör auf, dich so bescheuert aufzuführen!«

Eine ihrer Locken war ihr ins Gesicht gefallen und hing an ihrer Unterlippe fest. Eric hob schweigend den Finger an ihre Wange und strich die Haare zurück an ihren Platz. Statt vor ihm zurückzuweichen, schaute sie ihn nur mit großen Augen an, den Mund einen Spaltbreit geöffnet, bis er die Hand wieder runternahm.

»Wir müssen weiter«, erinnerte er sie, blickte auf sein unverändertes Tattoo und suchte sich einen Weg zurück zur Straße.

Giselle stieß hörbar Luft aus, bevor sie ihm folgte. »Der Kerl macht mich irre«, murmelte sie in seinem Rücken.

Er tat, als habe er es nicht gehört.

Dass sein seltsamer Verfolger ihm schon wieder entwischt war, machte ihm zu schaffen. Er verstand es nicht. Es ergab einfach keinen Sinn, dass ihn jemand beobachtete. Ebenso wenig ergab es einen Sinn, dass es ihm mehr wehtat als die vielen Arten zu sterben, die er bereits kennengelernt hatte, wenn er glaubte, diese quirlige Erträumte hinter ihm für immer zu verlieren. Oder dass er offenbar das Bedürfnis nicht unterdrücken konnte, sie zu berühren, wenn sie direkt vor ihm stand.

Hitze stieg in ihm auf. Wut auf die Gestalt unter dem Kapuzenumhang. Wut auf Giselle und noch mehr auf sich selbst. Wut auf seine ganze, immer gleiche, sich endlos im Nichts bewegende Existenz.

Giselle wollte wissen, weshalb er zu allem *nichts* sagte? Genau das war er doch: nichts. Alles um ihn herum, die Abermillionen Welten waren im Grunde gar nichts. Nichts bedeutete etwas und nichts ergab einen Sinn.

Das Mädchen, das wenige Schritte hinter ihm ging, würde bald nicht mehr da sein. Der Asphalt unter ihren Füßen genauso wenig. Wozu sich also um irgendetwas scheren?

Etwas Heißes rann über seine Wange bis zu seinem Kinn. Mit dem Handballen wischte er die einsame Träne weg, als ein Stechen in seinem Oberarm ihn heftig zusammenzucken ließ.

»Was ist?« Sofort kam Giselle angelaufen. »Und wehe, du sagst jetzt *nichts*!«

Eric presste die Lippen aufeinander, gegen den Schmerz und um sich genau diese Antwort zu verkneifen.

Sie drehte ihn so, dass sie seinen Arm genauer unter die Lupe nehmen konnte. Unter dem Licht der Laterne, unter der sie standen, waren deutliche Blutflecken auf dem Ärmel seines Mantels auszumachen.

Oh.

»Zieh den Fummel aus. Darum müssen wir uns kümmern«, wies sie ihn an.

Aber er trat zurück. »Nein, das ist doch bloß ein Kratzer.«

»Das beurteile ich, wenn ich gesehen habe, wie schlimm es wirklich ist.«

»Wenn du dann Ruhe gibst.«

Warum er so schnell klein beigab, wusste Eric nicht. Er war überzeugt, dass er sich beim Sturz in den Zaun bloß einen Kratzer zugezogen hatte. Selbst wenn er ernsthaft verletzt wäre, was wollte sie schon dagegen tun?

Trotzdem tat er, wie ihm geheißen, und streifte sich den Mantel ab, ließ ihn achtlos fallen. Stumm beobachtete er Giselle dabei, wie sie den Ärmel seines schwarzen Shirts bis ganz nach oben krempelte und die verwundete Stelle in Augenschein nahm. Mit dem Zeigefinger fuhr sie vorsichtig drum herum. Die Berührung hinterließ eine kribbelnde Spur auf seiner Haut.

»Und?«, fragte er heiser und räusperte sich.

»Du hast recht. Nur ein Kratzer. Das Blut ist schon getrocknet, aber …«

»Aber was?«

Sie rückte noch näher an ihn heran, konzentrierte sich ganz auf seinen Arm. »Da stecken ein paar kleine Holzsplitter.«

Ohne Vorwarnung zog sie einen Splitter heraus. Zaghaft

und dennoch schmerzhaft.

»Ey! Fass mich nicht an!«, erschrak er und versuchte, sich aus ihrem Griff loszureißen.

Kichernd hielt sie ihn fest. »Was denn? Ganz plötzlich Berührungsängste bekommen? Die Splitter müssen raus, also stell dich nicht so an.«

Der zweite Splitter fand durch ihre Hand einen Weg nach draußen und wieder unternahm Eric einen Versuch, sie abzuschütteln.

»Jetzt halt doch mal still!«

Daraufhin gab er ein verstimmtes Brummen von sich, hörte allerdings tatsächlich auf, sich zu wehren.

Behutsam entfernte sie auch die anderen Splitter und er nutzte den Moment, um sie dabei anzuschauen. Der schwache Lichtschein erhellte ihre Gesichtszüge gerade genug, um ihre Sommersprossen sichtbar zu machen. Wieder fiel ihm die kleine Herzform auf ihrem Wangenknochen auf, die so besonders war, dass sein Blick eine Weile daran hängenblieb. Ihre Nasenflügel bebten leicht, während sie sich sichtlich konzentrierte. Auch ihre Augen lagen hochkonzentriert auf seine verschrammte Haut gerichtet. Die Bernsteinfarbe darin wurde von der nächtlichen Dunkelheit und dem Schatten ihrer langen Wimpern verborgen. Dabei wollte er sie so gern noch einmal aus direkter Nähe sehen.

Wie seltsam, dass sie hier standen. In jedem anderen Traum, den er vor ihrer ersten Begegnung erlebt hatte, wäre er einfach weitergegangen, ohne dem Kratzer Beachtung zu schenken. So oft war er schon verletzt gewesen, viel schwerer sogar. Jedoch hatte es nie jemanden gegeben, den es gekümmert hätte.

»So. Fertig.«

Als Giselle zu ihm aufsah, blinzelte er überrumpelt und drehte sich hastig weg.

Er hatte sie angestarrt. Völlig grundlos.

In der Hoffnung, dass sie es nicht bemerkt hatte, marschierte er wieder los. Kurz darauf ertönte hinter ihm ein empörtes Keuchen.

»Hast du nicht zufällig vor, dich bei mir zu bedanken?«

Daraufhin schnaubte Eric demonstrativ. »Warum sollte ich? Schließlich habe ich dir gesagt, du sollst mich nicht anfassen.«

Wie erwartet, setzte gleich darauf ihr Nörgeln ein. Er tat es mit einem Lächeln ab und lief weiter geradeaus durch die verlassene Nachbarschaft.

Allerdings hielt er nicht mehr nach Anzeichen von erträumtem Leben Ausschau. Seine Gedanken kreisten allein um den unerklärlichen Umstand, dass er nicht wie bis vor Kurzem auf sich allein gestellt war.

Wie konnte das sein und, wichtiger noch, wieso scherte es ihn, wo doch nichts von Bedeutung war?

Doch das tat es. Das tat es nun mal.

21

Vergebens wartete Eric darauf, dass seine Zehen den Boden der neuen Welt berührten. Auf jeden Fall hatte er den Traumsprung hinter sich, denn er spürte seine Umgebung, noch bevor er sie sah. Sanft und angenehm kühl schmiegte sie sich an ihn. Dennoch ertasteten seine Füße keinen Untergrund.

»Hng!«

Die Wucht, mit der Eric in den Rücken gestoßen wurde, zwang ihn dazu, Halt suchend ins Leere zu greifen. Er kam vollständig zu sich und sah, wie seine Hände das Wasser aufwirbelten, das ihn umgab. Luftbläschen tänzelten zwischen seinen Fingerspitzen hindurch nach oben. Sein Blick folgte ihnen und fand unendliches Blau. Die Oberfläche befand sich – falls vorhanden – in weiter Ferne.

»Hng!«

Wieder ein unsanfter Hieb in seinen Rücken.

Eric schnellte herum und schaffte es, einem weiteren auszuweichen, den Giselle ihm zu verpassen drohte. Bevor sie noch weiter unkontrolliert mit ihren Armen herumfuchtelte, packte er sie an beiden Handgelenken und zog sie so dicht an sich heran, dass sie gezwungen war, ihm in die Augen zu sehen.

»Atme«, sagte er ruhig.

Seine Stimme klang dumpf und Luftblasen, die beim Sprechen aus seinem Mund strömten, tanzten kurz durch sein Sichtfeld. Doch das erschreckte ihn nicht. Für einen Traum unter Wasser war es ganz natürlich.

Obwohl sie seine Worte verstanden haben musste, wirkte Giselle nicht überzeugt. Noch immer presste sie ihre Lippen angestrengt aufeinander, die Wangen aufgebläht und der Blick starr vor Angst.

»Du kannst atmen. Genau wie ich«, wiederholte Eric. »Ich rede mit dir, ohne Wasser zu schlucken. Siehst du?«

Er sprach langsam und bewegte deutlich die Lippen.

Giselle machte nach wie vor keine Anstalten, den Mund zu öffnen. Aber ihr Blick veränderte sich, sie kämpfte. Ihre Wangen nahmen allmählich die Farbe von Tomaten an - dann die von Blaubeeren.

»Giselle! Atme!«

Keuchend schnappte sie nach Luft. Nur, um sich gleich darauf die Hände vor den Mund zu schlagen. Mit vor Schreck verzerrter Miene fixierte sie Eric, der ein weiteres Mal demonstrativ ein- und ausatmete.

»Es ist nichts dabei. Vertrau mir.«

Er umfasste ihre Handgelenke, zog sie behutsam von ihrem Gesicht weg.

Endlich traute sie sich.

»Das ist echt … interessant«, stellte sie einen Moment später fest, weiterhin skeptisch. »Funktioniert das immer so?«

»Sagen wir einfach, heute ist unser Glückstag.«

»Verstehe.«

Eric wandte sich ab, bevor sie noch weitere Fragen stellen konnte. Zwar redete er sich ein, dass er die Zeit für die Suche nach dem Träumer nutzen wollte, aber er wusste genau, dass er sich damit selbst belog. Viel mehr beschäftigte ihn die Nähe, die zwischen ihnen entstanden war. Ohne es zu bemerken, hatte er sich daran gewöhnt, eine Begleiterin an seiner Seite zu haben. Sie hatte sich in sein Leben eingeschlichen und ein viel zu großer Teil von ihm wollte, dass sie blieb. So sehr versuchte er, diese Tatsache zu verdrängen, doch sie zu verlieren, würde wehtun. Seit ihrem letzten Besuch in New York gab es daran keinen Zweifel mehr.

Ohne ein Wort schwamm er los. Giselle rief ihm ein mahnendes »Ey, warte!« hinterher, folgte ihm jedoch schweigend. Sie musste begriffen haben, dass er sie auf Abstand hielt, denn bereits in der vergangenen Welt war sie bedeutend zurückhaltender gewesen. Mochte natürlich auch an ihrer kürzlichen Begegnung mit dem Tod liegen.

Eine Weile schwammen sie stumm nebeneinander her. Dabei verspürten sie keinerlei Anstrengung. Es ähnelte ein bisschen dem Gefühl, das man beim Fliegen hatte, nur war es weit weniger aufregend.

Eric schaute ein paar Mal nach, ob die Tinte seines Tattoos – oder des *Traumfängers,* wie Giselle das Mal nannte – schon verblasste, aber dem war nicht so.

Die Gegend stellte sich indes als ungefähr so abwechslungsreich wie die Schneeebene über den Wolken heraus. Um sie herum befand sich ausschließlich Wasser. Über ihren Köpfen färbte es sich kaum merklich heller, während es Richtung Grund - sofern existent - erst dunkelblau und dann pechschwarz wurde.

Giselle fühlte sich sichtlich unwohl. Mit dem Blick suchte sie unentwegt die Tiefe ab. Wahrscheinlich fürchtete sie, jeden Moment von einem Meeresungeheuer hinabgerissen zu werden. Gar kein so abwegiger Gedanke. Er widerstand dem Drang, von den Monstern aus seiner Erinnerung zu erzählen und sie mit ihrer Angst aufzuziehen. Schließlich brachten die Bilder, die in seinem Kopf auftauchten, sogar ihn selbst dazu, nach Gefahren Ausschau zu halten.

Eine quälend lange Zeit geschah allerdings gar nichts. Keine Veränderungen, keine Lebewesen, keine Konversation. Erics Gedanken drehten sich im Kreis, immer wieder um den Moment, in dem er die falsche Giselle nicht hatte retten können. Dieses Gefühl der Machtlosigkeit ließ sich einfach nicht abschütteln.

Und obwohl sich die Gestalt so deutlich von ihrem Hintergrund abhob, bemerkte er sie erst, als Giselle aufsah und sich verschreckt an ihn klammerte. Sofort war er in Alarmbereitschaft. Der Schatten, der sich direkt auf die beiden zubewegte, hatte die Größe eines mittelgroßen Hais.

Verdammt.

Dem verpasste man am besten eins auf die Nase, wenn er zu nahe kam, so viel gab seine Erfahrung her. Wenn es darauf ankam, würde er das Tier dort erwischen. Er schlüpfte aus dem Klammergriff, machte sich zur Verteidigung bereit.

Der Schatten rückte noch näher und ließ etwas mehr

erkennen. Für einen Hai war er ziemlich schmal. Und golden.

»Warte mal. Das ist ...«

Giselle verschluckte ihre eigene Stimme.

Die große, grün geschuppte Flosse gehörte sicher keinem Hai. Erst recht nicht das puppengleiche Gesicht oder das Haar, das dieses Wesen wie ein langer, goldener Schleier umgab.

»... nur eine Meerjungfrau«, beendete Eric den Satz.

Was für eine Erleichterung. Seine Muskeln entspannten sich und er erwiderte das strahlende Lächeln, mit dem die Nixe ihnen begegnete.

»*Nur?*«, hörte er einen verblüfften Kommentar neben sich, da landete die Dame mit dem Fischschwanz auch schon vor ihnen.

»Was seid ihr denn für seltsame Fische?«, säuselte sie.

Es klang wie Musik.

»Wir sind seltsam?«, entgegnete Giselle schroff. »Guck dich doch mal an.«

Eric wunderte sich über ihren Tonfall und sah, dass sie das Mädchen abschätzig musterte – oder vielmehr dessen leicht bekleideten Oberkörper.

Ganz die Ertäumte, ging die Meerjungfrau nicht darauf ein.

»Eure Flossen sind faszinierend.« Elegant schwamm sie um Eric herum und betrachtete seine Beine. »Etwas Vergleichbares habe ich noch nie gesehen. Darf ich sie anfassen?«

Sie kam nicht dazu, denn jemand ging dazwischen. »Das ist Eric und ich bin Giselle. Mit wem haben wir das Vergnügen?«

»Eric«, ließ die Meerjungfrau sich den Namen auf der Zunge zergehen. »Klingt wie gemacht für einen schönen Mann.«

Darauf reagierte Giselle mit einer Art Japsen.

Eric überging alle beide. »Wie heißt du?«, wiederholte er Giselles Frage.

»Wie immer du mich nennen möchtest.«

»Also weißt du es nicht?«

Sie antwortete nicht. Stattdessen umkreiste sie ihn erneut und strich dazu mit dem Finger über seine Schultern.

»Das werte ich als Nein.« Er wartete, bis sie sich einander wieder gegenübersahen. »Gibt es noch andere wie dich?«

»Selbstverständlich.«

»Kannst du uns hinführen?«

»Möglicherweise.«

Sie kicherte melodisch. Nicht sehr hilfreich.

»Dann kommen wir gut ohne dich zurecht«, schaltete sich Giselle ein. »Lass uns verschwinden, Eric.«

Weshalb benahm sie sich so kühl? Das passte überhaupt nicht zu ihr. War sie beleidigt, weil er im letzten Traum kaum ein Wort mit ihr gewechselt hatte?

»Oh, jammerschade. Ich hätte euch so gern den Friedhof gezeigt.«

Die Meerjungfrau seufzte gekünstelt und drehte sich weg, bevor sie ihm über die Schulter einen kessen Blick zuwarf.

»Den Friedhof?«

Sie schwamm auf der Stelle und fuhr sich durch die goldenen Haare. »Ein Schiffsfriedhof. Ich war gerade dorthin unterwegs, als ich euch begegnete. Jeder im ganzen Ozean weiß von den Schätzen, die dort auf einen neuen Besitzer warten. Ich habe von Juwelen und Truhen voll Gold gehört, soweit das Auge reicht.«

Gold besaß für ihn keinen Wert, aber dieser Schiffsfriedhof klang dennoch vielversprechend. Garantiert hatte ein Träumer Interesse an unermesslichem Reichtum. Außerdem blieb die erträumte Meerjungfrau nach wie vor in unveränderter Gestalt. Vielleicht variierten ihre Haarlänge oder der Ton ihrer Haut ein wenig – schwer zu sagen – und besonders detailreich wirkten weder diese noch ihre Augen. Dennoch bestand die Chance, dass sie in einer Verbindung zum Träumer stand, die ihnen nützte. »Würdest du uns mitnehmen?«

Die Erträumte nickte zufrieden und bedeutete ihnen, ihr zu folgen.

Der größte Teil des Weges führte durch die gleiche blaue

Ödnis, die sie seit ihrer Ankunft durchschwammen. Unentwegt machte die Meerjungfrau Eric Komplimente zu seinem stattlichen Aussehen und streifte dabei immer mal wieder seinen Arm. Giselle gab zwei, drei abwertende Kommentare dazu ab. Meistens rollte sie bloß mit den Augen. Ja, sie schien tatsächlich eingeschnappt zu sein.

Irgendwann registrierte Eric eine Steigung vor ihnen. Der Meeresgrund erreichte etwa ihre Höhe und als sie bei der Stelle ankamen, war der schwarze Schlund unter ihnen verschwunden.

»Wir sind gleich da«, bestätigte die Erträumte seine Vermutung und keine Minute später tauchten in der Ferne verschwommene Umrisse von etwas Gigantischem auf.

»Wow«, entfuhr es Giselle, als deutlicher zu erkennen war, was vor ihnen lag: das Wrack eines gewaltigen Segelschiffes.

Und nicht nur eins. Eine ganze Flotte davon. Hinter dem vordersten tauchte ein zweites auf, dahinter und daneben weitere. Imposante, altertümliche Holzkonstruktionen, die den Viermastern aus der Hafenstadt ähnelten. Doch diese lagen verloren auf dem Grund des Meeres, von Algen übersät und von düsterem, trübem Wasser verschleiert. Ein überraschter Ausruf wie der von Giselle erschien durchaus angemessen. Sogar Eric fühlte ein ehrfürchtiges Kribbeln.

Wie Mäuse neben Elefanten manövrierten sie sich zwischen den Schiffen hindurch und kamen aus dem Staunen nicht mehr heraus. Einige der Wracks machten einen besonders vermoderten Eindruck, wobei andere trotz gebrochener Masten und durchlöcherter Rümpfe wirkten, als ruhten sie erst seit Kurzem hier.

»Fantastisch, nicht wahr?«, schwärmte die Meerjungfrau und zwinkerte dann Eric zu. »Genau der richtige Ort, wenn man ein ungestörtes Plätzchen sucht.«

»Warum liegen die alle hier?«, wollte Giselle wissen.

Ihr Ton schwankte zwischen Gereiztheit und Interesse.

Die Erträumte zeigte auf eine Felswand auf der anderen Seite des Friedhofs. Sie ragte hoch bis über ihre Sichtweite hinaus - womöglich bis an die Meeresoberfläche. Inzwischen glaubte Eric, dass es eine gab. Zumindest deuteten die Wracks darauf hin.

»Da oben gibt es eine starke Strömung«, erklärte das Mädchen. »Die Schiffe, die hineingeraten, werden gegen die Felsen geschmettert und sinken.« Tatsächlich schien die Tragik des Ganzen die Nixe nicht im Mindesten zu berühren. »Im Felsinneren befindet sich übrigens eine Höhle. Sie führt hinauf bis an die Oberfläche. Sehr romantisch da oben.«

Wieder zwinkerte sie Eric zu, was Giselle mit einem weiteren Augenrollen quittierte.

»Ich mag keine Höhlen«, kommentierte sie patzig.

»Diese ist einzigartig«, widersprach die Meerjungfrau. »Von drinnen hört man es, wenn ein Schiff am Stein zerschellt. Ein Donnern, das von allen Seiten widerhallt. Wie ein Chor aus Echos, die den Tod der Besatzung besingen.«

Ihre Zuhörer hingen gebannt an ihren Lippen, als ein schrilles Geräusch alle drei herumfahren ließ.

Aus einem Loch im Boden eines Schiffswracks schob sich ein bizarr geformter Körper. Noch ehe Eric das krakenartige Wesen richtig erkannt hatte, war es auch schon emporgeschnellt und hatte einen Arm um die Erträumte geschlungen.

»Hilfe!« Sie schrie und wand sich unter dem enger werdenden Griff.

Das Tier - fast doppelt so groß wie ein hochgewachsener Mann und mit acht kräftigen Tentakeln, deren Saugnäpfe so groß wie Teller waren – hatte eine dunkle, purpurne Haut, übersät mit Narben und Furchen. Aber das war nicht der Grund für den Schrecken, den Eric bei seinem Anblick verspürte. Vielmehr lag es an seinem Kopf, der definitiv nicht dem eines Kraken glich. Wie eine Spinne blickte es durch viele schwarze Augen und als es sein breites Maul öffnete, kamen kurze und lange, aber allesamt tödlich scharfe Reißzähne zum Vorschein.

Es hielt die Meerjungfrau fest umschlungen und zog sich langsam zurück in Richtung des Spaltes, aus dem es gekrochen war.

»Schnell, wir müssen sie retten!«, forderte Giselle Eric auf, doch der war bloß erleichtert, dass es keinen von ihnen beiden erwischt hatte.

»Sie ist nicht echt«, erinnerte er sie und bemühte sich, die Hilferufe zu überhören.

»Das bin ich auch nicht«, konterte Giselle kühl und tauchte hinab, um den Mutanten zu verfolgen.

Um Himmels willen!

Er holte sie ein und hielt sie zurück. »Es ist zu gefährlich! Du wirst ...«

Im selben Augenblick ertönte ein qualvoller Schrei und Eric sah die Meerjungfrau ohnmächtig zusammensacken. Der Fangarm des Kraken zerquetschte sie beinahe.

Giselle war im Begriff, ihr zur Hilfe zu kommen, doch Eric hielt sie auf.

»Ist ja gut! Wir helfen«, beschwichtigte er sie. »Aber wir brauchen eine Waffe.«

Noch hatte das Ungeheuer sein Versteck nicht erreicht. Wenn sie die Erträumte retten wollten, mussten sie es irgendwie aufhalten, bevor es sich ins Dunkel verkriechen konnte. Ohne Waffe hatten sie keine Chance. Hier musste doch irgendetwas Spitzes aufzutreiben sein.

»Wie wär's damit?« Giselle zeigte auf eine Harpune, deren tödliche Spitze nicht weit von ihnen über die Reling eines Wracks lugte.

Perfekt!

Eric eilte rüber, befreite das Gerät von einer Algenschicht und wollte es aufheben. Doch es klemmte zwischen zwei Brettern. Allein schaffte er es nicht, das Ding freizubekommen, so sehr er auch daran rüttelte. Zum Glück tauchte im richtigen Moment Giselle neben ihm auf. Gemeinsam zogen sie die Harpune mit einem kräftigen Ruck heraus.

Sie war leichter als erwartet.

»Warte hier«, wies Eric Giselle an, sie schüttelte jedoch heftig den Kopf.

»Du brauchst mich«, widersprach sie.

Ein paar Sekunden lang starrte er sie nur an, bis er einsah, dass sie recht hatte. »Okay«, gab er schließlich nach. »Du lenkst das Monster ab. Ich greife an und wenn es die Erträumte loslässt, bringst du dich in Sicherheit, so schnell es geht. Verstanden?«

Sie nickte und mit strammen Zügen schwammen sie zurück zu der Meerjungfrau in Not. Giselle bewegte sich hektisch hin und her, bei dem Versuch, die Aufmerksamkeit des Kraken auf sich zu ziehen.

Der tastete bereits nach der Öffnung seines Unterschlupfs, um zu entwischen, als es ihr gelang.

Nur für einen kurzen Moment hielt er inne, bevor er einen Arm hervorschnellen ließ, um nach Giselle zu greifen.

Aber sie tauchte rechtzeitig ab und damit hatte Eric freie Bahn. Er visierte sein Ziel an. Dann, mit aller Kraft, schoss er die Harpune gegen den Arm, der ihm am nächsten war.

Das Biest zuckte und gab ein schmerzerfülltes Brüllen von sich, aber der Schaden reichte nicht aus. Eric wollte ausweichen, da schlug das Tier ihm mit einem anderen Fangarm heftig gegen den Hinterkopf.

Er wurde nach vorn geschleudert, keuchte vor Schmerz. Die Harpune rutschte ihm aus den Händen und sank rasch abwärts. Ihm war so schwindelig, dass er sie nicht mehr sehen konnte.

»Nimm das!«, war plötzlich Giselles Stimme zu hören.

Eric blinzelte und sah sie aus der Tiefe mit der Harpune auf ihn zuschwimmen. Oder eher auf den Kraken vor ihm. Gerade zur rechten Zeit begab er sich aus der Schusslinie und die Harpunenspitze bohrte sich tief in den Ansatz des purpurnen Tentakels, der die Meerjungfrau gefangen hielt.

Fassungslos beobachtete Eric, wie das Ungeheuer den Griff löste und die Nixe bewusstlos zum Meeresboden sank. Eigentlich hatte er vor, ihr nachzuschwimmen, doch da schnappte sich der Krake schon ein neues Opfer: Giselle.

22

Giselle kämpfte und schrie um Hilfe. Mit jeder ihrer Bewegungen schloss sich der Griff des Kraken enger um sie, während das Tier sich in den Spalt im Wrack zurückzog.

»Loslassen!«, kreischte sie, solange sie noch Luft bekam. »Hilfe!«

Fieberhaft sah sich Eric nach einer Möglichkeit um, sie zu befreien. Die Harpune steckte noch immer im Fleisch des Kraken und er würde nicht nah genug an die Kreatur herankommen, um die Waffe zu ergreifen.

Unter den erstickten Schreien seiner Freundin suchte er mit seinem Blick die Umgebung ab. Hektisch ließ er ihn über das Schiffswrack wandern.

Und wurde fündig. Ein weiterer Spalt zog sich lang und schmal über das Deck des auf der Seite liegenden Schiffs. Die kaputten Holzbretter an seinem oberen Ende waren spitz genug für das, was Eric vorhatte.

Voller Adrenalin schwamm er zu der Stelle, umklammerte eines der Bretter und brach es mit mehreren gezielten Tritten los. Hoffentlich genügte es als Waffe. Es musste.

Das Tier befand sich direkt unter ihm. Zur Hälfte hatte es sich schon ins Schiffsinnere gezwängt und gleich würde Giselle ebenfalls in dem Loch verschwinden. Ihrer schwachen Stimme nach zu urteilen, stand sie bereits an der Schwelle zur Bewusstlosigkeit.

Jetzt! Mit der Spitze des abgebrochenen Bretts voran schoss er von oben auf den Tentakel hinab, der Giselle umklammert hielt. Das Monster entdeckte ihn jedoch, bevor er es erreichte, und wehrte den Angriff ab. Mit einem Arm packte es Erics Bein und warf ihn gegen die Seite des Wracks. Er jaulte auf, als sich ihm beim Aufprall viele kleine Holzsplitter in den Rücken drückten.

Die brennenden Schrammen ignorierend, setzte er zu einem erneuten Versuch an. Mit dem Brett noch immer in den Händen warf er sich auf den Fangarm in seiner Nähe und fügte ihm eine tiefe Schnittwunde zu. Bevor der Kraken reagieren konnte, schwamm Eric durch die Wolke aus Blut und rammte das Holz durch die Haut des Tentakels, der um Giselle gewickelt war.

Das Biest gab sie frei und wich vor ihnen zurück. Hastig verzog es sich vollständig ins Schiff.

»Weg hier!«, stieß Eric hervor.

Er stützte Giselle und floh mit ihr in Richtung der Felswand.

»Was ist mit der Meerjungfrau?« Sie blickte sich noch einmal um.

Doch dort im Sand lag niemand mehr.

»Vielleicht ist sie entkommen.«

»Ihr habt mich gerettet!«, ertönte die Stimme, von der Eric nicht geglaubt hatte, sie noch einmal zu hören.

Neben ihnen war die Erträumte aufgetaucht und machte trotz der Blutergüsse an ihrem Bauch einen putzmunteren Eindruck.

Eric ballte die Hände zu Fäusten. Ihn überkam das Bedürfnis, ihr vorzuwerfen, dass Giselle ihretwegen in Lebensgefahr geraten war. Doch als er den erleichterten Ausdruck in deren Augen sah, verflog seine plötzliche Wut. Alles in Ordnung. Giselle ging es gut und nur darauf kam es jetzt an.

»Du lebst!« Giselle blickte die Nixe an. »Gott sei Dank.«

Die Meerjungfrau machte Halt. Den Friedhof hatten sie gerade hinter sich gelassen.

»Ich bin euch so dankbar«, sagte sie, zog Giselle in eine flüchtige Umarmung und ergriff dann Erics Hand. »Mein strahlender Held!«

»Keine Ursache«, tat er das Kompliment ab und befreite seine Finger aus ihrem Griff.

Da fiel ihm etwas ein. Die Höhlen, von denen sie gesprochen hatte, könnten einen Besuch wert sein. Träumer hielten sich in der Regel an besonderen Orten auf und ganz davon abgesehen konnten Giselle und er dort eventuell kurz verschnaufen.

»Sag mal, diese Höhlen«, sprach er seinen Gedanken laut aus. »Würdest du uns dort hinführen?«

»Für dich tu ich alles«, gab die Erträumte zwinkernd zurück und schwamm sogleich voran.

Der Friedhof fiel hinter ihnen zurück, während sie sich der Felswand näherten. Algen schlängelten sich wie Efeuranken daran empor, Kuhlen und schmale Spalten durchbrachen dazwischen den Stein, aber keine der Öffnungen war auch nur annähernd groß genug für einen Menschen.

»Hier drüben«, sagte die Meerjungfrau, als sie direkt vor der steilen Wand ankamen.

Sie griff in das Gewirr aus Algen und zog mehrere Pflanzen beiseite. Dahinter bot ein bogenförmiges Loch wie ein Tor am Fuße des Felsens Einlass in sein Inneres. Drinnen erwartete sie vollkommene Dunkelheit, was nicht gerade einladend wirkte.

»Der Weg lohnt sich«, versprach die Erträumte und sah ihnen nach, als sie den Höhleneingang durchquerten. »Hoffentlich sehen wir uns bald wieder!«, rief sie ihnen noch nach.

Obwohl Eric froh darüber war, dass die Meerjungfrau überlebt hatte, erleichterte es ihn, dass sie offenbar nicht vorhatte, mit ihnen zu kommen. Sollte es in der Höhle, die sich nach oben zur Wasseroberfläche öffnete, wirklich so schön sein, wollte er diesen Ort lieber mit Giselle allein erkunden. Der Zweifel stand ihr ins Gesicht geschrieben, dennoch begleitete sie Eric ohne Anstalten. Offenbar saß der Schock von eben immer noch tief.

Was sie nicht schon alles erlebt hatten. Er ließ die Gefahren, denen sie in den vergangenen Träumen ausgesetzt gewesen waren, Revue passieren. Währenddessen tastete er sich mit ihr im Schlepptau den Tunnel entlang, der steil nach oben führte.

Die beiden wechselten kein Wort miteinander, bis schließlich ein Licht vor ihnen auftauchte und sie kurze Zeit später durch die Wasseroberfläche brachen.

»Das ist der Hammer«, staunte Giselle, nachdem sie sich die Augen trocken gerieben hatte.

Genauso – oder so ähnlich – hätte jeder diesen Ort beschrieben. Ein wunderschönes, idyllisches Fleckchen Erde. Es war verlassen; kein Träumer in Sicht. Aber das machte nichts. Hauptsache, sie konnten sich für eine Minute ausruhen.

An das Wasser, aus dem sie die Köpfe steckten, grenzte ein schmaler, felsiger Uferstreifen. Die Wände der Höhle reichten mehrere Meter über den Meeresspiegel, erstreckten sich wie eine Kuppel darüber. Durch ein großes Loch darin fielen Sonnenlicht und ein schmaler Wasserfall, der nach ihrem Kampf um Leben und Tod beinahe auf ironische Weise gemächlich vor sich hinplätscherte.

Um Leben und Tod. Giselle hätte da unten sterben können. Schon wieder.

Mit letzter Kraft schleppten sie sich ans Ufer und sanken erschöpft gegen die Wand. Eric seufzte und starrte auf den Wasserfall. Allein bei der Vorstellung, Giselle hätte jetzt tot sein können, drehte sich ihm der Magen um.

»Bestimmt bist du enttäuscht, dass die Meerjungfrau nicht mit uns gekommen ist. Du schienst sie zu mögen.«

»Wie bitte?«

Sie schaute demonstrativ weg. »Ich versteh' das schon. Immerhin ist sie bildhübsch und hat die Stimme eines Engels.«

»Keine Ahnung. Kann sein, dass sie hübsch war.«

Was scherte es ihn, wie sie ausgesehen hatte? Warum sprachen sie überhaupt darüber?

»Jetzt tu doch nicht so. Mir ist nicht entgangen, wie sehr dir ihre Annäherungsversuche gefallen haben.«

Was? Eric entsann sich zurück, konnte jedoch keinen Moment ausmachen, der darauf schließen ließ, dass ihn das ständige Augenklimpern irgendwie gerührt hätte. Es sei denn... »Du bist eifersüchtig«, stellte er fest.

Irgendwie schaffte er es nicht, sich das Grinsen zu verkneifen.

Giselles Wangen färbten sich knallrot. »Unsinn! Das ist ja wohl das Unverschämteste, was ich jemals gehört habe«, verteidigte sie sich. »Dazu gibt es überhaupt keinen Grund und ich werde mir solche Unterstellungen auch nicht gefallen lassen!«

Sie redete sich immer mehr in Rage. Währenddessen überrannte Eric ein bisher unbekanntes Gefühl. Eine Art Impuls, der mühelos seinen Verstand besiegte. Er hörte ihr nicht länger zu, beobachtete bloß die Bewegung ihrer Lippen.

Ehe er wusste, was er tat, lag seine Hand unter ihrem Kinn. Er fuhr mit dem Daumen die Rundung ihrer Unterlippe nach, beugte sich vor und küsste sie. Sie zuckte unter der Berührung erschrocken zusammen, wich aber nicht vor ihm zurück. Stattdessen erwiderte sie den Kuss. Erst ganz zaghaft, dann schlang sie ihre Hände um seinen Nacken und zog ihn enger an sich. Nach und nach wurde aus dem behutsamen Kuss ein stürmischer.

Erics Herzschlag beschleunigte sich. Niemals hatte sich irgendetwas so weich, so gut angefühlt. Oder annähernd so intensiv. Zum ersten Mal nahm er ihren süßen Duft wahr und spürte, wie warm und zart sich ihre Haut unter seinen Fingern anfühlte. Überwältigt von seinen eigenen Emotionen, war es ihm unmöglich, einen klaren Gedanken zu fassen. Alles drehte sich, doch er gab sich dem Augenblick widerstandslos hin. Seine Aufgabe, ihr Schicksal - diese Dinge verloren jede Bedeutsamkeit. Nichts zählte mehr, außer ihnen beiden im Hier und Jetzt.

Ein ohrenbetäubendes Donnern riss sie viel zu früh aus dem vertrauten Moment. Aufgescheucht von dem plötzlichen Laut, fuhren sie auseinander und lauschten. Sekundenlang hallte es wie ein dröhnendes und grollendes Orchester von allen Seiten wider. Sie wussten, dass direkt neben ihnen ein Schiff zum Grund des Meeres sank.

Langsam verebbte der Donner und Giselles Blick folgte seinem Echo. »Wow.«

Eric sah nur sie an. »Ja.«

23

Nachdem das Donnern vollständig verklungen war, hatte der Traum geendet. Eric hatte wortlos Giselles Hand ergriffen und gemeinsam mit ihr den Sprung erwartet.

Nun hieß der Gesang von Vögeln sie in der neuen Traumwelt willkommen. Eine angenehm frische Brise, begleitet von Blumenduft, kitzelte Eric im Nacken. Er blinzelte gegen das Sonnenlicht und erkannte zuerst den wolkenlosen, blauen Himmel. Ein Schmetterling flatterte an ihm vorbei und ließ sich auf einer Blüte zu seinen Füßen nieder. Auf einer von tausenden bunten, großen und kleinen Blüten, die die Lichtung sprenkelten, auf der sie gelandet waren.

Er schob seinen Ärmel hoch und sah auf den pechschwarzen, federlosen Traumfänger auf seiner Haut. Im letzten Traum hatte er gar nicht mitbekommen, wie das Tattoo verblasst war, und das heranrückende Nichts hatte sie überrascht. Diesmal musste er besser aufpassen.

»Hatschi!«

Erschrocken drehte er sich um und fand eine Giselle mit zusammengekniffenen Augen und triefender Nase vor.

»Heuschnupfen«, jammerte sie, als er sie fragend ansah.

Stimmt, da war ja was. Jetzt erst fiel ihm der weiße Blütenstaub auf, der überall in der Luft schwebte - ein Detail der Natur, auf das Träumer beim Erschaffen ihrer Welt meist verzichteten, weil es für sie nicht von Bedeutung war. Vielleicht hatte der Träumer, mit dem sie es hier zu tun hatten, ebenfalls Heuschnupfen oder er stand jemandem nahe, dem es so ging.

Eric bedachte Giselle mitfühlend und marschierte dann voran, runter von der Blumenwiese, damit sie nicht unnötig lange leiden musste. Außerdem fiel es ihm schwer, sie anzusehen, nach dem, was gerade geschehen war. Vor wenigen Augenblicken noch hatte sein Mund ihren berührt. Dass sie gleich darauf an einem so romantischen Ort erwachten, war beinahe lachhaft. Das blumige Aroma weckte in ihm die Erinnerung an Giselles Duft, der ihm wieder einmal gezeigt hatte, wie anders sie war. So anders als alles, was er bisher gekannt hatte.

Wie es ihr wohl damit ging - mit dem Kuss? Sie hatte sich nicht dagegen gewehrt. Aber bereute sie es möglicherweise? Oder kümmerte es sie am Ende gar nicht? Vielleicht maß er der Sache zu viel Bedeutung bei. Nur, wie sollte er das nicht tun, wenn sich bei dem Gedanken daran ein Kribbeln in seinem Bauch ausbreitete?

Aus Frustration und womöglich auch ein kleines bisschen aus Sehnsucht entfuhr ihm ein langer Seufzer.

»Was hast du? Ist es wegen eben? Hab ich ...«, reagierte Giselle darauf und musste gleich noch einmal niesen.

Er beschleunigte seine Schritte. Ja, was hatte er? Wahrscheinlich war wirklich nichts dabei. Menschen küssten sich ständig. Warum nicht auch sie beide? Ein Wunder eigentlich, dass ihm das nie zuvor in einem Traum geschehen war. Nicht, dass er jemals jemanden kennengelernt hatte, bei dem er das Bedürfnis dazu verspürt hätte. Aber er war in seinem Leben schon vielen erträumten Frauen begegnet und fast jede von ihnen hätte ihn gewähren lassen, da war er sicher.

Eric blieb stehen und wandte sich Giselle zu, um sie mit etwas Belanglosem abzuspeisen, da unterbrach ihn das entfernte Gelächter von Kindern.

»Zivilisation«, freute er sich über die willkommene Ablenkung.

Während sie dem Geräusch folgten, schritten sie durch den bunt gemischten Hain am Rand der Blumenwiese. Die Bäume lichteten sich so schnell, wie sie dichter geworden waren, und bald erkannte man zwischen ihnen die Mauern eines Anwesens. Die Villa stand umgeben von Rosenbüschen, Beeten und Obstbäumen. Ihre Vorderseite strotzte vor Stuck und die beiden Statuen vor dem Eingang rundeten das Bild ab.

Derweil wurde das Lachen, das sie hergeführt hatte, lauter

und Eric erspähte zwei Jungen in lumpigen Kleidern eines vergangenen Jahrhunderts, die auf einem Baum nicht weit von ihnen saßen, der Äpfel, Birnen, Orangen und noch einiges mehr trug. Die Kinder lösten Obst von den Zweigen, um es in ihre Beutel zu stopfen.

»Diebe!«, ertönte plötzlich eine wütende Stimme. Der Mann, zu dem sie gehörte, stürmte aus der zweiflügeligen Tür des majestätischen Hauses und wedelte mit der Faust über seinem Kopf. »Macht, dass ihr wegkommt!«

Die Kinder zeigten sich nicht sonderlich beeindruckt. Hastig füllten sie ihre Taschen bis oben hin mit all der Beute, die sie ergattern konnten, bevor sie von den Ästen sprangen und sich lachend aus dem Staub machten.

»Wenn ich euch noch einmal in meinem Garten erwische, könnt ihr was erleben!«, brüllte ihnen der Erträumte hinterher, dann entdeckte er seine beiden Zuschauer. »Wer seid ihr denn?«

Eric trat einen Schritt vor. »Wir sind Reisende.«

»Aha.«

Als wäre damit alles geklärt, nickte der Mann. Die dicken Falten zwischen seinen Augen blieben allerdings; wahrscheinlich hatten sie sich zu tief eingegraben.

»Meine Frau sollte jeden Moment fertig sein. Sicher möchte sie euch einen Tee anbieten. Leider können wir euch keine Gesellschaft leisten, da wir heute Nacht außer Hause sind.«

Eine Kutsche in Gestalt einer riesigen Wassermelone mit Tür, Fenstern und Rädern aus strahlendem Gold fuhr vor. Weiße Pferde waren davor gespannt, mit ebenfalls goldenem Zaumzeug. Ein Kutscher schien allerdings nicht nötig, um sie zu führen.

Wie auf Befehl, öffnete sich die Tür der Villa erneut. Eine Frau in einem bodenlangen Taft Kleid, über und über bestickt mit Perlen, und weißer Turmperücke schwebte über die Schwelle und begrüßte sie mit einem Lächeln.

»Gäste?«, fragte sie und musterte die zwei. An Giselle hing ihr Blick einen Moment länger. »So ein hübsches Ding.«

»Sie sind auf der Durchreise«, klärte ihr Ehemann sie auf.

»Wie schön«, befand sie und nahm jetzt auch Eric etwas genauer unter die Lupe. »Ruht euch doch eine Weile bei uns aus, wenn ihr möchtet. Wir haben genügend Platz.«

Ganz schön zuvorkommend für Erträumte. Eric konnte sich nicht erinnern, wann er zuletzt jemandes Gast gewesen war.

»Das ist wirklich überaus großzügig«, sagte er. »Bei wem dürfen wir uns bedanken?«

»Ich weiß es nicht«, antwortete der Mann höflich und als wäre es ganz normal, dass er seinen Namen oder den seiner Ehefrau nicht kannte.

Das kam nicht überraschend und tatsächlich machte es Eric an diesem Tag überhaupt nichts aus. »Ich wüsste gern, wo wir hier sind«, forschte er weiter.

Die Frau lächelte selig. »Ihr seid im schönsten Land der Welt. Noch dazu muss heute euer Glückstag sein, denn das Königspaar gibt ein Fest. Mein Mann und ich sind soeben auf dem Weg dorthin.«

Eric spähte zu Giselle, deren Augen wie erwartet aufleuchteten.

»Es gibt hier ein Schloss?«, fragte sie verblüfft.

»Oh, aber natürlich! Ihr solltet unbedingt auch zu dem Fest kommen. Das gesamte Königreich ist eingeladen. Man munkelt, es gäbe einen besonderen Anlass.«

»Ein besonderer Anlass, hm«, wiederholte Eric interessiert. Damit war ihr Ziel klar. »Dann werden wir euch gern begleiten.«

Er bedankte sich und wollte sofort einsteigen.

»Nein, nein«, hielt die Frau ihn ab. Entgeistert beäugte sie seinen Mantel und auch seine Hosen ernteten einen argwöhnischen Blick. »So könnt ihr euch doch nicht im Palast sehen lassen. Bitte lasst euch erst von unseren Bediensteten neu einkleiden.«

Wieder so ein nettes Angebot. Auf der anderen Seite würde es sie wertvolle Zeit kosten, die Eric für gewöhnlich nicht aufbrachte. Er öffnete den Mund, um seine Garderobe zu verteidigen, als sich Giselle in seine Richtung lehnte.

»Sie wollen uns für eine Party in einem Schloss einkleiden. Unsere Antwort lautet definitiv Ja. Keine Diskussion.«

Eric versuchte gar nicht erst, zu widersprechen. Warum auch? Sollte es ein triftiges Gegenargument geben, war es ihm gerade entfallen.

»Es wäre uns ein Vergnügen.«

Der Mann winkte einer rundlichen Frau zu, die nun in der Tür aufgetaucht war. Sie trug ein schlichtes Kleid und eine Schürze - wahrscheinlich Dienstkleidung.

»Hilf unseren Gästen, etwas Elegantes für die Feierlichkeiten zu finden«, wies er sie an, wandte sich dann wieder Giselle und Eric zu. »Die Kutsche wird zurückkommen und euch holen.«

»Das ist wirklich großzügig.«

»Wir empfehlen uns.«

Mit einer Handbewegung verabschiedete er sich und auch seine Frau nickte zum Abschied.

Ehe das Paar es sich anders überlegen oder der Traum verstreichen konnte, betraten sie die Villa. Was bereits von außen wie das Zuhause einer reichen Familie gewirkt hatte, entpuppte sich als das prunkvollste Anwesen, das Eric je untergekommen war. Gold, Juwelen, Stuck und Malereien, wohin man auch sah. Polierte Fliesen führten zu einer geschwungenen Treppe und ein massiver Kronleuchter mit mindestens fünfzig Kerzen hing von der Decke. Die Fenster zierten schwere Samtvorhänge und selbst durch diese schlängelten sich Goldfäden. Das kurze Leben, das die freundlichen Erträumten hier verbrachten, war eindeutig von Überfluss geprägt.

Mit offenen Mündern liefen Eric und Giselle der Bediensteten hinterher durch die Eingangshalle. Sie stiegen die Treppe hinauf, durchquerten einen langen Flur, vorbei an etlichen Türen. Letztlich landeten sie in einem lichtdurchfluteten Raum, den Eric als Ankleidezimmer identifizierte. Dem Zimmer mangelte es ebenso wenig an Prunk wie dem Rest des Hauses, allerdings war es in helleren Tönen gehalten.

»Wer zuerst?«, wollte die Frau wissen.

Eric deutete auf Giselle, die selbstverständlich keine Einwände vorbrachte. Die Erträumte nahm sie einen Augenblick lang unter die Lupe. Nachdem sie sich ein Bild gemacht hatte, ging sie hinüber zu einer Truhe und kramte ein langes hellblaues Ballkleid hervor.

Giselle quietschte vor Freude. »Es ist atemberaubend.«

Sie verschwand mit dem Kleid hinter einem Paravent und das Hausmädchen folgte ihr. Obwohl sie beim Anziehen Hilfe hatte, dauerte es ein Weilchen. Stoff raschelte und einmal rang sie laut nach Luft, bevor sie mit einem »Passt wie angegossen« wieder hervortrat.

Und damit lag Giselle absolut richtig. Oben schmiegte es sich an ihre Figur und unten fiel der Rock weit über den Boden. Sie drehte sich im Kreis, sodass er sich aufbauschte, und kicherte fröhlich.

»Halt bitte still. Wir sind noch nicht fertig«, unterbrach das Hausmädchen ihren kleinen Tanz und zückte eine Haarbürste. »Komm hier rüber.«

Giselle betrachtete sich im Spiegel, vor dem die Erträumte ihr die Haare zu einem lockeren Zopf flocht und ihr anschließend einen glitzernden Kopfschmuck aufsetzte. Das Endergebnis stellte sie offensichtlich zufrieden, denn sie strahlte bis über beide Ohren.

»Ich sehe aus wie eine Prinzessin.«

Da konnte Eric nur schmunzeln. Giselle war jetzt ganz in ihrem Element.

Noch immer breit grinsend, drehte sie sich zu ihm um und schaute ihn erwartungsvoll an. »Und wie findest du's?«

Die Frage erwischte ihn so unvorbereitet, dass er auf die Schnelle keine Antwort fand. Aus seinem Mund kamen lediglich ein »Ähm« und ein »Ja«. Leider ließ sie ihm das nicht als Antwort durchgehen.

»Na?«

»Das Kleid steht dir«, brachte er schließlich hervor und wurde unwillkürlich rot.

Im selben Moment drückte die Bedienstete ihm seine

Kleider in die Hand. Erleichtert zog er sich hinter den Paravent zurück.

»Beeil dich. Ich möchte heute noch beim Schloss ankommen«, drängte Giselle.

Er hörte sie ungeduldig mit ihren Absätzen auf den Boden tippen, bevor sie sich einen Stuhl suchte.

»Wie lange dauerte der kürzeste Traum, in dem du je warst?«, sprach sie ihren nächsten Gedanken laut aus.

Dafür musste Eric nicht großartig in seinem Gedächtnis kramen.

»Nur einen einzigen Atemzug.«

Wie könnte er je den gewaltigen, glühenden Kometen vergessen?

Er schaute auf sein Tattoo, das noch genauso schwarz war wie zu Beginn des Traumes. »Aber keine Sorge. Wir schaffen es noch bis zu deinem Fest.«

Er streifte sich noch die mit silbernen Ornamenten verzierte Jacke über, die perfekt zum Rüschenhemd und der engen Hose passte, und zeigte sich dann Giselle.

Als sie ihn erblickte, sprang sie auf und klatsche begeistert in die Hände. »Oh, mein Gott! Du siehst super aus!«

»Danke«, sagte er ehrlich.

Nicht so *super* wie jemand anderes.

»Du, Eric?« Giselles Stimme klang plötzlich kleinlaut.

Auch ihr Blick veränderte sich – wurde irgendwie verschämt. »Wegen … Du weißt schon … In der Höhle.«

Und wieder schoss ihm die Hitze in den Kopf. »Ja?«

Dieses Thema brachte ihn aus dem Konzept. Worauf wollte sie hinaus? Sollte er nicht zu ernst nehmen, was geschehen war? Es einfach vergessen? Sie wirkte auf einmal so zurückhaltend. War ihr die ganze Sache unangenehm?

»Hab ich was falsch gemacht?«, fragte sie und biss sich auf die Unterlippe, sichtlich bemüht, ihn weiter anzusehen.

»Bitte?« Damit hatte Eric nun gar nicht gerechnet. Er wollte sie fragen, wie sie darauf kam, aber er brachte kein Wort heraus.

»Na ja, ich ...« Sie druckste ein wenig herum. »Nachdem wir auf der Wiese gelandet sind, bist du mir ausgewichen. Also, was ist? Möchtest du, dass ich es einfach vergesse?«

Sie dachte, er würde ihren Kuss bereuen? *Er?*

Er konnte sich nicht helfen. Ein Grinsen stahl sich auf sein Gesicht und es gab nichts, was er dagegen hätte tun können. Die ganze Zeit über machte er sich verrückt, dabei beschäftigen sie genau dieselben Gedanken.

So schnell, wie sie gekommen war, verpuffte Giselles Zurückhaltung und sie funkelte ihn mit ihren schönen, detailreichen Augen an. »Mach dich nicht lustig über mich!«

Das Grinsen wich von Erics Lippen und er trat auf sie zu, um ihre Hand zu nehmen. Er strich über die zarte Haut ihres Handrückens, hielt ihren Blick fest. »Das tue ich ganz und gar nicht, glaub mir. Du hast alles absolut richtig gemacht.«

Sie standen da und sahen einander in die Augen. In Erics Brust machten sich Leichtigkeit und Wärme breit. In diesem Moment war die ganze Welt vollkommen.

»Meine Dame«, unterbrach er alsdann das Schweigen. »Ein königlicher Ball wartet auf uns. Ich wette, eine Melonenkutsche steht längst bereit, um uns abzuholen.«

24

Eric betrachtete Giselles Gesichtszüge. Sie saß ihm gegenüber in der fahrenden Kutsche und sah aus dem Fenster. Ihre Augen bewegten sich hektisch hin und her, während sie der vorbeiziehenden Landschaft folgten. Jedes Mal, wenn sie am Horizont oder am Wegesrand etwas entdeckte, das ihr Interesse weckte, leuchteten sie für einen Moment auf. Er schmunzelte darüber, wie oft das geschah, bevor sein Blick weiter zu ihrem Mund wanderte. Er dachte an den Kuss. Daran, wie sich ihre weichen Lippen auf seinen angefühlt hatten. Bei der Erinnerung übermannte ihn sofort wieder dieses intensive Gefühl, das sein Herz schneller gegen seine Rippen schlagen ließ. Bilder von ihrem magischen und gleichzeitig so unfassbar echten gemeinsamen Moment schossen ihm durch den Kopf und er spürte, dass seine Hände zu schwitzen begannen.

Plötzlich fürchtete Eric, sie könnte seine Nervosität bemerken, deshalb schüttelte er seine Gedanken schnellstmöglich ab. Er riss sich von dem Anblick ihres Mundes los und widmete sich dem Gesamtbild. Gleißendes Sonnenlicht fiel hinein und ließ Giselles Haut sowie die Löckchen schimmern, die sich aus ihrer Frisur gelöst hatten und bei jedem Ruckeln der Kutsche um ihren Nacken tänzelten. Ein paar Lichtstrahlen trafen auch auf das goldene *G*, das ihren Hals zierte, und brachten es zum Funkeln. Genau wie ihren Haarschmuck und die winzigen Edelsteine im Stoff ihres – bis jetzt noch immer – hellblauen Ballkleids, welches sie mit vehementer Begeisterung trug. Zurecht, denn es stand ihr so gut wie ganz sicher niemandem sonst.

Plötzlich drehte sie ihm den Kopf zu. Eric blinzelte ertappt und versuchte, so zu tun, als hätte er sie nicht schon die gesamte bisherige Fahrt über beobachtet.

»Lass das!«, beschwerte sich Giselle.

Aber mit einem zufriedenen Ausdruck im Gesicht.

»Was meinst du?«

Sie hatte seine Blicke doch nicht etwa bemerkt?

»Du starrst mich an!«

Mist. Warum nur musste er in letzter Zeit so viel Peinliches erleben? Bis vor Kurzem war ihm niemals irgendetwas peinlich gewesen. Wieso auch? Die Erträumten scherte es nicht, wie er sich benahm. Und ihn scherte es noch weniger, was die Erträumten von ihm dachten. Nun gab es da eine Ausnahme.

Du bist schön, wollte er erwidern, doch er schaffte es nicht.

Stattdessen schaute er nun aus dem Fenster in die Ferne und suchte nach einer Möglichkeit, das Thema zu wechseln. Die ergab sich zu seinem Glück sofort.

»Wir sind da!«, stellte er mit ein wenig zu offensichtlicher Erleichterung fest, als zwischen den Hügeln und Bäumen die Dächer mehrerer Türme aufblitzten.

Ihre Kupferziegel stachen gleich ins Auge. Bald konnte er mehr erkennen und aus vereinzelten Türmen wurde ein Wunderwerk von einem Palast.

»Das wird dir gefallen«, prophezeite Eric und freute sich darüber, dass Giselle nach etlichen aufreibenden Träumen endlich etwas wie das hier geboten bekam.

Aufgeregt lehnte sie sich nach draußen. »Oh, mein Gott! Wie im Märchen!«

Nicht lange, dann hielt die Kutsche vor dem Märchenschloss. Sie waren durch ein von Rosen umschlungenes Tor gefahren, hatten eine Brücke überquert, auf deren Zinnen Kübel voll bunter Blumen standen. Schließlich waren sie auf einen riesengroßen Vorhof gelangt, auf dem sich bereits einige in die edelsten Stoffe gehüllte Leute mit aufwendig drapierten Frisuren tummelten.

Hunderte Stufen führten zu dem prachtvollen Palast hinauf, dessen Fenster das rosarote Licht der untergehenden Sonne spiegelten. Eric hatte schon Hässlicheres gesehen.

Er stand seinen Mann und stieg aus, um Giselle die Tür zu öffnen. Sie ließ sich von ihm hinaushelfen und gemeinsam beobachteten sie, wie die Kutsche wieder davonfuhr.

»Ich muss da sofort rein«, flehte sie und trat aufgeregt von einem Bein aufs andere.

Schon ziemlich süß, wie sehr sie sich freute.

Die Ärmel seines Jacketts und des Hemds darunter ließen sich zum Glück recht leicht nach oben schieben. Zur Sicherheit warf er einen Blick auf sein Tattoo, das sich bisher nicht verändert hatte. Gut, dann blieb ihnen noch Zeit, das Fest zu genießen.

»Dann will ich dich nicht länger warten lassen«, willigte Eric ein und bot Giselle den Arm.

Sie war durch und durch aus dem Häuschen. Auf ihrem Weg ins Schlossinnere sog sie alles in sich auf und platzte fast vor Bewunderung für jede Kleinigkeit. Die Statuen, die Blumensträuße, die Leute sahen »fantastisch«, »zauberhaft« oder einfach »mega« aus. Die Treppe zu erklimmen, schien sie keinesfalls anzustrengen, denn oben angekommen, beschleunigten sich ihre Schritte noch. Durch das geöffnete Eingangstor, durch das problemlos eine ganze Parade auf einmal passen würde, betraten sie einen langen, Marmor gefliesten Flur, gesäumt mit kunstvollen Säulen, mehr Blumen und Gold gerahmten Gemälden. Eric war kein Kunstkenner wie seine Begleiterin, aber manche der Bilder kamen auch ihm auf Anhieb bekannt vor.

Und dann, am Ende des Flurs, erwartete sie der Ballsaal. Durch die offenstehenden Flügeltüren leuchtete es ihnen einladend hell entgegen und Musik drang zu ihnen, vermischt mit fröhlichem Gesang und Gelächter.

Giselle sprang beinahe die letzten Meter. Nach ihr trat Eric ein und nun geriet auch er ins Staunen. Über ein Geländer hinweg schaute er auf den Saal von der Größe einer Arena, in dem die Feier längst in vollem Gange war. Wo man auch hinblickte, es wurde gelacht, geplänkelt und zu den Klängen eines Streichorchesters getanzt. In weiße Fracks gekleidete Männer schoben sich durch die Menge ausgelassener Gäste, verteilten Häppchen auf Tabletts und schenkten Wein aus. Vor einer der mit Barocktapeten verkleideten Wände lud ein üppiges Buffet dazu ein, sich den Bauch mit Braten, Obst oder Torte vollzuschlagen, und direkt daneben plätscherte -

wie sollte es auch anders sein - ein Schokoladenbrunnen. Auf der gegenüberliegenden Seite des Geländers erhob sich ein Podest, nur eine Stufe hoch und gerade groß genug für den momentan unbesetzten Thron, der mittig darauf stand, und dazu eine Handvoll Leute. Über dem Spektakel hingen drei mächtige Kronleuchter von den haushohen Decken und hüllten alles in warmen Kerzenschein.

»Bitte, bitte, tanz mit mir!«, bettelte Giselle und zog an Erics Hemd.

Aber er winkte ab. »Tanzen gehört nicht gerade zu meinen Stärken. Wenn du nicht willst, dass ich dir auf die Füße trete, sollten wir das lieber bleiben lassen.«

Sie riss unter gespieltem Schock die Augen auf. »Haben wir wahrhaftig etwas gefunden, das der großartige Eric nicht kann?«, neckte sie.

Noch vor einigen Träumen hätte diese Aussage seinen Stolz verletzt, heute kitzelte sie seine humorvolle Seite aus ihm heraus. »Ich weiß, dass du mich für anbetungswürdig hältst, aber ich muss dich enttäuschen. Die Perfektion ist bloß Fassade.«

Was war das? Wurde sie etwa rot? Plötzlich bekam er doch Lust auf einen Tanz mit ihr. Wann würde so eine Gelegenheit schon wiederkehren?

Er machte eine elegante Verbeugung und bot ihr seine Hand. »Darf ich bitten?«

Ihre Augen leuchteten auf. »Wirklich?«

»Nimm an, bevor ich es mir anders überlege.«

Hastig legte sie ihre Hand in seine und ließ sich von ihm auf die Tanzfläche geleiten. Die Erträumten machten ihnen Platz und schenkten Giselle das ein oder andere bewundernde Nicken. Ihr langes Kleid schleifte über den Boden, während sich der hellblaue Stoff langsam vom Saum des Rocks bis zur Spitze des Dekolletés rosa färbte. Sie schien es gar nicht zu bemerken, denn ihre Augen waren auf ihn gerichtet, mit einem Blick, den er nicht deuten konnte.

Auf einmal ein wenig nervös, umfasste Eric ihre Taille und horchte auf den Takt der Musik. Ein langsamer Walzer - wie passend. Nach einem holprigen Einstieg verließ ihn fast der Mut, noch bevor es überhaupt richtig losging. Doch Giselle lachte nur vergnügt und half ihm, den richtigen Rhythmus zu finden. Zum Glück waren die Schritte einfach und er stellte erleichtert fest, dass er den Bogen schnell raus hatte. Zum Klang der Streicher schwebten sie über das Parkett und - vielleicht bildete er es sich nur ein - es machte tatsächlich Spaß.

»Lächelst du etwa?«, fragte sie verschmitzt.

Das tat er. Und er gab sich keinerlei Mühe, es zu verbergen.

»Ich habe schon schlimmere Träume erlebt«, gab er zu.

Was für eine Untertreibung. Aber was sollte er sonst sagen? Er würde schlicht und ergreifend keine Worte finden, die annähernd dem gerecht wurden, was zurzeit in ihm vorging. Er fühlte sich auf eine Weise schwindelerregend leicht und gleichzeitig so wach, wie er es niemals zuvor erlebt hatte. Als sei er nach einer ewigen Reise durch Schein und Illusion endlich irgendwo angekommen. Ließ sich das in einem einzigen Gefühl zusammenfassen?

»Hier würde ich gern für immer bleiben«, sagte Giselle und seufzte. »Du nicht auch?«

Ja. Darüber brauchte er wirklich keine Sekunde nachzudenken. Für immer in einem Märchen. Für immer tanzen. Für immer mit Giselle in ihrem rosafarbenen - nein, jetzt wieder hellblauen - Ballkleid.

Erics Schritte wurden langsamer. Sie sollte wissen, wie sehr sie sein Leben auf den Kopf gestellt hatte. Dass er sich nicht einfach bloß wünschte, alle Zeit mit ihr in dieser Welt zu verbringen, sondern sich in diesem Augenblick mit Leib und Seele danach sehnte. Dass es schmerzte.

Vielleicht hätte er mit dem Finger über ihre Wange gestrichen, sie an sich gedrückt und ihr das ins Ohr geflüstert, hätte in diesem Augenblick nicht die Musik aufgehört, zu spielen.

»Eine Rede!«, kündigte einer der Erträumten im weißen Frack vom Podest aus mit erhobener Stimme an. Als die Gespräche verstummt waren und sich ihm alle Anwesenden zugewandt hatten, trat er beiseite, und ein jugendlich wirkender, aber stattlich gebauter Mann nahm seinen Platz ein. Keine Frage, um wen es sich dabei handelte. Wie man es von einem König in einer Welt wie dieser erwartete, bedeckte ein schwerer roter Umhang seine Schultern, eine mit faustgroßen Juwelen besetzte Kette zierte seine Brust und sein blondes Haar verschwand zu zwei Dritteln unter seiner Krone. Jedoch waren es nicht ausschließlich seine Kleider, die ihn zu etwas Besonderem machten. Ebenso seine Präsenz.

Mit einem charmanten Lächeln begrüßte er seine Gäste und dankte ihnen für ihr Kommen, um mit ihm seinen fünfundzwanzigsten Geburtstag zu feiern.

Eric spürte ein Kribbeln im Nacken. Fünfundzwanzig? Das war eine ungewöhnlich genaue Angabe für einen Erträumten.

»Ich möchte außerdem meiner Familie danken«, sprach der König weiter und gestikulierte in Richtung der Menschen, die sich hinter ihm auf das Podest gereiht hatten. »Besonders meiner jüngsten Schwester, denn sie hat keine Mühen gescheut, dieses Fest für mich auf die Beine zu stellen.«

Die Menge jubelte einem Mädchen zu, dessen Haar dieselbe Farbe wie Giselles hatte, bevor er seine Rede fortführte.

»Und ich danke meiner Liebsten.«

Er bat eine Erträumte an seine Seite, die eine etwas unauffälligere Krone trug, und die beiden lächelten sich verliebt an. Wieder erfüllte lautes Jubeln den Saal.

»Schon morgen entführt sie mich anlässlich meines Geburtstages ins südliche Nachbarkönigreich. Ich kann es kaum erwarten, mit ihr Vulkane zu erklimmen und anschließend an weißen Stränden zu entspannen.«

Begeisterte Zustimmung aus allen Richtungen.

»Immer auf Reisen, unsere Majestät«, meinte jemand.

»Auf uns alle und auf eine unvergessliche Feier. Nun esst und lasst den Wein fließen!«

Mit diesen Worten hob er seinen eigenen Kelch in die

Höhe. Die Menge applaudierte und aus jeder Ecke des Saals schallte der Ruf: »Auf König Christopher!«

Christopher.

Ein Name.

Eric hörte seinen eigenen Herzschlag. So laut, dass es den Lobgesang der Erträumten übertönte. Der Träumer war in der Nähe. Er befand sich in Reichweite des Schlosses oder sogar mit ihm in diesem Saal. Möglicherweise war es der König selbst. Er musste mit ihm sprechen und herausfinden, wie viel mehr als seinen eigenen Namen er über sich wusste. Sofort.

»Alles okay mit dir? Du siehst blass aus«

Er ignorierte Giselle und schob sich an ihr vorbei durch das Getümmel, ohne die Menschen auf dem Podest aus den Augen zu lassen.

»Hey!«

Wahrscheinlich folgte sie ihm, aber er achtete nicht darauf, sondern drängte sich zwischen den bauschigen Röcken tanzender Erträumter hindurch bis zum Fuße des Throns.

Dort stand er, der König, mit einem breiten Grinsen und unterhielt sich soeben angeregt mit einem gleichaltrigen Mann mit dunklen Locken, der wohl die extravagantesten Kleider des Abends trug. Sie bemerkten ihn nicht, allerdings wurde jemand anderes auf Eric aufmerksam: die junge Dame, die als Liebste des Königs vorgestellt worden war. Dann musste er eben erst mal mit ihr vorliebnehmen.

Gerade wollte er sie ansprechen, als sie über seinen Kopf hinweg eine weitere Person entdeckte, die ihre Aufmerksamkeit beanspruchte.

»Fiona, liebe Schwester, da bist du ja!« Sie winkte eine junge Erträumte zu sich. »Komm her zu uns! Ist das nicht ein fantastischer Geburtstag?«

Noch mehr Namen. Eric beobachtete, wie Fiona - ebenso blond und fein herausgeputzt wie die Königin - sich zwischen den Gästen hindurchschlängelte und sich zur Königsfamilie gesellte. Als sie an ihm vorbeiging, warf sie ihm von der Seite einen Blick zu, und in diesem flüchtigen

Moment fielen ihm ein paar kaum sichtbare Sommersprossen auf ihrem Nasenrücken und außerdem ein unglaubliches Detail ihrer Augen auf. In einem davon schimmerte ein goldbrauner Fleck, der in dem anderen fehlte.

Ihm blieb der Mund offen stehen. Etwas Ungewöhnlicheres hatte er noch nie gesehen. Konnte das sein? Konnte es das bedeuten, was ihm in dieser Sekunde durch den Kopf schoss?

Jeder der Menschen auf dem Podest hatte irgendetwas Besonderes an sich. Das waren nicht einfach bloß Statisten. Ohne Frage standen sie alle dem Träumer nahe und einer von ihnen war...

Eric fuhr zusammen, als jemand ihn an der Schulter zurückriss.

»Was ist denn mit dir los?«, schimpfte Giselle, die sich hinter ihm aufgebaut hatte. »Du kannst doch nicht aus heiterem Himmel weglaufen und mich einfach stehen lassen.«

»Ich muss mit diesen Leuten reden«, erklärte er knapp und ohne Umschweife. Mit dem Kinn deutete er auf das Podest.

Ihre Lippen formten ein *O*. »Glaubst du etwa ...? Die Namen! Sie haben Namen!«

Offenbar verstand sie.

Die Frage war bloß, wen er zuerst befragen sollte. Ein starker Verdacht galt dem König. Schließlich würde es Sinn ergeben, wenn der Träumer sich selbst die wichtigste Rolle in seiner selbst erschaffenen Welt gab. Andererseits hatte das Mädchen, das die Königin zu sich gerufen hatte, eine Ausstrahlung, die sie auf eine unbeschreibliche Weise von den Übrigen abhob. Sie umgab etwas Unantastbares, eine Aura.

»Guten Tag. Ich bin Giselle.«

Anscheinend hatte noch jemand diese Beobachtung gemacht. Giselle erklomm das Podest und begrüßte das Mädchen namens Fiona mit einem Knicks.

»Schön, dich kennenzulernen.« Die Prinzessin grinste, lud

sie zu einem nicht wirklich standesgemäßen Händeschütteln ein. »Ich bin Fiona.«

So leicht war das?

»Und mein Name ist Eric«, nutzte Eric die Gelegenheit und gesellte sich ebenfalls dazu. »Ein wunderbares Fest.«

Fiona nickte bestätigend. »Oh, ganz meine Meinung. Erinnert mich ein bisschen an die Kostüm-Schnulze, die ich mir gestern angeguckt hab. Ich glaube sogar, ein paar der Schauspieler laufen hier rum.« Unauffällig beobachtete sie die Gäste, bis ihr Blick auf Giselles Ballkleid fiel. »Huch? War das nicht eben noch blau?«

»Stimmt. Sieht aus, als könne es sich nicht entscheiden«, bemerkte Giselle. »Was du da trägst, stellt übrigens alles in den Schatten, was ich hier bisher gesehen habe.«

Sie widmete sich voller Bewunderung der schimmernden Spitze um Fionas Dekolleté und verlor auch noch ein paar lobende Worte über ihren engen Tüllrock.

»Dankeschön, wie lieb von dir. Ich gebe ja zu, am liebsten würde ich es nie wieder ausziehen.«

Die Mädchen strahlten einander an. Anscheinend verstanden sie sich prächtig.

Eric trug zu dem Gespräch über Kleider lediglich ein angedeutetes Mundwinkelzucken bei, denn gedanklich hing er noch beim ersten Satz fest. Eine Kostüm-Schnulze? Wie hatte sie das gemeint? Allmählich beschlich ihn ein seltsames Gefühl - mächtiger als nur eine Ahnung.

»Oh Mann, dein Kleiderschrank muss riesig sein.« Eric wurde klar, dass Giselle auf ihre Weise nach privaten Details grub.

Fiona zuckte mit den Schultern. Das wäre die gewöhnlichste aller Reaktionen eines Erträumten gewesen, hätte sie dabei nicht gesagt: »Ich hab keinen Schimmer. Eigentlich weiß ich gar nicht, ob ich in diesem Schloss überhaupt einen Schrank besitze. Es ist ja leider nicht echt.«

»Was?«, erwiderten Eric und Giselle wie aus einem Mund.

Sie lachte und zeigte auf den jungen König. »Vor dem Einschlafen hab ich überlegt, was ich dem Freund meiner

Schwester zum Geburtstag schenke. Das hier ist, wie man sieht, dabei herausgekommen.« Von ihrem eigenen Gedankenkonstrukt beeindruckt, schaute sie sich im Festsaal um. »Ziemlich cool, finde ich.«

Was sie da sagte, sickerte nur ganz langsam zu Eric durch, so unfassbar war es. Sobald er jedoch jedes einzelne Wort gedanklich wiederholt hatte, traf ihn die Erkenntnis wie ein Schlag. Er verlor fast den Boden unter den Füßen. Sie träumte das nicht bloß alles, sie wusste es sogar. Konnte das wirklich wahr sein?

Er schob seinen Ärmel hoch und fuhr wie in Trance mit den Fingerspitzen über seinen Traumfänger, der kein bisschen blasser wurde. Das gab es nicht. Hatte er wahrhaftig einen Träumer gefunden, der nicht aufwachte, sobald ihm klar wurde, dass er schlief? Das würde bedeuten, dass es nun so weit war.

Giselle registrierte seinen Schock und fing ihn mit einem Lächeln voller Begeisterung auf. »Wahnsinn, Eric! Hast du das gehört? Ich glaube, wir haben es geschafft. Das ist so aufregend!«

Aufregend.

Einen Augenblick lang musterte er ihr Gesicht. Darin lag so viel ehrliche Freude, so viel Ahnungslosigkeit.

Bei diesem Anblick zog sich seine Brust schmerzhaft zusammen. Die Gespräche um sie herum schienen zu verstummen und alles, was er hörte, war sein eigener Atem. Warum? Sein größter Wunsch auf Erden war dabei, sich zu erfüllen, und es tat so weh. Er taumelte zurück.

»Was ist?«, erschrak Giselle.

»Ich brauche einen Moment.«

Fiona sah ihn fragend an, aber er schwieg und wandte sich ab, suchte irgendeine Möglichkeit zur Flucht. Einen Notausgang oder am besten etwas, womit er die Zeit nur ein bisschen zurückdrehen konnte. Zurück zu ihrem Tanz, zurück in die Kutsche oder zurück in die Höhle unter dem Wasserfall. Er wollte einfach noch ein wenig mehr Zeit.

Giselle war ihm hinterhergeeilt und hielt ihn auf. Mit einem

Ausdruck, als verstünde sie die Welt nicht mehr, sah sie zu ihm hoch. Sie griff nach seinen Händen und musterte ihn besorgt.

»Ich versteh das nicht, Eric. Wieso gehst du? Genau das wolltest du doch. Von der ersten Sekunde an, in der wir uns getroffen haben.«

So sehr er sich auch bemühte, er schaffte es nicht, sie anzusehen. Auch ihr Schicksal wäre besiegelt, wenn er diese Chance nutzte, seinen Wunsch wahr werden zu lassen.

»Eric?« Sie ließ nicht locker. »Du brauchst doch einen Träumer, oder nicht?«

Er nickte kraftlos.

»Ich hab schon gemerkt, dass du darüber nicht reden willst. Aber wenn du dich jetzt so merkwürdig verhältst, muss ich noch mal fragen: Wofür genau brauchst du ihn?«

Beim letzten Mal war er der Frage ausgewichen. Zu dem Zeitpunkt hatte sein Ziel aber auch in scheinbar weiter Ferne gelegen. Er hatte geglaubt, dass er es ihr niemals würde erklären müssen. Aber jetzt waren sie in Reichweite des einzigen Träumers, von dem er je erfahren hatte, dass er wissentlich träumte. Womöglich vor der einzigen Person im ganzen Universum, die ihm das geben konnte, was er sich Traum um Traum mehr als alles andere gewünscht hatte.

»Damit ich endlich sterben kann.«

25

Luft. Eric brauchte dringend frische Luft. Der Ausdruck auf Giselles Gesicht schnürte ihm die Kehle zu und machte es ihm zunehmend unmöglich, zu atmen. Zumindest hier drinnen, wo die Wände auf einmal näherzukommen schienen.

Er musste sofort hier raus. Egal wohin. Hauptsache weg hier.

Seine Beine trugen ihn durch die Menschenmenge auf die Treppe zu, die offenbar immer noch der einzige Ausgang aus dem Ballsaal war. Im Vorbeilaufen rempelte er aus Versehen mehrere Erträumte an, aber weder entschuldigte er sich noch machte er sich gar die Mühe, sich nach ihnen umzusehen. *Hauptsache weg hier.*

Giselle rief ihm nach, verfolgte ihn womöglich sogar, nur konnte er sie durch das Stimmengewirr und das Chaos seiner eigenen Gedanken längst nicht mehr hören.

Zurück im Gang, durch den sie in den Saal gelangt waren, verlangsamten sich seine Schritte. Er konnte das Schloss nicht verlassen. Nicht jetzt, wo Fiona sich als Träumerin entpuppt hatte - als die eine Träumerin, die lange genug schlafen würde, um ihn anzuhören. Nicht jetzt, wo er so weit gekommen war.

Sein Tattoo zeigte noch immer keine Anzeichen, zu verblassen. Fiona schlief tief und fest. Wie war das nur möglich?

Dieselben Gemälde wie vorhin hingen an den Wänden. Sowieso schien alles genau wie bei ihrer Ankunft. Das mochte daran liegen, dass der Palast nicht jemandes Fantasie, sondern einer Filmvorlage entsprang, wie die Träumerin gesagt hatte.

Eric strich mit den Fingern über einen der Bilderrahmen und zog eine schmale Spur durch den Staub, der sich darauf abgesetzt hatte.

»Reiß dich zusammen«, befahl er sich selbst. »Du darfst

jetzt nicht gehen.«

Hier im Gang war er wenigstens allein. Hier konnte er seine Gedanken sortieren. Wieso war er so durcheinander? Er musste sich sammeln, sich daran erinnern, was wirklich wichtig war. Wenn er nur seinen Atem in den Griff bekäme, wäre das schon mal ein guter Anfang. Dann würde er bestimmt gleich bereit sein, sich seiner eigenen Entscheidung zu stellen, die schon so lange zurücklag, dass der Zeitpunkt, an dem er sie getroffen hatte, in seiner Erinnerung bereits verschwommen war. Eine Minute, dann ging es garantiert wieder.

Unter einem Bild sank er auf den Boden und legte den Kopf in den Nacken. *Atmen, ganz ruhig.*

Doch er schaffte es nicht, sich zu beruhigen. Sein Puls raste wie wild, sein Atem überschlug sich fast.

Was sollte das? Da erfüllte sich sein sehnlichster Wunsch und er bekam eine Panikattacke? Wie jämmerlich. Was, wenn der Traum gleich endete, Giselle im Nichts verschwand und sich ihm eine Chance wie diese nie wieder bot? Dann wäre er dazu verdammt, ewig zu leben. Bei diesem Gedanken stieg ein Lachen in ihm auf - ein abgehacktes und bitteres Lachen. Sein bisheriges Leben kam ihm schon wie eine Ewigkeit vor. Wie musste sich dann erst ein echtes *für immer* anfühlen?

Andererseits würde seine Rechnung vielleicht sowieso nicht aufgehen. Seine These, Fiona könne ihm seine Bitte erfüllen, stützte allein auf die Worte eines Mannes, den er nie wiedergesehen hatte. Wenn er diesen Traum einfach schweigend verstreichen ließ, blieb ihm womöglich eine gewaltige Enttäuschung erspart.

Alles bloß Spekulation. Und so wenig Zeit, um eine Entscheidung zu treffen. Was gäbe er nicht für ein wenig mehr Zeit?

Obwohl es bis auf die entfernte Musik fast sonderbar still war, hörte er Giselle nicht kommen.

»Sag doch nicht solche Sachen und lauf dann einfach weg!«, beschwerte sie sich und rang erschöpft nach Atem, sobald sie die letzten Meter zu ihm zurückgelegt hatte.

Sie sah völlig durch den Wind aus, die Brauen sorgenvoll zusammengezogen und die Frisur ganz durcheinander.

»Tut mir leid«, erwiderte Eric matt, ohne ihr in die Augen zu sehen.

Und das meinte er ehrlich. Jetzt, da sie sein Geheimnis kannte, verlor sie mit Sicherheit die Hoffnung auf eine ohnehin winzige Überlebenschance, die er ihr gegeben hatte. Bestimmt war bereits jedes Fünkchen Vertrauen, das sie seit ihrer ersten Begegnung für ihn entwickelt hatte, dahingeschwunden. Falls sie sich von ihm verraten fühlte, konnte er ihr das schlecht verübeln. Schließlich hatte sie ihr Bestes gegeben, ihn zu unterstützen, wenn auch nicht ganz uneigennützig, da sie nicht wie die übrigen Erträumten enden wollte. Für ihn dagegen war sie letztendlich niemals Teil des Plans gewesen.

»Du willst also sterben«, wiederholte sie seine Worte aus dem Festsaal.

Aus ihrem Mund hinterließen sie bei ihm einen besonders bitteren Nachgeschmack. Wie konnte es sein, dass er sich deshalb so schuldig fühlte? Immerhin war es doch sein gutes Recht, darüber zu bestimmen. Außerdem hatte sie ja keine Ahnung, was es bedeutete, er zu sein.

»Ist das etwa ein Problem für dich?«, fragte er forscher als beabsichtigt. Aufgestauter Frust sprach aus ihm. »Weil ich dann nicht mehr da sein werde, um dein Überleben zu sichern, richtig!?«

Sie sah ihn an, als hätte er sie geschlagen.

»Glaubst du wirklich, das ist das Einzige, was mich daran stört?«, fragte sie im selben Tonfall.

Als er nicht reagierte, setzte sie sich zu ihm auf die Fliesen. »Eric, rede mit mir, bitte! Ich verstehe nicht, was das plötzlich soll.«

Plötzlich? Wenn sie wüsste, was sie da sagte.

»Mehr Träume, als irgendjemand von uns zählen kann, habe ich schon erlebt; habe jede Welt und jedes Wesen gesehen, bin jeden Tod gestorben, den du dir ausmalen kannst. Ich bin es leid und das bereits viel zu lange.«

Etwas Nasses rollte über seine Wange. Was für ein Gefühl, endlich auszusprechen, was sich seit dem Tag des Feuers in New York mit jeder Minute tiefer in seine Brust bohrte.

Giselle dachte eine Weile nach und betrachtete ihn voller Mitgefühl. »Und wie soll das ablaufen?«, wand sie schließlich ein. »Wenn du unsterblich bist, was glaubst du, kann diese Fremde dann ausrichten? Erklär's mir.«

Lag das nicht auf der Hand? Ihn hatte die Antwort damals wie ein Blitz getroffen und auf einen Schlag alles verändert.

»Ein Träumer hat mich erschaffen. Das muss so sein, denn offensichtlich bin ich nur eine Kopie. Durch die Kraft seiner Vorstellung - wahrscheinlich nur durch einen einzigen flüchtigen Gedanken - hat er aus mir einen Traumwandler gemacht. Wie ein Gott seiner eigenen Welt hat er jeden Erträumten darin an ein Schicksal gebunden und dieses ist meins.«

Er untersuchte ihre Gesichtszüge nach einem Anzeichen dafür, dass sie verstand. Falls sie es tat, zeigte sie es nicht, denn sie musterte ihn weiterhin mitleidig.

»Feuer, Waffen und wilde Tiere können mich nicht töten – nicht endgültig. Ich wache einfach in einem neuen Traum auf. Nur dieselbe Macht, die mich erschaffen hat, kann mir das Leben wieder nehmen. Das hat Ben mir gesagt«, erklärte er weiter. »Und ich weiß zwar nicht, wer mich ursprünglich erschaffen hat, doch in jedem Traum verfügt der Träumer über die Macht, jeden Gegenstand und jeden Menschen nach Belieben zu verändern. Er erschafft seine Welt und herrscht über sie. Wenn nur der Hauch einer Chance besteht, dass das auch mein Schicksal einschließt, darf und kann ich nicht einfach so kurz vor dem Ziel aufgeben. Fiona ist bewusst, dass sie schläft. Falls Ben richtig lag, wird sie dazu fähig sein, mich zu erlösen, wenn ich sie bitte, meinen Tod zu erträumen.«

Dafür musste sie Verständnis haben. Giselle war gütig und würde nicht von ihm verlangen, zu leiden.

»Aber du hast doch längst aufgegeben«, widersprach sie allerdings – etwas ruhiger, jedoch nicht weniger bestimmt.

»Freiwillig dein Leben wegzuwerfen, ist doch nichts anderes.«

Was? Das konnte doch nur jemand sagen, der noch nie am Tiefpunkt gewesen war. Jemand, der nicht wusste, was es hieß, sich an nichts mehr festhalten zu können.

Wut brodelte in Eric auf. »Du verstehst überhaupt nichts!«

»Doch, ich verstehe sogar sehr gut. Du hast Schreckliches durchgemacht und kein Ende ist in Sicht. Davon lässt du dich beherrschen, bis auch die kleinste Freude in deinem Leben ihre Bedeutung verloren hat. Ich weiß, wie sowas abläuft. Nachdem Dad fort war, hatten es weder meine Mom noch ich besonders leicht. Es war, als gäbe es nichts, wofür es sich noch zu leben lohnte. Aber das stimmte nicht. Es gibt immer einen Grund, wir können ihn nur nicht immer sehen.«

Ihre Unterlippe bebte, doch ihr Blick blieb ruhig.

Im Gegensatz zu Eric. Niemals zuvor hatte er gegenüber einer Erträumten mit so vielen Emotionen umgehen müssen.

»Deine Mutter und du, ihr hattet einander!« Er schrie beinahe. »Ich bin allein! Allein an fremden Orten zwischen fremden Gesichtern beginne ich wieder und wieder von vorn. Mir bleibt gar nichts!«

Ohne Vorwarnung rückte Giselle näher an ihn heran und nahm sein Gesicht zwischen beide Hände. »Nein, du bist nicht allein. Du hast mich.«

Wie sehr sie ihn in diesem Augenblick auch berührte, ihm wurde speiübel. Ja, er hatte sie. Für den Moment. Doch jeder Moment konnte ihr letzter sein.

»Ich werde dich verlieren«, hauchte Eric.

Ein Satz, der lange überfällig gewesen war, denn gleich nachdem er ihn gesagt hatte, fasste er einen Entschluss.

Es reichte. Genug. Keine Ausflüchte mehr, keine Leugnung, keine kindischen Hoffnungen. Wie naiv war er gewesen, jemanden so nah an sich heranzulassen? Wäre er ihr doch niemals begegnet. Es war schlicht und ergreifend nicht fair, ihm die schönsten Seiten des Daseins zu zeigen, wenn sie ihm auf Dauer nicht vergönnt waren. Sich weiter an das Glück zu klammern, das ihm nie gehören würde, hatte keinen Zweck.

Er schob Giselles Hände weg und stand auf, um zurück in den Saal zu laufen und Fiona zu finden. Sein Entschluss stand fest, niemand konnte ihn jetzt noch umstimmen.

»Geh nicht, ich bitte dich.«

Ihre Stimme brach. Auch ihr musste die ausgesprochene Wahrheit zusetzen, jedoch machte sie das nicht weniger wahr.

Ob Giselle ihm folgte, wusste er nicht. Selbst wenn, würde sie damit nichts erreichen. Ihre Rufe prallten an ihm ab wie Regen an einer Fensterscheibe.

»Eric! Eric, bitte!«

Mit aller Macht, die er besaß, verbannte er Giselle aus seinem Kopf, verdrängte die Erinnerungen und Gefühle und zwang sich, geradeaus zu gehen. Noch war sein Tattoo unverändert, doch der Traum dauerte bereits eine Weile an. Eric würde jede Sekunde brauchen, die davon übrig blieb, um Fiona wiederzufinden und es zu Ende zu bringen.

Es war, als würde die heitere Musik ihn verhöhnen. Er trat ans Geländer, blickte über die tanzenden und trinkenden Gäste hinweg zum Podest. Aber dort stand niemand mehr, der zur Königsfamilie gehörte. Vor allem die Träumerin fehlte.

Keine Zeit. Entschlossen, ein für alle Mal sein Ziel zu erreichen, eilte er die Treppe hinunter in den Saal und tauchte in die Menge ein. Zwischen glücklichen Erträumten und im Tanz umschlungenen Liebespaaren kämpfte er sich zügig voran. Nichts an dem Verhalten der Leute hatte sich verändert, doch nun störte er sich unglaublich daran, wie laut sie lachten und wie überschwänglich sie einander in die Arme fielen. Ziemlich ironisch, dass seine Existenz auf einem so lebendigen Fest enden sollte.

Da entdeckte er sie. Zwischen den Gästen wiegte sich Fiona im Takt der Melodie. Selbst von Weitem umgab sie diese ungewöhnliche Aura. Ja, sie war es.

Eric schluckte den Klos in seinem Hals runter und kurz darauf stand er direkt vor ihr. »Träumerin.«

»Du schon wieder. Was gibt's?«

Ein unbekümmertes Lächeln umspielte ihre Lippen und leuchtete sogar in ihren Augenwinkeln. Es passte so gar nicht zu der düsteren Wolke, die über ihm schwebte.

Davon ließ er sich jetzt allerdings auch nicht mehr bremsen.

»Das ist wahrscheinlich das Letzte, womit du rechnest«, begann er möglichst gelassen.

Noch hatte sie anscheinend nicht bemerkt, dass er von Kopf bis Fuß zitterte. Damit sie keinen Stein aus der mühsam wieder aufgebauten Mauer seiner Überzeugung herausriss, sollte das möglichst so bleiben.

»Ich habe eine ungewöhnliche Bitte an dich.«

»Ja?«

»Ich möchte ...«

Er stockte, denn ein schwarzer Umhang zog seine Aufmerksamkeit auf sich. Regungslos stand die Gestalt da, mitten im festlichen Treiben, unweit von ihm und der Träumerin entfernt. Das Gesicht unter einer Kapuze versteckt.

Es war der Mann, der ihn verfolgte, seit er denken konnte – der immer wieder aus dem Nichts in seiner Nähe auftauchte, ihn beobachtete und wieder verschwand. Unschätzbar oft hatte er seinen Umhang schon durch Gassen huschen oder in Menschenmassen untertauchen sehen. Nun stand ihm sein Verfolger erneut gegenüber, zum Greifen nah und das zum allerletzten Mal.

»Hast du etwa vergessen, worum du mich bitten wolltest?«, erinnerte Fiona Eric.

Er reagierte nicht darauf, war zu eingenommen von der Vorstellung, vor seinem Abschied für alle Zeiten ein lang gehütetes Geheimnis zu lüften. Wer verbarg sich unter dieser Kapuze?

Die Gestalt drehte sich um und entfernte sich, bis sie hinter fröhlichen Erträumten kaum noch auszumachen war. Wie hypnotisiert, folgte er ihr, ließ Fiona einfach ohne Antwort stehen. Dies war seine letzte Gelegenheit, seinen mysteriösen Schatten zu enttarnen, und diesmal würde er ihm nicht entwischen.

Tatsächlich schien er das gar nicht zu beabsichtigen. Nachdem Eric in seine Richtung gelaufen war und sich zwischen massenhaft ausladenden Röcken hindurchgezwängt hatte, erspähte er den Kapuzenmann, der wartend an einer Wand lehnte.

Irritiert, aber sich seinem Vorhaben sicher, kam Eric näher und hielt schließlich direkt vor ihm.

Der Mann, der ein bisschen kleiner und breiter gebaut war als er, machte keine Anstalten, zu fliehen.

»Eric«, sprach er ihn stattdessen an.

Seine Stimme war unerwartet sanft und doch durchfuhr Eric bei ihrem Klang ein Schauer. Er kannte diese Stimme. In einer Milliarde Träume hätte er sie nicht vergessen können.

»Ben«, erkannte Eric den ersten Menschen, mit dem er je gesprochen hatte.

Als Ben sein Gesicht freilegte, konnte Eric nicht anders, als ihn anzustarren. Kurzes schwarzes Haar mit silbergrauen Strähnen, stahlblaue Augen, kantige Züge und ein gutmütiges, ehrliches Lächeln. Er hatte sich überhaupt nicht verändert.

»Ich war immer bei dir«, erklärte sich Ben. »Habe aus der Ferne über dich gewacht.«

Da stand wirklich Ben vor ihm. Derselbe Ben, der ihm in seinem ersten Traum alles mit auf den Weg gegeben hatte, woran er sich seit jeher klammerte.

»Wie ist das möglich?«

Die ganze Zeit über sollte er bei ihm gewesen sein? Wieso? Und *wie?*

Ben stieß sich von der Wand ab und trat einen Schritt näher. In seinen blauen Augen lagen Mitgefühl und Schuld.

»Als ich in meinem ersten Traum erwachte, lange bevor du hier warst, traf ich einen Träumer, der zu mir sprach. Er war ein alter Freund von mir. Er sagte, dass ich von nun an ein Leben im Traum führen würde, und er gab mir außerdem eine Aufgabe.«

»Was für eine Aufgabe?« Eric war fassungslos.

»Er wollte, dass ich euch beschütze. Dich und die übrigen Traumwandler. Ich bin hier, damit ihr nicht den Mut verliert, bis ihr zueinandergefunden habt. Dafür hat unser Schöpfer mir die Fähigkeit geschenkt, frei durch alle Träume zu reisen, wie es mir beliebt. Und ich spüre euch, jeden Einzelnen, vom Moment eurer Geburt an. So konnte ich dich jederzeit und überall finden.«

Moment.

Eric kam kaum noch mit. Hatte er soeben *übrige Traumwandler* gesagt? Und jemand sollte ihm aufgetragen haben, sie zu beobachten? Was ging hier vor sich? Ihm war inzwischen so schwindelig, dass er Mühe hatte, klar zu sehen.

»Dein Freund ...«

»... hat uns geschaffen«, fügte Ben hinzu. »Dich, mich und fünf weitere, so wie dich. Nur einen einzigen Traumwandler gibt es, der nicht aus seinen Gedanken entstammt.«

Diese Information ließ Eric sacken. Ben behauptete, mit ihrem Schöpfer gesprochen zu haben – mit dem Träumer, der *sie beide* erschaffen hatte. Sie beide und noch fünf weitere Seelen, die mit Erics Schicksal gestraft waren.

»Dann stimmt es. Ich bin erträumt«, sagte er schließlich.

»Ja.«

Seine Glieder wurden taub. *Ich bin nicht echt. Ich bin erträumt. Aber weshalb denke und fühle ich dann so ... so echt?*

»Wir müssen uns im wahren Leben nahestehen, dieser Freund von dir und ich«, schlussfolgerte er.

Sogleich wurde Bens Miene weicher. »Weil du so menschlich bist? Nicht unbedingt. Aber er war ein Geschichtenerzähler durch und durch. Dafür braucht es eine gewisse Empathie und er hat die Menschen schon immer sehr gut gekannt; konnte gut zuhören und zwischen den Zeilen lesen.« Er machte eine Pause. »Ich habe dich beobachtet, Eric. Die Zeit in den Träumen der Menschen hat dich gezeichnet. Deine lange Reise und die Erfahrungen, die du auf ihr gemacht hast, haben deinen Charakter geformt, und aus dir ist der geworden, der du heute bist.«

Ben wusste all diese Dinge – hatte sie immer schon gewusst. Weshalb hatte er ihn im Dunkeln tappen lassen? Weshalb hatte er sich ihm nicht früher gezeigt und ihm diese Dinge erzählt, statt ihn mit Rätseln zu füttern und sich dann unter einer schwarzen Kapuze zu verstecken?

Eric nahm die wenige Kraft, die noch in seinen Gliedern steckte, zusammen und ballte die Hände zu Fäusten. Er fühlte sich auf eine Weise verraten, für die es keine Worte gab.

»Weißt du, was Einsamkeit bedeutet?«, fragte er mit bebenden Lippen.

»Eric ...«

»Nein, das weißt du nicht. Denn sonst hättest du es nicht über dich gebracht, tatenlos dabei zuzusehen, wie ich daran zerbreche«, platzte die Wut aus ihm heraus.

Sie wurden angestarrt, aber das spielte keine Rolle.

Wie hatte Ben ihm das nur antun können, wenn er doch die ganze Zeit dabei gewesen war?

»Meine Aufgabe ist es, dir aufzuhelfen, wenn du am Boden liegst«, verteidigte sich Ben ruhig. »Solange es nicht nötig ist, habe ich kein Recht, in dein Leben einzugreifen.«

Sollte das etwa tröstlich sein?

»Wo warst du dann all die Male, in denen einfach alles über mir zusammengebrochen ist? Wie oft hast du nur dagestanden und zugesehen, wie ich kaum atmen konnte vor Verzweiflung? Ich war am Boden, Ben! Immer und immer wieder!«

Im Gegensatz zu Eric ließ Ben sich nicht aus der Ruhe bringen. »Und immer wieder hast du es aus eigener Kraft geschafft, aufzustehen. Du hast meine Hilfe nie wirklich gebraucht, weil du stärker bist, als du glaubst.«

»Dabei hätte ich nicht allein sein müssen. Du hättest dich mir zeigen können. Sieh mich an! Mein sehnlichster Wunsch ist es, zu sterben!«, brüllte Eric ihn an.

Das war allein seine Schuld. Dieser Mann hatte zugelassen, dass er seinen Lebenswillen verlor. Und das nur, weil er es nicht für nötig befunden hatte, ihm beizustehen. Wer war er eigentlich, darüber zu entscheiden, wann Eric jemandes Hand brauchte?

»Deine Träumerin steht dort drüben. Sie besitzt die Fähigkeit, dich zu erlösen, wie du immer hofftest. Trotzdem bist du hier und redest mit mir«, hielt Ben dagegen. »Du hättest ihr längst von deinem Leid erzählen können, wärst du nicht davongelaufen.« Lächelte er? »Ich sage dir etwas, Eric. Du willst nicht wirklich sterben. Schon längst nicht mehr.«

Die Träumerin. Unwillkürlich huschte Erics Blick zu seinem Tattoo und er atmete erleichtert aus, als er es unverändert vorfand. Ihm war bewusst, dass sie jederzeit aufwachen konnte, und doch bewegte er sich nicht vom Fleck. Er wollte nicht mehr sterben – stimmte das?

»Ja, ich habe dich am Boden gesehen«, gab Ben zu. »Aber du kamst immer wieder auf die Beine.« So etwas wie väterlicher Stolz lag in seinem Ausdruck. »Und ja, dein einsames Leben hätte dir beinahe alle Hoffnung genommen. Aber du hast deinen Lebenswillen wiedergefunden. Dank ihr.« Er nickte zur Seite und Eric drehte ebenfalls den Kopf in diese Richtung.

Niemand, der Augen im Kopf hatte, hätte das Mädchen am oberen Treppengeländer übersehen können. Giselle stand dort in ihrem blauen Kleid und schaute hinunter. Selbst aus dieser Entfernung war ihr die Sorge um ihn von der mit schönen Sommersprossen umringten Nasenspitze abzulesen.

»Was willst du, Eric?«, fragte Ben und er klang, als wüsste er die Antwort bereits.

Eric schloss die Augen. Was wollte er - ein allerletztes Mal sterben, ohne Wiederkehr? An dieser Vorstellung hatte es bisher nichts auszusetzen gegeben. Doch hatte es bisher auch niemanden gegeben, dem er Abschiedsworte schuldete. Es hatte Giselle noch nicht gegeben.

Seine Mauer begann, zu bröckeln. Wollte er wirklich gehen, ohne sich zu verabschieden und ohne die Möglichkeit, sich jemals bei ihr zu entschuldigen? Wollte er überhaupt gehen, solange sie noch an Seite war, ihm Geschichten aus ihrer Erinnerung erzählte, lachte und lebte?

Lebte.

Sie lebte und er war im Begriff, sie zu töten, indem er verschwand. Er würde sie nie wiedersehen, nie wieder beim Sprung ihre Hand halten oder mit ihr tanzen. Er würde sie nie wieder küssen. Sie wären beide fort, ohne Abschied und ohne Entschuldigungen.

Nein. Auf diese Weise durfte er sie nicht zurücklassen und er verteufelte sich dafür, dass er so impulsiv hatte handeln wollen.

Eric bewegte sich von selbst. Sowohl Ben als auch Fiona, die dort stand, wo er sie zuletzt gesprochen hatte, ließ er hinter sich und lief los. Zurück in die Richtung, in die es ihn nun so stark zog, dass jede Gegenwehr zwecklos war. Fast sprintete er. Erträumte erschraken, wenn er sie anrempelte oder ihnen auf die Füße trat, aber er wollte nur noch zu ihr. Sie hatte sich noch nicht vom Fleck gerührt, nahm nicht wahr, dass er sich zu ihr durchschlug.

Dann drehte sie sich ruckartig weg. Ihn hatte sie zwar nicht bemerkt, dafür aber etwas anderes. Und Eric bemerkte es auch - das schwarze Nichts, das aus der Decke hervorquoll. Dunkle Flecken fraßen sich durch die Schlossmauern und breiteten sich aus. Fiona wachte auf.

Giselle! Sie war noch zu weit entfernt und der Traum endete mit rasender Geschwindigkeit. Eric riss an seinem Ärmel und schaute auf den Traumfänger, der unaufhaltsam und fürchterlich schnell blasser wurde.

Warum jetzt? Angst überwältigte ihn und trieb ihn vorwärts. Er musste schneller sein. Was immer es kostete, er musste sie rechtzeitig erreichen.

»Giselle!«

Das Blut rauschte in seinen Ohren.

»Giselle!«

Er brüllte aus vollem Hals, doch seine Stimme ging im Gelächter unter.

Eine Frau schrie auf, als er sie achtlos beiseitestieß. Er kümmerte sich nicht darum und schubste auch den Erträumten hinter ihr aus dem Weg. Sie spielten keine Rolle -

sie nicht, ihr Geburtstagsfest nicht und sogar die Träumerin selbst war jetzt völlig egal.

»Giselle, ich bin hier!«

Sie fuhr zusammen. Ihre Lippen formten seinen Namen, dann trafen sich ihre Blicke.

»Nimm meine Hand!«

Giselle lief los, die Treppe hinunter auf ihn zu, die Finger nach ihm ausgestreckt. Eric rannte, als ginge es um alles, was er liebte. Tatsächlich ging es um mehr als das. Es ging um alles, was seiner erträumten Existenz ihren Sinn gegeben hatte. Er rannte, streckte die Arme nach ihr aus und rief nach ihr, doch die Dunkelheit holte ihn ein.

26

Niemals zuvor hatte sich das Nichts so leer angefühlt. Ihr Name lag Eric auf der Zunge, als seine Füße die Erde berührten, doch er blieb stumm. Sie würde ihn nicht hören können - nie wieder. Er spürte ihre Abwesenheit, noch bevor er die Augen öffnete und sah, dass er allein war. Allein unter fremden Menschen, die an ihm vorbeigingen, als wäre er gar nicht da.

Sein Blick heftete sich an jeden Erträumten, der die Straße mit den kleinen Geschäften passierte, auf der Suche nach ihrem Gesicht. Er konnte es deutlich vor sich sehen, doch es war bloß ein Bild in seinem Kopf.

Erst fühlte er gar nichts. Nur die Leere, die sie in der Sekunde hinterlassen hatte, in der sie von Dunkelheit verschluckt worden war. Sie füllte seine Brust und isolierte sein Herz so lange von dem Schmerz, bis die Bedeutung des einen Gedankens, den er immer und immer wiederholte, zu ihm durchgesickert war: Giselle war fort.

Das hatte er kommen sehen. Und er hatte so viel Zeit gehabt, sich darauf vorzubereiten. Vor wenigen Augenblicken noch war er sogar bereit gewesen, es freiwillig zu beenden.

Nur bewahrte ihn keine dieser Tatsachen auch nur annähernd vor dem Kummer, der ihn in die Tiefe zu reißen drohte. Wie ein Schatten umklammerten ihn der Verlust und die Schuld, schüttelten ihn und wollten ihn brechen.

Wäre er doch bei ihr geblieben. Sie hätte leben können, wäre er nicht so egoistisch gewesen. Selbst wenn es nur für einen weiteren Traum gewesen wäre.

Auf einmal kamen ihm all die Dinge in den Sinn, die er ihr noch sagen wollte. Dass es ihm schrecklich leidtat, sie im Stich gelassen zu haben. Dass sie die einzige Person war, die ihm jemals etwas bedeutet hatte und die ihn wirklich kannte. Wie gern er ihr Lachen hörte, sogar ihre Beschwerden. Wie dankbar er ihr für all das Glück war, das er in den Träumen mit ihr gespürt hatte. Auch für den Kuss - den einen unvergesslichen Moment unter dem Plätschern des Wasserfalls.

Sie würde es nie erfahren. Heiße Tränen brannten auf Erics Wangen, so sehr tat es weh. Dabei hatte er es doch immer schon gewusst. Erträumte kamen und gingen, aber er konnte nicht entkommen.

Mitten auf der Passage sackte er in die Knie. Seine Suche nach Erlösung hatte ihm das Einzige genommen, das ihn jemals von der ständigen Einsamkeit befreit hatte, der er immer schon zu entkommen versuchte. Jetzt saß er hier auf den kalten Steinen einer einsamen Welt und hatte gar nichts mehr. Keinen Träumer und nicht einen einzigen Freund. Nicht einmal Ben war noch da.

Auf keinen Fall würde er ein zweites Mal so nah an jemanden wie Fiona herankommen. Dass er sie gefunden hatte, war bereits Wunder genug. Also was nun? Auf was konnte er noch hoffen? Darauf, dass Ben sich erbarmte und ihn, jetzt wo er sich ihm offenbart hatte, öfter aufsuchte? Dass es einen anderen Weg gab, um aus seinem Gefängnis auszubrechen, oder darauf, dass irgendwo da draußen jemand sein Schicksal teilte?

Stopp.

Eric hielt den Atem an. Er erinnerte sich an die Worte, die Ben zu ihm gesagt hatte. *Er wollte, dass ich euch beschütze. Dich und die übrigen Traumwandler. Ich bin hier, damit ihr nicht den Mut verliert, bis ihr zueinandergefunden habt.*

Fünf weitere so wie Eric und einen sechsten, den ein anderer Träumer geschaffen hatte. Irgendwo zwischen all den Träumen gab es tatsächlich jemanden – nein, gleich mehrere Menschen – mit demselben Schicksal und Ben wartete auf ihre Begegnung.

Noch etwas kam ihm in den Sinn.

Dieser Ben meinte, du bist nicht allein. Vielleicht hat er ja mich damit gemeint. Wir könnten uns in meinem allerersten Traum getroffen haben und ich bin, was du bist. Überleg doch mal!

Das hatte Giselle hoch oben im Schnee zu ihm gesagt. Zu

dem Zeitpunkt hatte er diese These für unmöglich gehalten. Aber was, wenn es doch möglich war? Aus welchem Grund sollte sie sonst in der Lage gewesen sein, mit ihm zu springen? Ja, es bestand die Möglichkeit, dass es stimmte. Auch wenn die Chance nur winzig klein war, genügte ihm das.

Aber du hast doch längst aufgegeben! Giselles Worte hallten in seinem Kopf wider.

Wie wahr, das hatte er.

Doch diesmal nicht. Er stand wieder ganz am Anfang, mit nichts außer einer offenen Wunde in seinem Herzen. Diesmal jedoch würde er nicht aufgeben, sondern kämpfen - für das Leben, nicht für den Tod.

Eric atmete tief ein und blinzelte die Tränen fort. Er wollte nicht länger sterben. Er wollte daran glauben, dass Giselle recht gehabt hatte. Dass sie weiterlebte und nun irgendwo in einem anderen Traum an ihn dachte. Ganz egal, wie hoch die Wahrscheinlichkeit dafür war, er hatte sie schon einmal gefunden und er würde es wieder tun.

Auszug aus dem Tagebuch einer Träumerin

Ich bin keine große Tagebuchschreiberin. Ein paar Mal während meiner Schulzeit hab ich es versucht, aber das Erzählen liegt mir nicht so gut wie ihm.

Jasper.

Heute hatte ich trotzdem irgendwie das Bedürfnis danach. Es ist schon eine Weile her und trotzdem will ich mich nicht daran gewöhnen, dass er nicht mehr bei uns ist.

Gestern Nacht bin ich schweißgebadet auf seiner Seite des Bettes aufgewacht, weil ich einen Traum hatte. Giselle war bei mir in diesem Traum. Sie hat mich in unserer alten Wohnung besucht. Wir haben über Nichtigkeiten gesprochen und sie hat mich dabei angelächelt, so wie er es immer getan hat. Irgendwann ist sie aufgestanden und wollte gehen. In die Madison und ihr frisch verdientes Geld gleich wieder ausgeben. Typisch unsere Tochter. Sie hatte es furchtbar eilig und weil ich mich sorgte, habe ich ihr durchs Fenster nachgesehen. Fast wäre sie von einem Taxi überfahren worden, aber ihr ist nichts passiert.

Dieser Moment war ein Schock für mich. Allein die Vorstellung, ich könnte sie beide verlieren, bringt mich um den Verstand. Zum Glück war es nur ein Traum.

Aber das ist noch nicht alles. Der eigentliche Grund, warum ich das hier schreibe, ist Jasper.

Es muss daran liegen, dass wir so oft darüber gesprochen haben, als die Welt noch in Ordnung war, denn meine Vorstellungskraft allein reicht nicht aus, um mir solche Geschichten auszumalen.

Es war nichts, was Giselle in meinem Traum gesagt hat, oder wie sie sich verhielt. Ich wusste es einfach. Wie das in Träumen eben manchmal so ist.

Die Giselle, die ich mir erträumt habe, mit der ich geredet und um die ich gebangt habe, war eine Traumwandlerin. Genau wie die, die Jasper sich damals ausgedacht hat.

Das kleine Geheimnis der beiden. Es ist jetzt auch meins.

Und mir ist, als habe Jasper mir letzte Nacht vom Himmel aus ein Stück seiner Fantasie geschenkt. Vielleicht schreibe ich selbst das Buch, auf das ich schon so viele Jahre warte.

Für ihn.

Natürlich nur, wenn Giselle es mir erlaubt!

Ob sie wohl immer noch daran glaubt, dass Träume Wirklichkeit sind?

Ich hoffe es.

Lily

27

Quinn öffnete die Augen und wurde geblendet. Mühsam blinzelte sie gegen das grelle Sonnenlicht an, während das Schwindelgefühl nachließ.

»Vorsicht. Da vorn geht's ziemlich tief runter«, hörte sie Deans tiefe Stimme neben sich.

Anscheinend machte ihm das Licht nicht so viel aus wie ihr. Wobei, ihm schienen die Traumsprünge von allen in ihrer Gruppe sowieso am wenigsten zuzusetzen.

Schließlich konnte auch sie die Umrisse ihrer neuen Umgebung festmachen, die sich langsam zu einer grauen, mit Gras überwucherten Backsteinruine wandelten. Im Boden, nur knapp vor ihren Füßen, tat sich ein Loch auf, das tiefen Einblick in niedrigere Stockwerke dieser Burg, oder was dieser Ort mal gewesen sein mochte, bot.

»Sieht aus, als wären wir mal wieder mitten im Nirgendwo gelandet«, scherzte Kendra und ließ Quinns Hand los, um sich durch die kinnlangen, hellbraunen Haare zu fahren.

Die Sonne ließ dabei das kreisrunde Tattoo auf der Innenseite ihres Unterarms glänzen.

Quinn ließ auch Deans Hand los und begutachtete aus reiner Gewohnheit ihren eigenen Arm. Noch war die Tätowierung pechschwarz.

»Los, sehen wir uns um«, meinte Dean und schenkte ihr einen dieser Blicke, die ihr jedes Mal das Herz wärmten.

Seit sie zusammen in ihrem ersten Traum erwacht waren, hielt sie immer zuerst nach dem kurzen, dunkelblonden Zopf und den breiten Schultern ihres Freundes Ausschau, sobald eine Welt im Nichts versank.

»Keine Ahnung, wie's euch geht, aber ich hab nicht den Eindruck, dass hier viel los ist«, meldete sich Trevor, der auf der anderen Seite neben Kendra stand. Er kräuselte die mächtige Nase, legte den Kopf schief und schürzte seine vollen Lippen. »Was meinst du, Eric? Welche Richtung sieht am vielversprechendsten aus?«

Alle drehten die Köpfe zu Eric, dem Frischling in ihrer kleinen Familie.

Der hochgewachsene Mason, der sie alle nacheinander in den unterschiedlichsten Traumwelten aufgelesen hatte, nickte und sah ebenfalls zu ihm. Sein Haar, das so dunkel war, wie das von Quinn, nur wesentlich kürzer, wurde von einem Windzug durcheinandergewirbelt, der sich zwischen die verfallenen Mauern der Ruine verirrt hatte.

»Ja, Eric. Übernimm du ruhig die Führung. Immerhin ist es dein Mädchen, das wir suchen«, sagte er in einem neckenden Tonfall, schaute aber so wohlwollend, wie er es von Natur aus war.

Schnell streifte Eric Masons Hand ab, blickte sich dann nachdenklich um. Quinn wusste, dass er so schweigsam und scheu war, weil er sich noch nicht an die Nähe seiner neuen Begleiter gewöhnt hatte. Aber das würde schon noch werden.

Als sie ihn in einem Traum auf einem Weingut in Italien gefunden hatten, war er bereits seit geraumer Zeit auf der Suche nach seiner Freundin gewesen. Da Mason es sich zur Aufgabe gemacht hatte, allen Traumwandlern ein Zuhause zu geben, war Eric natürlich sofort in ihre Gruppe aufgenommen und seine Suche zu ihrem gemeinsamen Ziel ernannt worden.

Bisher hatten sie damit keinen Erfolg gehabt, doch Quinn erkannte und bewunderte die Entschlossenheit, mit der Eric weitermachte, ohne jemals auch nur ans Aufgeben zu denken. Sie freute sich jetzt schon auf den Tag, an dem die beiden sich endlich wieder gegenüberstehen würden. Besonders deshalb, weil sie es sich kaum ausmalen konnte, jemals von Dean getrennt zu sein. Auch die anderen wollte sie nie mehr missen.

Es lief darauf hinaus, dass sie die Erhebung hinabstiegen, auf der die Burgruine saß. Schon während des steilen Abstiegs, bei dem Dean immer wieder Quinns Hand hielt, um ihr zu helfen, entdeckten sie einen Reiter, der aus der Ferne auf sie zukam.

Irgendetwas Ungewöhnliches musste er an sich haben,

denn Eric beeilte sich mehr und mehr, ihm entgegenzukommen. Die sechs Traumwandler hatten den Fremden schon fast erreicht, da begann er sogar, zu rennen. Quinn beobachtete, wie die Reiterin, wie sie nun feststellte, ebenfalls Tempo aufnahm, bevor sie hart an den Zügeln zog und aus dem Sattel glitt. Ihre langen, rötlich schimmernden Haare wehten im Wind, der über das Grasland fegte.

»Ich hab dich gesucht!«, rief sie Eric entgegen.

Selbst aus der Entfernung, in der sie sich immer noch befand, konnte Quinn die Tränen in ihrer Stimme hören.

»Und ich dich!«, rief er mit derselben vor Überwältigung zittrigen Stimme zurück.

Da wurde es Quinn endlich klar. Auch sie spürte Freudentränen in sich aufsteigen, während die beiden sich vor ihren Augen in die Arme fielen.

»Wer sagt's denn?« Trevor war neben ihr stehengeblieben, genau wie die anderen, die stumm in sich hineinlächelten. »Alle vereint.«

»Was sagt Ben wohl dazu?«, warf Kendra ein.

Quinn fragte sich, wie sie darauf kam, entdeckte dann jedoch den Mann mit zurückgeschlagener Kapuze, der etwas weiter weg auf einer Erhöhung stand und das Wiedersehen seiner Schützlinge ebenfalls mit einem Lächeln verfolgte.

Epilog

NYC, in der »realen« Welt außerhalb unserer Träume…

»Darf es sonst noch etwas sein?«

Die Frau schüttelte den Kopf und zog einen Geldschein aus ihrem Portemonnaie, noch bevor der Junge hinter der Theke ihren Iced Latte abgerechnet hatte.

Den arrogant anmutenden Blick auf die Fünf-Dollar-Note konnte er sich offenbar nicht verkneifen.

»Das macht dann sechs Dollar.«

»Sechs? Für das bisschen Kaffee? Das meiste da drin sind Eiswürfel!«, empörte sich die junge Dame und steckte ihr Geld wieder ein. »Gegenüber zahle ich die Hälfte und bekomme doppelt so viel.«

»Dann trinken Sie doch gegenüber Ihren Kaffee.« Der Barista zuckte mit den Schultern und zog den Becher, den er ihr eben gefüllt hatte, wieder zurück. »Der Nächste, bitte.«

Eric sah ihr nach, als sie Flüche murmelnd aus dem Café stolzierte. In dem Moment, in dem sie an ihm vorbeilief, kam er nicht umhin, zu bemerken, wie gut sie duftete.

Wahrscheinlich ging sie jetzt geradewegs ins Coffee & Cozy auf der anderen Straßenseite. Hm, bei dem unhöflichen Burschen hinter der Theke gar keine so schlechte Idee. Ehe er sich's versah, folgte er ihr.

Das andere Café war schmal, die Stühle passten nicht zueinander und hinter dem Tresen hatte nur eine einzige Bedienung Platz, für die anscheinend keine Kleidervorschriften herrschten. Das Ambiente war erfüllt von einem Geruch, der sich aus Tabak und Kaffeebohnen zusammensetzte, wobei Letzteres deutlich überwog.

»Einen Iced Latte, bitte«, startete die Frau - fast noch ein Mädchen, dachte er - gerade ihren nächsten Versuch. Diesmal reichte ihr Schein aus und ihr blieben sogar Münzen für ein Trinkgeld.

Während die ausnehmend lässig gekleidete Bedienung die Bestellung bearbeitete, rang Eric sich zu einem Räuspern durch. Die Frau drehte sich zu ihm um und erneut registrierte er etwas Besonderes an ihr. Etwas, das er nicht ganz greifen konnte. Sie war schön, gar keine Frage, aber eher noch lag es an ihrer Ausstrahlung.

»Sechs Dollar sind in der Tat nicht günstig für Wasser mit Kaffeegeschmack«, scherzte er.

Ein verschmitztes Lächeln breitete sich auf ihrem mit Sommersprossen gesprenkeltem Gesicht aus. Ihre bernsteinfarbenen Augen leuchteten auf und darunter bemerkte er zwei übereinanderliegende Sprossen in Form eines Herzens auf ihrer Wange. *Wow.*

»Freut mich echt, zu hören, dass ich mit dieser Meinung nicht allein bin.«

Ohne zu wissen, was er sagen sollte, erwiderte er ihr Lächeln, um das Gespräch am Laufen zu halten.

»Giselle«, nahm sie ihm diese Aufgabe ab und streckte ihm die Hand entgegen. »Giselle Emerald.«

Emerald. Den Namen hatte er schon mal irgendwo gehört, aber er konnte nicht mehr sagen, wo.

»Eric Janson.« Er schüttelte ihre Hand, immer noch lächelnd. Hoffentlich starrte er sie nicht zu auffällig an!

Wer hätte gedacht, dass ein Montag so beginnen konnte?

»Wollen wir uns setzen?«

Genau da bekam Giselle ihren Kaffee gereicht. Sie ließ Erics Hand los und nahm das Getränk entgegen.

»Sorry, keine Zeit. Will nicht gleich zu spät zu meinem neuen Job kommen. Außerdem muss ich noch schnell meine Mom anrufen. Sie hat mir heute in aller Frühe eine Sprachnachricht geschickt, in der sie völlig fertig behauptet, dass sie Angst um mein Leben hat, weil ich in ihrem Traum vor ein Taxi gelaufen bin. Verrückt, ich weiß!«

Wow, das war mal eine kreative Ausrede.

»Kein Problem. Viel Erfolg bei dem Job.«

Wäre auch zu schön gewesen, gleich in seiner ersten Woche in New York jemanden kennenzulernen. Wahrscheinlich war sie eh eine Nummer zu groß für ihn.

»Vielleicht sehen wir uns mal wieder«, sagte er, diesmal etwas zurückhaltender.

Ihr Blick wurde warm. »Wie wär's denn mit morgen? Selber Ort, eine halbe Stunde früher als heute?«

Erics Herz machte einen Satz. »Morgen«, wiederholte er. »Ich freue mich drauf.«

Coffee & Cozy

Danksagung

Schon verrückt, eine fertige Geschichte vor sich zu haben. Besonders, wenn man sie begonnen hat, als man noch ein Kind war. Damals hatte ich eine grobe Idee im Kopf, was »Erträumt« einmal werden sollte, und die ersten Seiten waren schnell geschrieben. Allerdings bin ich über den Anfang nie hinausgekommen - zumindest bis vor Kurzem. Nun lese ich mich durch die Zeilen, die endlich zum Leben erwecken, was mich in Gedanken schon seit so vielen Jahren begleitet, und ich kann nicht beschreiben, wie überwältigend das alles für mich ist.

Natürlich entsteht ein Buch nicht von allein. Dazu braucht es zwar einen Autor, aber mitunter noch einige andere Menschen. Ohne meinen lieben Chris (seine königliche Hoheit) zum Beispiel, stünde ich wahrscheinlich immer noch am Anfang. Niemand hat mich auch nur annähernd so oft wie er daran erinnert, dass ich doch eigentlich schreiben möchte, statt meine Zeit anderswie zu verbringen. Dafür danke ich ihm jeden Tag von Herzen.

Eine andere wichtige Rolle für die Geburt dieses Buches hat meine wunderbare Tante Anna gespielt. Als Vorbild hat sie mich inspiriert, als allererste Leserin hat sie mir geholfen, aus meinem ersten Versuch ein Manuskript zu zaubern, auf das ich heute stolz bin. Außerdem beschwert sie sich niemals, wenn ich sie mit Fachfragen nerve.

Ich danke meiner Familie & meinen Freunden, die wissen, wie viel mir das Schreiben bedeutet, und die mich dabei unterstützen – mal bewusst und mal unbewusst. An ihrer Seite lerne ich mehr über das Leben, denn sie lassen mich in ihre Perspektiven eintauchen. Genau das ist es doch, was eine Geschichte ausmacht.

Großer Dank gilt auch den lieben Menschen beim Wreaders Verlag, die es mir erst möglich gemacht haben, mein eigenes Buch in den Händen zu halten. Ich schätze mich wahnsinnig glücklich, dass meine Geschichte ein so großartiges Zuhause bekommen hat, und ich weiß, sie könnte nicht besser aufgehoben sein als bei dem Verlag, in den die liebe Lena so viel Herzblut steckt. Genug danken kann ich auch Neele nicht, die mir ihre Engelsgeduld geschenkt und dem Manuskript den letzten Schliff verpasst hat. Ebenso viel Mühe hat sich Konstantina für mich gemacht, der ich so dankbar für die fantastischen Illustrationen bin, die diese Seiten schmücken. Nicht zuletzt geht ein riesiges Dankeschön an die talentierte Saskia, die meinem erfüllten Traum einen Deckel verpasst hat, den ich mir nicht schöner hätte ausmalen können.

All diesen Menschen danke ich von Herzen. Genau wie dir, dafür, dass du dir die Zeit genommen hast, die Welten zu entdecken, die hier drinnen schlummern.

Danke.